本书得到教育部高等学校
特色专业"汉语言文学"项目经费资助

中国现当代文学研究与批评书系

马 超◎主 编　　郭文元◎副主编

重估与找寻
——现当代文学批评实践

丁念保　著

中国社会科学出版社

图书在版编目(CIP)数据

重估与找寻：现当代文学批评实践/丁念保著.—北京：中国社会科学出版社，2014.8

ISBN 978-7-5161-4727-6

Ⅰ.①重… Ⅱ.①丁… Ⅲ.①中国文学—现代文学—文学批评②中国文学—当代文学—文学批评 Ⅳ.①I206.6

中国版本图书馆CIP数据核字（2014）第200835号

出 版 人	赵剑英
选题策划	郭 鹏
责任编辑	郭 鹏
责任校对	王丹卉
责任印制	戴 宽

出 版	中国社会科学出版社
社 址	北京鼓楼西大街甲158号（邮编100720）
网 址	http://www.csspw.cn
	中文域名：中国社科网 010-64070619
发 行 部	010-84083685
门 市 部	010-84029450
经 销	新华书店及其他书店

印 刷	北京君升印刷有限公司
装 订	廊坊市广阳区广增装订厂
版 次	2014年8月第1版
印 次	2014年8月第1次印刷

开 本	710×1000 1/16
印 张	15
插 页	2
字 数	242千字
定 价	49.00元

凡购买中国社会科学出版社图书，如有质量问题请与本社联系调换
电话：010-64009791

版权所有　侵权必究

教授的《启蒙、革命与后革命转移——20世纪资源与新世纪
层文学"》,梳理20世纪不同时期文学中的底层话语谱系,以此为
论析新世纪"底层文学"在新语境下对现代性经验的书写和对现
问题的反思,建立20世纪中国文学与新世纪文学内在的精神联
与20世纪中国文学资源的重估与激活相关,延安文艺规范了新
前30年文艺的的基本价值和艺术走向,也极大影响了当代文学
0年的发展和变迁,探源延安文艺的核心价值观、艺术观,就是
、建构中国当代文学中国化、民族化、现代化的过程。郭文元副
的《乡村/革命与现代想象——40年代解放区小说研究》,在当
元并存的文化背景中,探寻现当代文学资源中具有中国特色的文
值体系。

文学价值的建构和评估与文化板块间的地缘特征血脉相通。甘肃地
丝绸之路的黄金路段,也是一个多民族聚居区,历史上东西文化在
交汇,当今农耕文明、游牧文明与工业文明在这里并存。甘肃当代
的创作,以独异的地域文化板块为"精神原乡",逐渐形成了河西
——丝路文化、兰州黄河——城市文化、陇东农耕——红色文化、
始祖——民俗文化、甘南游牧——民族文化等文化形态的符号特
并形成了相互独立又相互映照的作家群体。薛世昌教授的《话语·
·文本——中国现代诗学探微》和丁念保副教授的《重估与找
—现当代文学批评实践》中,特别发掘了甘肃作家群的这种文化
。

另外,安涛教授的国家社科基金项目结项成果《20世纪中国马克思
文学理论研究》和马超教授的国家社科基金项目阶段性成果《女性
空——20世纪中国女性文学研究》也正在准备出版中。这两部著作
版,将夯实我校中国现当代文学学科研究的理论基础和史学基础,延
个世纪中国文学研究的精神空间,将天水师范学院中国现当代文学学
研究提升到一个新的学术高地。

本书系是天水师范学院中国现当代文学学科的一次集体亮相,无论丑
都希望得到各位专家学者的批评指正。

感谢天水师范学院校领导对本书系出版工作的关心,感谢中国社会科
版社同意出版本书系。特别感谢本书系的责任编辑郭鹏先生,他为本

总　序

　　天水师范学院汉语言文学专业是本校自1959年
设的专业之一，半个世纪以来先后有张鸿勋、雒江
出了重要贡献。新时期特别是进入21世纪以来，
逐渐形成了年富力强、学术研究活跃的研究梯队。
业被教育部批准为特色专业，中国现当代文学学科
学科。

　　五年以来，中国现当代文学学科的中青年学者
严谨学风，关注前沿，锐意创新，发表CSSCI期
国家、省部级社科基金项目10多项，逐渐形成相
研究方向："底层文化与新世纪文学"、"延安文
肃文学与地域文化"等。其问题视域分别为：立足
程中凸显的民众底层处境和乡土情怀，关注文学中
理和文学审美；利用靠近延安，地处陕、甘、青草
东革命老区的地缘优势，着力于革命文艺中主流意
研究；借重甘肃多元民族文化优势，关注甘肃地域
作家群的文化身份。在对"底层文学"、"延安文
关注中，我们力图建构它们在中国当代文学语境
域性"以及"冲击性"。现出版的《中国现当代
学术著作八部，集中呈现了天水师范学院中国现当
研究成果。

　　"底层文学"是新世纪文学中最活跃的文学
《现场·历史·批评——新世纪文学与新文学传
建斌副教授的《从现代到当代——新文学的历史

书系的出版付出了巨大辛劳，剔除了本书系原稿的诸多粗陋之处，才让本书系得以顺利出版。

马 超

2014 年 4 月 10 日

目 录

第一辑 重审与厘定

爱情题材小说的主体性走向
　　——以新时期初期十年小说为对象 ……………………（3）
对莫言的彻底颠覆
　　——先锋小说、新写实小说合论 ………………………（12）
浮士德式爱情精神的高扬、忏悔及反叛
　　——新时期小说中爱情叙事的审美嬗变 ………………（19）
对"人"的渐近把握
　　——新时期文学述论 ……………………………………（31）
寻根的"物质诗"和"革命历史诗"
　　——对于20世纪90年代初期一种诗歌创作现象的评说 ……（43）
论张承志文学精神世界的体系性构成 ……………………（48）
《棋王》艺术手法论要 ……………………………………（61）
对"酒神式精神"的极力召唤
　　——论影片《红高粱》的文化主题 ……………………（67）
悲情而又昂扬的人生表达
　　——看电视连续剧《民工》………………………………（72）
余秋雨散文的文本特征及艺术偏失 ………………………（78）
上穷碧落下黄泉，两处茫茫皆不见
　　——鲁迅散文《过客》和《死后》的精神关联 ………（88）

第二辑　尺度的找寻

文艺作品批评尺度的四重"圈级" ………………………………（97）
小说人物的命名问题 ……………………………………………（105）
论文学作品中的镜子意象 ………………………………………（113）
文艺批评要面向大众
　　——市场经济条件下批评的一大选择 ………………………（122）
真正捏到了文学的疼处
　　——读谢有顺文学评论集《话语的德性》……………………（127）
"伟大的捕风"
　　——评李静《捕风记：九评中国作家》………………………（133）
为意识形态风暴所掩盖的批评语式的对立
　　——对20世纪50年代《红楼梦》研究和胡风文艺思想批判的
　　　　文论学反思 ……………………………………………（144）
"西部文学"之旗，不扛也罢 ……………………………………（159）
诗美特质的散点观察 ……………………………………………（163）
韵律和节奏的和谐之美
　　——现代诗不应放弃的潜在性追求 …………………………（172）
爱情因无谓错失而感人
　　——爱情小说模式化叙事一种 ………………………………（178）
长篇小说作家应牢记"写作困难" ………………………………（183）
黑暗中的芳香与河流里的浮沫
　　——关于电影与电视区别问题的美学思考 …………………（186）

第三辑　遴选与阐释

天水青年小说作者创作评论三题 ………………………………（193）
赤足者的痛苦行吟 ………………………………………………（202）
灵魂深处的沉醉与精神领地的高蹈
　　——王若冰诗歌的精神观察 …………………………………（207）

村庄精神的构建和个人表达
　　——评薛林荣《一个村庄的三种时间》……………………（210）
诗意家园的苦意构筑和痴情守望
　　——评北斗长篇小说《望天鸟》…………………………（213）
回到源头的吟诵和歌唱
　　——评白麟诗集《慢下来》………………………………（216）
她让时间的流逝变得甜美
　　——评汪彤散文集《心若琴弦》…………………………（219）
健笔写奇幻，雄腔唱大风
　　——评薛林荣长篇小说《疏勒》…………………………（222）
以情写情
　　——评苟昌盛诗集《温情至爱》…………………………（227）
后记 ………………………………………………………………（230）

第一辑
重审与厘定

爱情题材小说的主体性走向

——以新时期初期十年小说为对象

大凡对中国当代文学有较深涉猎的人，都会发现这样一个事实：在作为小说表现对象的题材领域中，大多数题材都具有自己的主体性，即在一定程度上具有自由、自觉、全面的本质。农村题材是这样，工业题材是这样，军事题材也是这样。然而爱情题材却总是磕磕绊绊，一直走着一条窄狭而又颠簸的道路（当然，爱情与农村、工业这些概念在逻辑上不能同列）。这一点体现在两个方面：一是爱情很少被视作独立的表现对象，视作一部作品中的唯一内容而被作家进行抒写，而总是被稀释或夹杂于其他题材之中，甚至常常成为其他题材的装饰和点缀；二是爱情在文学作品中的抒写和表现，通常是被简化了的，不深刻的，一定意义上也可以说是被歪曲了的。

那么，造成这种现象的原因是什么呢？显而易见的一个方面，是极"左"文艺思潮对当代文学的影响。极"左"文艺思潮，总是用抽象的阶级性代替活生生的人性，把爱情这种作为人的最起码的欲求也是最高级的欲求，在某种意义上可以说是支配人生，被罗曼·罗兰视作生命三大支柱之一的生命现象，视作与人的所谓阶级性、革命性有违碍的东西。所以，在历次反"人道主义"和反"人性论"的理论斗争中，表现爱情的小说总是首当其冲地遭遇到厄运。当然，极"左"文艺思潮对爱情的冷眼，绝非一时好恶，其更深远的源头，可追踪到中国传统文化的弱点上。

新时期文学之始，爱情题材小说就战战兢兢、试试探探地从黑暗阴森的牢笼中摸出，但实际上它没有也不可能迈出更大的步伐或走得更远，而只能回归到20世纪50年代那个水平。这一时期的小说，敢于直面爱情这一"人"的问题了，敢于提倡人对爱情的权利和自由了，但这些描写表现，实际上并未指向爱情主体即爱情生活和心理意识本身，而是指向了作家关于爱情或爱情之外其他事物的观念上。中国传统上影响最为深远的文学观念之一"文以载道"，在这类小说中得到了再充分不过的印证，这类小说的创作理念实际上成了"描写爱情以载道"。为了论述的方便起见，笔者把这类小说对爱情的抒写，称作"爱情生活的工具性表现"。在这类小说中，爱情并没有得到全方位的艺术表现，作家关于人物的爱情叙事，与实际生活的真相相去甚远。

就拿刘心武《爱情的位置》来说吧。这篇被视作新时期表现爱情的发轫之作的小说，也许称其为爱情的宣言书更为合适些。它里面充满着冗繁的说教和热切的呼喊，但其爱情形象本身却是干瘪的。相比之下，张洁的《爱，是不能忘记的》就丰润多了，但作者也只是立起了男女主人公灵魂相摄历史的大骨架，未及陶铸出丰满的血肉，便草草收了场。显然，作者是为自己早已力求宣示的理念所陶醉，没来得及在作品的血肉形象间盘桓，便一跃奔向了她的目的。这样，读者的胃口被吊起来了，正在等待伯牙弹出高山流水之音，弦却断了。可以说，这篇小说仍然是一篇爱情宣言，它宣告：爱情是超越社会伦理功利的一种生命现象，它有着只属于自己的运行逻辑和轨道，有着至上的精神和审美价值。作品的内容也只是论据式地证明了这一点，至于男女主人公这场精神恋爱的丰富内涵，作品却远未作出揭示。读这样的小说，读者所受到的哲理启迪要远远胜过感染和陶醉——作家在后来所写的一篇创作谈中坦言，该小说是她读恩格斯《家庭、私有制和国家的起源》一文后所作的文学形式的笔记。

在上述两篇小说中，作者把关于爱情的哲学思考和社会吁求放在了第一位，而爱情形象本身却只是为达此目的而虚构的一个立点。在新时期之初，这种以爱情作立点或视角，而把主旨急切地指向社会问题的小说，占了爱情题材小说的多数。例如：古华《爬满青藤的木屋》立足于盘青青和王木通的婚姻以及他俩幸福的爱情，主题却指向了对精神文明的呼唤；陈建功《飘逝的花头巾》立足于沈萍与秦江的恋爱与背离，主题却在于惊呼社会浊流对青年一代的腐蚀；张抗抗《北极光》立足于单纯向上的青年姑娘芩芩与庸俗自私的傅云祥、老辣冷酷的费源、乐观淳朴的曾储三人之间的情爱纠葛，主题却在于探索动乱初期受过"内伤"的青年人的人生道路。20世纪80年代中后期，这一类型的小说更有勃兴之势，所谓"中学生爱情小说热"，便是一个再也典型不过的例子。以《挑战》、《无题》、《今夜月儿明》、《女高中生》、《中学生启示录》、《别了，十八岁》等为代表的一批青少年小说，虽然各具特色，但都不约而同地提出了中学生恋爱的合理性，并以此为基点反思了广大社会对中学生恋爱的不平等对待问题，这些小说，属于社会问题小说的特征就更加明显。

除如上所论借爱情描写提出社会问题的这类小说以外，另外一类爱情题材小说，并不见得提出了多么尖锐深刻，亟需当前社会迫切注意和解决的社会问题，而在于以爱情为视点，折射现实社会生活面貌。在当代社会进入了较为平稳的纵深发展阶段以后，文学逐渐脱离原来的政治反思的轨道向多元化发展，那些宣言式的社会问题小说也就开始慢慢被文学性更浓的社会生活小说所代替，与之相应，提出问题型的爱情抒写过渡到了折射生活型的爱情抒写。1982年前后，路遥《人生》、贾平凹《小月前本》、郑彦英《太阳》等小说，可视作这类抒写的代表。这些小说普遍以潜心探讨当代人随着社会变革而出现的伦理道德建构和爱情心理的复杂变化为己任，并以此为基点，折射该时期的社会生活。由于眼下的社会现实陌生多变而又难以把握，更由于当代文学"伤痕（过去时）—反思（过去时）—开拓（现在时）"这样一种历史走向使然，不少折射生活型的爱情抒写，都把焦点瞄准了"远当代"——即从新中国成立初到"文化大革命"结束的这段时间。这些小说，普遍以爱情为聚焦点，反映了十七年和"文化大革命"时期，极"左"路线给社会人心造成的深刻伤痕，并对新中国成立后我们国家走过的艰难曲折的道路作出了深切的反思。这类以表现生活真相为旨归的爱情抒写，无论在伤痕文学思潮还是在反思文学思潮中，都起到了先锋和主力军作用：陈国凯《代价》、《我该怎么办？》，黎汝青《冬蕾》、《一个女人的忏悔》，张昆华《爱情的泉水》，郑义《枫》等伤痕文学作品是这样；鲁彦周《天云山传奇》，从维熙《雪落黄河静无声》，张贤亮《肖尔布拉克》、《绿化树》、《男人的一半是女人》等反思文学作品也是这样。

在以上"爱情生活的工具性表现"的两类小说中，想用简单的方法判定孰优孰劣是很不明智的——何况两者之间的界限并非那么截然分明。但是，就个中方面进行比较，还是存在可能：急切地提出社会问题的爱情抒写，有一个十分致命的弱点，就是往往不能把自身具有的"较大的思想深度和意识到的历史内容"，同"莎士比亚剧作的情节的生动性和丰富性"①，也即将思想性和艺术性完美地结合起来。因此，这类抒写往往显得血肉不足、形象干瘪，作为传声筒，这些作品受到读者的好评和喝彩往往是暂时的，随着时间的流逝，其文学的水分越来越少，也就越来越没有价值了。

随着文学的社会化发展，20世纪80年代以来逐渐兴起的通俗文学热，打破了文学界的一元化状态，"严肃文学"包打天下的局面，有了明显改观。这股通俗文学热说到底就是通俗小说热，而所谓通俗小说，主要包括武侠小说和爱情小说。通俗爱情小说不屑于使爱情沦为空幻，变成什么社会生活的反映，不屑于绑在政治的裤腰带上，使自己成为单纯的或不单纯的传声筒。这一特征的出现，明显地与文学的消费化现象有关，也许算不上文学自身的一种积极选择，然而在客观上，比之于工具型的爱情题材小说，通俗爱情小说更具有自己自由、全面、自觉的本质。从对题材的回归即主体性的实现这一角度看，这一层次小说对爱情的抒写无疑比前一层次向前迈进了一步。然而这一超越绝非那样乐观，它一开始就遇到一对矛盾，即小说客观上呈现出来的超越趋势和传统文学理论批评所标举的审美规范之间的矛盾。这对矛盾交锋的结果是，后者占有绝对上风。这样，从工具位置上最先脱离开来的这一支爱情小说队伍，便被加上了一个不算好听的形容词："俗"。不过，这支爱情小说队伍本身也并不是多么争气：从工具地位脱离开来以后，并没有考虑怎样去跨出新的更有价值的一步，反去迎合中下层读者的口味，结果免不了陷入雷同且庸俗的泥淖。

鲁迅先生说得好："若文艺设法俯就，就很容易流为迎合大众，媚悦大众。迎合和媚悦，是不会与大众有益的。"② 这类小说虽说实现了题材对象的主体复归，它以全面向全方位反映爱情生活为己任，然而这种反映还只是远远停留在爱情结构表层——爱情是一个心理（精神）—实践结

---

① ［德］恩格斯：《致斐·拉萨尔》（1859年5月18日），《马克思恩格斯选集》第4卷，人民出版社1972年版，第347页。

② 鲁迅：《文艺的大众化》，《集外集拾遗》，人民文学出版社1976年版，第338页。

构，通俗爱情小说只是反映了爱情结构的实践表层，至于更深的一个层次即心理（精神）层面，却远远未能作出揭示，偶有所触及，往往也只是浅尝辄止，远远谈不上深刻。由于这类小说把爱情只当作实践现象看待，故爱情小说被浮浅地理解为讲爱情故事的小说。于是，这样的小说便出现了："三角形"的，"四边形"的，"五星形"的，甚至于"雪花形"的。由于通俗爱情小说只把爱情当作实践现象对待，而不是从发生机制上认识，不把它更深地看成"内宇宙"的精神产物而只看成"外宇宙"的实践产物，不把它更大程度上看成两个"内宇宙"之间一场无声的精神碰撞、格斗、改变和再生，故通俗爱情小说对爱情的表现还只停留在表层——尽管它以基本上抛弃小说除爱情而外其他方面的认识、教育等价值为代价。因此，从爱情题材主体性之外的其他角度讲，它都更像是爱情抒写的一次倒退。至于那些"爱情+武侠"式的小说，则是把爱情从社会工具拉向武侠工具，因而便成了文学意义上最低劣的一类。然而，通俗爱情小说毕竟开拓了一个更加广阔的表现领域，这是必须大加肯定的。从题材主体性角度讲，通俗爱情小说是对新时期小说中爱情抒写的第一个发展层次的否定，尽管这一否定失之偏颇，付出的代价又太多，但没有这一层次的否定，可能也就不会有第三层次的纵深。

中国台湾作家琼瑶的大多数小说是通俗爱情小说中的精品。为了说明中国当代文学中出现的这一层面的小说，笔者取之作为分析客体。琼瑶小说对爱情天地自有一番表达，她不执意于从爱情的纠葛和悲剧中去生发道德、人生的哲理意蕴，可以说，她执著的就是爱情本身。台湾一位评论家在谈到琼瑶的代表作时说，《窗外》没有"窗外"。诚是这样，在琼瑶几乎所有的小说中，很难看出"窗外"时代生活的影子，也就是说，爱情内容在其小说中占有绝对的至上的唯一的即主体性的位置。琼瑶小说流行到大陆来，曾引起一些"有识之士"的极度恐慌，事实上，琼瑶小说中的爱情既不粗俗，更不下流，绝不会引起读者的恶心和肉麻，相反，她认认真真地写少女怀春和青春意识，写爱的朦胧情的纯真，爱的缠绵情的饥渴，写纯洁神圣和痛苦绝望，从而在实践层面上还原了爱情的本来面目。而这一点，正是第一发展层次上的爱情抒写所不具备的。鉴于以琼瑶为最优秀代表的通俗爱情小说已实现了爱情题材的主体性回归，并全方位地描写展示了爱情的实践层面，故通俗爱情小说可名之为"表层结构爱情主体小说"。这类小说中的极少数精品，一定程度上触及了爱情结构的心理（精神）层次，然其揭示还远远不足。

"人的精神世界作为主体，是一个独立的，无比丰富的神秘世界，它是另一个自然，另一个宇宙。我们可称之为内自然、内宇宙，或者称为第二自然，第二宇宙。因此，可以说，历史就是两个宇宙互相结合、互相作用、互相补充的交叉运动过程。精神主体的内宇宙运动，与外宇宙一样，也有自己的导向，自己的形式，自己的矢量（不仅是标量），自己的历史。历史的描述如果只记得外宇宙的运动，而忘记内宇宙的运动，这种描绘将是片面的。"① "爱情生活的工具性表现"还远远没有实现题材对象的主体性，而通俗爱情小说虽实现了这一目的，但其所描绘的是爱情的实践层面即爱情的"外宇宙"运动，因而它是片面的、不深刻的。刘再复在探讨"文学是人学"这一著名命题时指出："文学是人学"这一概念，不应当只理解为文学是表现人的行为的，它应该深化。首先，这一命题在文学领域恢复了人的实践主体的地位，我们应该恢复其使人具有精神主体的一面。其次，不仅要承认文学是精神主体学，而且要承认文学是深层的精神主体学。再次，文学不仅是某种个体的精神主体学，而且是以不同个性为基础的人类精神主体学。② 与之相应，我们得出类似结论：描写爱情的文学，不应当只理解为是表现人们的爱情行为的。新时期初期的部分作品如通俗爱情小说，已恢复了爱情作为实践主体的地位，我们应该恢复其作为精神主体的一面；我们不仅要承认描写爱情的文学是精神主体学，而且要承认它是深层的精神主体学，描写爱情的文学不仅是某种个体的精神主体学，而且是以不同个性为基础的人类精神主体学。若此，真正意义上的爱情文学的主体性就宣告实现了，那时候，勃兰兑斯关于文学最终意义上讲是心理学的断言，起码可以在描写爱情的文学作品中得到证验。

幸而，我们很快盼望到了王安忆的"三恋"即《小城之恋》、《荒山之恋》、《锦绣谷之恋》的出现。王安忆是手拿一把板斧的人，类似于海明威大刀阔斧砍去语言的枝枝蔓蔓，只留下一个电报式的主干，王安忆削

---

① 刘再复：《论文学的主体性》，《文学评论》1985 年第 6 期。

② 同上。

去了传统文学观念附加在爱情题材上的种种条件,把爱情从视角、佐料、溶剂等等附庸地位解放出来,作为唯一实在的观照对象,达到了最高度的纯粹。观照对象的纯粹,历来是文学大家追求的一个目标。英国作家斯蒂文生曾在其《谦虚的抗议》中写道:"小说并不是因其精密,而被加以价值判断的人生的缮写,小说乃是人生的某个侧面,某个角度的单纯化。小说的价值,主要看它是否做到了单纯化没有,而分高、下、优、劣。"唯其有题材的纯粹,才可能有"人生的某个侧面"之表现的单纯化。唯其有表现的单纯化,才可能有此表现的深刻。这种深刻之于历史,也许有些片面,然这种片面不正如评论家黄子平所论的,是一种"深刻的片面"吗?有人把文学学科学划分为文学哲学、文学社会学、文学心理学三门,王安忆"三恋"的文学观显然可归之于后者。王安忆是从心理(精神)学角度去写作品的。她写爱情,首先着力于爱情这种生命现象的心理(精神)层次的展露,而后才触及这一层次的外延——实践层次。从对爱情这种生命现象的把握来说,王安忆显然比同题材其他作家来得更深刻。这一点在《小城之恋》中表现得尤为突出。这篇小说就像两个角色合演的一台戏,而他们周围的人和事都被作者有目的地淡化了。这是完全揭示人物内心世界冲突的一场戏——当然,这一冲突时时得通过实践层面展露出来,作者把这场戏写得那么逼真:两个人,一男一女,一个那么美,一个出奇地丑,他俩发生了最强烈的心灵感应,继之,俩人的灵魂被肉体支配,可悲地满足于偷情带来的生理快感而无法自拔,又因自己的所作所为而内疚、自卑、沮丧、过敏、恐惧……总之,小说是对"人类精神发展的令人羞涩而又倍感亲切的隐秘轨迹的展示"[①]。王安忆把她的高倍镜头摇得好慢好慢,以超级现实主义者才会有的精细,拍摄了男女主人公爱情发生后心理的原生状态,即爱情心理的"原始意象"(荣格),绝不放过一丝一毫。也许只有王安忆的"三恋"这样的小说,才配称中国当代文学史上的心理现实主义。它可被视作"人类心理和生理的试验性和实证性探索"。鉴于这种探索凸显了爱情心理结构的最深层,故可名之为"深层结构爱情主体小说"。深层结构爱情主体小说,以爱情主人公双方的"内宇宙"运动为目的,因而这一层面的描述更加惊心动魄。继王安忆开

---

① 陈晋:《论新时期先锋文艺思潮的艺术价值观念》,《飞天》1988年第1期。

创了一个高难度的爱情小说领域之后，已有一些"先锋派"作者来这里探险，如刘恒《白涡》[①]写周兆路与华乃倩的婚外恋，便很有些《荒山之恋》的味道。

论述至此，或许有人提出疑问：凸显爱情结构的心理深层，那不是爱情心理学所应解决的问题吗，何必求之于文学作品呢？我们说，这是文学自身历时态追求的必然结果。新时期文学已呈现出向"内"转的巨大趋势，何况本身便很"内向"的爱情题材呢？其向心理纵深开掘当是毫无疑问的了。另一方面，爱情抒写的主体性实现及纵深开掘，同时也是对思想深度的纵深开掘。曾有人认为"三恋"没什么社会认识作用和教育价值，这纯属浅陋之见。事实上，爱情的深层结构是人的情感经历和社会实践的历史性淤结，它背后有一种属于民族和社会的"集体无意识"（荣格）存在。因而，对爱情深层结构的探索，同时也是对深层积淀的文化心理结构的探索。从这一意义上说，掘进越深，作品的认识价值就越大。王安忆的"三恋"就充分证明了这一点。绍凯认为，"三恋"揭示出了我们民族意识中的负罪感；[②]晓鸣认为，《小城之恋》是一部具有极强的现代意识的作品，它再现了现代城市人的心态真实。[③]总之，爱情主体性的真正实现，并不会削弱而只会加深作品的社会认识价值。

在以上笔者所列举的爱情描写（或爱情小说）中，部分作品如"三恋"、《男人的一半是女人》等被人们称为性小说。笔者认为这个概念是不确当的。因为性是一个十分宽泛而不确定的概念，它可以指性器官、性欲望、性行为……因此，性小说的概念在读者层中造成了歧义和混乱，甚至个别人会根据他以一个小市民最庸俗的心理所理解的性字揪作品的尾巴。因此，还是用爱情小说、爱情抒写这类概念比较切当。笔者这里所谓"爱情"，总体上是指"男女相爱的感情"，但绝不排除性欲望、性行为。马克思认为，"男女之间的关系是人与人之间最自然的关系"[④]，因为"任何人类历史的第一个前提无疑是有生命的个人存在，因此第一个需要确定的具体事实就是这些个人的肉体组织，以及受肉体组织制约的他们与自然

[①] 刘恒：《白涡》，载《中国作家》1988年第1期。
[②] 绍凯：《读王安忆近作两篇兼及其他》，《文艺报》1986年10月4日。
[③] 晓鸣：《现代意识对"人"的透视》，《作品与争鸣》1987年第1期。
[④] 马克思、恩格斯：《马克思恩格斯全集》（第四十二卷），人民出版社1979年版，第119页。

界的关系。"① 由此可见，马克思并不排斥肉欲。恩格斯在评巴黎公社第一个无产阶级诗人维尔特的诗时，说维尔特诗最重要的特征，它的伟大之处，便在于表现了健康的肉感和肉欲。② 显然，恩格斯也不反对在作品中表现肉欲。那么，产生在爱情——这种直接受生理前提制约和支配的感情过程中的肉欲，我们还应否定吗？所以，在爱情描写、爱情小说中适可而止地、审美地表现人们的性欲望甚至性行为，是十分自然的，也是完全可以理解的。如果作品中的爱情自始至终是清教气息十分浓厚的，或竟是柏拉图式的，那反而成为不可信的乃至于虚假的了。

以上，笔者以新时期初期十年小说为对象，描述了新时期小说爱情抒写的发展过程中出现的三个层次。这三个层次勾勒出的渐变过程，即：爱情生活的工具性表现（对社会现实的目的性然而是粗浅的表现）—表层结构爱情小说（对社会现实的基本上不反映）—深层结构爱情主体小说（对社会现实的被动性然而是更深刻的反映）。这三个层次，大体上呈出一种线性走向，然并不能在时间上作出严格的界分。尤其前两层次，在时间上更是犬牙交错的。这三个层次的渐进，明显地呈示出新时期爱情题材的主体性走向。然而这个渐变过程未必就可看作一个普遍的文学文化现象，因为它并不是爱情抒写的全方位的美学嬗变，而是部分先锋意味的作家表现爱情生活时的历时态选择。在笔者所描述的第二层次和第三层次的爱情抒写出现之时，第一层次的爱情抒写照样生生不息地存在。无论到了何时，都否定不了爱情生活的工具性表现的价值和必要性，也不能否定通俗爱情小说存在的价值和必要性。没有理由要求所有涉笔爱情的作家都朝爱情心理深层掘进。也就是说，不管哪一层次的爱情描写，都有其存在的理由和审美价值，谁也无法替代谁。因此，小说中的爱情抒写，会长期地存在以上所述的这样一种"三位一体"状态。但随着文学表现的主体性发展，深层结构爱情主体小说一定会在不久的将来获得长足发展，从而引起作家和读者们的格外关注，这是完全可以肯定的。我们翘首以待。

---

① 马克思、恩格斯：《马克思恩格斯选集》，人民出版社1972年版，第24页。
② 恩格斯：《格奥尔格·维尔特》，《马克思恩格斯全集》（第二十一卷），人民出版社1972年版，第9页。

对莫言的彻底颠覆

——先锋小说、新写实小说合论

首先申明，由于先锋和新写实小说所显露的一些同质的特点，也是为了行文的简便，笔者把它们合称为新潮小说，这与业已出现的大多数评论把新潮小说等同于先锋小说的称法不同。

直至新潮小说出现之后，我们才开始看清莫言的意义。实际上，可以把中国当代小说划分为两段：莫言以前的小说和莫言以后的小说。莫言以前是再现的小说，莫言以后，则出现了表现的小说。莫言的小说世界是感觉世界，与再现小说的写实世界和表现小说的构造世界不同，它是一种印象主义。正如印象主义成为现实主义与现代主义的分水岭一样，莫言小说成了中国现实主义小说与现代主义小说的分水岭。

莫言是带着比别人锋利得多的感受器官走上文坛的，他的小说不是经过读者的思考、想象、判断、推理等完成的，而是直接作用于读者的视觉、嗅觉、味觉、触觉、肤觉，引发读者细微丰富新鲜强烈的感受。笔者清楚地记得读莫言《球状闪电》时那种坐卧不安头发倒竖毛孔张开想拥抱想喊叫的混乱情景。显然，我受了极强烈的审美刺激。莫言小说使我模糊地认识到，美是能够直接地作用于人的生理器官的，它能跳跃审美判断等中介。时至今日，放下余华们的小说，重读莫言，则有了烦厌的情绪，他的泥沙俱下美丑杂陈巧拙兼具的比喻和形容，使人不禁自问："莫言这么咋咋呼呼干什么？"他不厌其烦地对着读者感官的啰嗦，使读者接受了过多的审美信息，形成了心理学上所说的信息超载，最终钝化了读者的感官，使读者成了没有自主能动性的消极物，不能积极参与到作品的最终完成当中去。从而，一个聪明无比的莫言变得愚蠢无比。这一点为人们广泛认识到那是很迟以后的事，莫言出现以后，创作者竞相效仿，在文坛掀起莫言热，出现了名副其实的莫言现象。随便翻开一本1985年之后两三年内的文学杂志，便可闻出或浓或淡的莫言昧。就连大家王蒙的名作《来劲》，似乎也免不了此种嫌疑。至少可以这么说，《来劲》是一篇典型的"莫言体"小说。对莫言自觉或不自觉的模仿，在一些先锋小说家身上也可看出，如洪峰的《瀚海》，叙述人为"我"，主人公为"我奶奶"、"我爷爷"、"我舅母"等，其叙述方式与《红高粱》如出一辙。苏童的一些小说如"枫杨树系列"也撇不清此种嫌疑。而从主题方面讲，刘恒的《伏羲伏羲》可看作《红高粱》的深层拓展。

然而，愈到后来出现的小说，愈成为对莫言的反叛。这种反叛在眼下的新潮小说中达到了极致。新潮小说家非常显明的共同特点是，他们不再制造感觉的泛滥，而是谨慎地运用词语，有些作家甚至达到了惜墨如金的地步。可以说，他们是海明威"冰山原则"的信守者，深知在大海上漂移的冰山之所以无坚不摧，乃是因为其大半隐藏在海水中。在遣词造句方面，最吝啬的一个要数杨争光。在他的小说中，几乎没有多余的字眼，先发生了一件事，后发生了另一件事；一些人说了话，且伴随有动作，他记录下来，就这么回事。用来作形容、限制、修饰的形容词和副词，在他笔下很少出现，其小说用最简单的单句构成，接近海明威的"电报体"。就此意义而言，许多新潮小说家是行为主义者，他们只看重人物的行动，而对人物的意识流、下意识、感觉和梦等，统统抱以怀疑，置之不理。就在苦心经营语言的同时，他们也苦心经营着结构。几个情节，何者在先，何者在后，在他们手中就可以编排出了截然不同的意义。这与莫言一俟感觉袭来即天马行空随心所欲兴之所至兴尽而止，完稿之后不复更改的超然态度完全相反。似乎可以说，在莫言那儿，是小说写人，他更注重创作主体在创作过程中那种如痴如醉的迷狂体验；在新潮小说家手中，才是人写小说，他们一般写得很艰苦，譬如余华曾坦言，自己一天才能写一千字。莫言的创作态度决定着他的一些小说出现了结构松散拖沓、布局不当、头重脚轻的缺点，被读者责之为滥情、溢恶，而如此的缺点在先锋和新写实小说中很少见到。

对结构的重视，在新潮小说家中以马原为最。可以认为，"玩"结构是马原对当代中国小说的唯一贡献，他最先看出了同样几个情节，若以不同的方式编排，便可呈现出全然不同的意义，于是，他不复意义深度的纵向挖掘和探求，而一遍一遍扭摆拿在手中的同一个魔方，乐此不疲。与之相仿的还有格非。《迷舟》，只听听这题目，似乎就可悟出其作为：以编排结构的方式制造迷宫。余华的《鲜血梅花》，也是这样一篇小说，它的外观古色古香，骨子里却透出道地的现代派意味。该作品的语序层面，展示了武林黑道人杀死一代宗师，死者的儿子漫游天下寻找杀父仇人，仇人终为陌路侠客所灭的古旧故事，而语义层面却揭示了人生的虚无感，偶然性，不可知性，无目的性。而这正是西方现代派作品的命定主题。以上两个层面的表达，似乎风马牛不相及，那么，小说语义是如何得以凸显的呢？或者说，小说语义是如何从语序层面"显影"出来的？答曰，使语义从语序的底片上"显影"的"定影粉"，正是情节结构的独特编排方式：作者首先让复仇者碰见替自己复仇的人，再让复仇者碰见知道自己仇人的人，最后让仇人在复仇者毫不知情的情况下被人杀死，正是这样一个颠覆了常规时空顺序与逻辑顺序的语序结构，才使得既定语义的呈现成为可能。可以说，新潮小说家对结构的重视，使得他们的小说具有了结构主义的性质，其中对结构重视甚于一切的先锋小说，则完成了对传统小说的空间概念的革命，成了名副其实的现代派，从而与"伪现代派"划出了崭新的界限。

　　新潮小说对莫言的颠覆，除以上所论外，还存在于另一个十分明显的方面：莫言叙述用热笔，新潮小说家用冷笔。莫言写作时，倾注了自己全部的情感，他的文字是滚烫的，带着作者心的跳动和血的温热。由此造成的情感滥觞，与感觉滥觞相仿，最终造成的是读者情感的麻木。过分的宣泄带来的是读者的逆反心理，他们认定莫言在做作，在演戏。与此相反，先锋和新写实小说家则换上一副冷冰冰的面孔，以情感的零度介入创作：洪峰在《奔丧》中，否认了亲子之情的存在；杨争光在《黑风景》中则写到这样一个细节，一个人向另一个人兴致勃勃地讲述自己如何用剃刀割断了一个人的脉子，讲完之后，听讲之人接话说，你杀死的就是我父亲。这就是新潮小说家的态度，他可以面不改色心不跳地对待杀人，他甚至可以兴趣盎然地观察一个良民被暴徒肢解的详细过程，在这个过程中，他的眼睛客观得就像摄像机一样。然后，他把这一切记录下来，点滴不漏。余华就是这样一位好手，他在《现实一种》中做得最为出色。当然，莫言也是描写杀人的好手，但与余华不同，他酣畅淋漓地描写宰割者的无情，被宰割者的恐惧，宰割手段的毒辣，观者受到的刺激，显然，莫言无法抑制自己的道德情感。余华则持一副无谓、无畏，有时甚至是欣赏和感激的态度。

新潮小说为什么执意于描写凶杀、打斗、谋害、冷酷、虚伪、残忍、嫉妒这些人生耻部的习性？截至目前出现的一些解释难以令人满意。许多人认为，这是新潮小说家在演绎他们的人性观念：他们认为人性是恶的。然而，新潮小说家似乎没有类似的告白，即使有，也很个别，在笔者看来是出于理论家们的提示——这颇似受审者依照审判者的诱引所作的招供。因为，人性恶的观念在当代中国的青年作家心中产生，缺乏相应的哲学背景、文化背景、时代背景和个体的社会生活背景。有人从精神现象上进行审视，认为新潮小说家的"嗜恶"表明了创作主体精神潜在的瓦解和崩溃，他们内虚敏感，善思而缓行，恐惧多疑，于是在精心描述凡事面不改色心不跳的匪盗、行为直接心毒手辣的强贼、绝少思辨听凭感性调拨的长工等角色形象时，使濒于困境的主体意识得到救援和平衡，表达对虚弱的主体精神的不安与不屑。[①] 这种说法是相当主观的，缺少对创作个体心理的实证性分析，因此也难以叫人相信。

笔者认为，新潮小说写恶、写残酷的原因很简单，那就是要颠覆传统的到莫言达于极致的高度情感化的语言。尤其先锋小说，更可称其为文学游戏，是由少数得到特殊处理的语词和句子引发的一大堆联想。这里所谓特殊处理，指将按照审美传统应该热处理的词句进行冷处理，从而造成读者的审美期待和审美刺激物之间的巨大反差，从而取得更富张力感和戏剧性的审美效果。就创作主体而言，作家们并不想在悲剧的结局中寻觅恐惧和怜悯，而只想在个体受到严刑拷问乃至面临毁灭时，蔑视痛苦，甚至咀嚼"个体毁灭时的快感"（尼采语），从而，在这"笑一切悲剧"的崇高情绪笼罩下，使人们得到形而上的解脱，一种体验生命本体之伟大的激情。其时，创作者体尝到的是大无畏的烈士走上刑场时的心情，是基督受难的心情，在他们眼中，这些被宰杀的黎民不是蚂蚁和虫豸，而是有着完满自足意义的生命本体，是基督，是这个世界不可或缺的支撑者。这种悲

---

① 高尚：《余华：速请刹车——〈鲜血梅花〉读后》，《作品与争鸣》1989年第7期。

剧精神，正是现代悲剧的精神。

　　以上是对先锋小说和新写实小说的合论，它之所以得以进行，是因为这二者并没有崭然分明的界限。就创作主体心理而言，都是以情感的零度进入写作，都喜欢尽可能少地使用语词，都情愿把作品看成作家和读者的"共同作业"，从而给读者留下空白；就作品主题精神而言，都喜欢表现残酷、死亡等人生耻部的习性；就具体的作家作品而言，界限也不那么分明，他们之间相互学习、相互模仿的迹象很明显，因此许多作家并不能严格限定在某一队伍中。如杨争光，一贯被看成新写实派作家，但到了1990年，他突然拿出《黑风景》，先锋意味很浓。又如余华的《河边的错误》和《现实一种》，历来被认为是先锋小说的经典之作，然而，王干却把它归入新写实之列。在笔者看来，先锋小说和新写实小说的区别有两点，第一，两者均重视结构，但先锋小说尤甚。在先锋小说家手中，结构有了本体论的意义，他们的小说可以称为真正意义上的结构主义小说。第二，先锋小说家是回头派，他们往往面向过去取材，如余华的《鲜血梅花》、《古典爱情》，苏童的《一九三四年的逃亡》、《妻妾成群》，格非的《大年》，杨争光的《黑风景》，等等。哪怕是他们面向当代生活取材的一些作品，也没有一点当代生活的气息，没有一息时代感，作品的背景就像一块块假定在当代的巨大真空。如余华的《河边的错误》、《世事如烟》、《一九八六》。

　　先锋小说家为什么会如此眷恋古旧社会？在笔者看来，这是他们的语言习性决定的，要冷冰冰地面对创作，他们必然选择死亡、凶杀、打斗、欺骗、虚伪；而要选择这些人生耻部的习性，就必然会选择古旧的时代。事实上，先锋小说家多是一些年纪轻轻的从学校走出不久的"后生"，经历限制了他们的视野，正如缺乏对当代生活的熟稔一样，对古旧生活，他们同样也显得陌生（苏童似乎是个例外）。这决定了在他们的大部分作品中，很少有像新写实小说那样的直接取自生活底部的绝妙情节——如刘震云的《新兵连》和魏庆邦的《家属房》里那种俯拾皆是的充满机智、带着生活自身体温和时代折光的情节。《新兵连》写到，当新兵们看见排长把吃剩的羊排骨倒掉时，把自己碗里还没吃的也倒掉了；在《家属房》里，那些妓女提着鸡蛋出现在矿工宿舍区时，有经验的工人便问：有带眼儿的吗？——如此精彩的情节，先锋小说家那里少有。实际上，先锋小说家的创作不是源于生活冲动,而是源于意念冲动。例如余华,他常常从一种构思意念出发,画出一个框式,设定一个空间的氛围特点,然后依照推理,往这个有氛围的框式中填补文字。这种写作方式,也是他的小说结构主义意味极强的一个原因。在这个框式中,他最先明确下来的是中心情节,一般是凶杀等能引起作者兴奋的内容,至于其他,则是作者依理对几个大情节点的连接。也就是说,余华的写作思路类似于推理小说家或侦探小说家,而《河边的错误》,干脆就是一篇精美的推理小说。格非的写作的构思和过程,也有类于此。

写过《透明的红萝卜》的莫言,后来写出了《天堂蒜苔之歌》,对改革表现出了高度关注。莫言的世界是感觉世界,但却是稳立于现实社会生活之上的感觉世界。余华则认为,个人逻辑空间中的事实就是世界,个人意志透进其间的那个世界更真实更有意义。对余华来说,写小说就是建造属于自己的迷宫,因此,他拒绝走出自己的天地看一看外面的世界。这样做的结果使余华面临着重复自己乃至滑坡的巨大危险,实际上,《古典爱情》的出现已验证了这一点。它叙述了这样一个故事:一位年轻秀才赴京赶考,旅途上遇见一位美貌多情的少女,两人发生了爱情。后来,男子进京中了状元,回头寻找昔日的恋人时,故地只见一座青冢……尽管文本精美得无可挑剔,然而,我们不禁怀疑,余华想要做什么?是塞万提斯对骑士小说的反讽?不得而知。写出《鲜血梅花》之后,有人吁请余华刹车,当时我还不以为然,及至读了《古典爱情》,觉得余华真正到了非刹车不可的时候了。

同样的疑虑,出现在对其他先锋小说进行了详细的文本比较之后。我们看到,它们之间互相模仿与雷同的现象十分明显。仅举一例:格非的《大年》与杨争光的《黑风景》,不仅题材类似,就连个别细节也一模一样——两篇小说都出现了剃刀杀人,而且杀得那么相像!

总之,先锋小说家已走上了一条拥挤的小路,但绝不是不可救药。他们毕竟是最知道小说是什么,也是最知道小说应该怎样写的一伙人,他们在与对手的马拉松式的竞争中,已经跑出了好成绩,而且自身还蕴藏着可以深挖的极大潜力,只要他们把握好方向,不难跃上更惊人的高度。那么,出路在哪里?新写实小说的出现是一个绝妙的启示。我们不能要求余华们从自己卡夫卡式的内心世界完全跳进世俗世界之中,但是,只要愿意靠近一步，他们的小说天地将极大丰富，大为改观。

　　比之于先锋小说，新写实小说的发展令人较为满意。刘恒、刘震云、方方、叶兆言、池莉、李本深等，都贡献出了自己的佳作。他们用冷静写实的笔触，直指生活，绘出了一幕幕现代人的生活悲剧和精神悲剧，使鲁迅《阿Q正传》中体现出来的现代悲剧精神，在经过了几十年的断流之后，有了大范围的回响。① 正是在此意义上，新写实小说不只是《清明上河图》式的社会风俗画，而是具有浓厚哲学意识的现代作品。当然，新写实小说绝非铁板一块，它们已经出现了差别。有的作家缺乏对现实的自信与把握，不清楚究竟该在怎样的背景下去思考问题，叙述相当消极，基本上是一种无理想的叙述，如范小青。她在一次谈话中吐露：她不满意旧现实主义的乐观，不满意他们通过叙述现实去演绎道德的立场。但先锋小说的做法又令人隔膜，她所能采取的方法就只能是描写身边的事，但却不能明白这些事的意义，至于她对生活的看法则说不上，处于新旧交替的不确定中，只能是无可奈何的。② 由于对叙述理想的放弃，她的小说变得结构松散，琐碎啰嗦，意义含糊起来。显然，范小青有必要消除与先锋小说的隔阂，向它学习结构小说的方法。

　　综上所述，先锋小说与新写实小说是自觉不自觉地颠覆了莫言之后，出现的新一代小说文体。它的一些精神特点也是由这种新文体的特点所规定。它们是真正具有现代气派的小说，将具有极强的生命力，并能经受长时间的考验。眼下，它们各自出现了一些危险的征兆，但并非无可救药，只要相互取长补短，就可以渡过险关，走向成熟，臻于完善。

---

① 丁帆、徐兆淮：《向现代悲剧逼近的新现实主义小说》，《文学自由谈》1989年第6期。
② 汪政、晓华：《关于"新写实"的几点讨论》，《文学评论》1990年第1期。

浮士德式爱情精神的高扬、忏悔及反叛

——新时期小说中爱情叙事的审美嬗变

新时期大陆作家的涉爱小说[①]，对爱情的思考和表现在前期和后期存在明显差异，小说中所透射出来的爱情文化，也存在着鲜明的嬗变轨迹。此种分殊和差异，大致可以1988年为界。这里，笔者所说的爱情文化，指生活中人、作品中人、写作之人所抱持的爱情观念、心理和态度的聚合。由于文学作品是现实生活的艺术表现，文学人物往往是对生活中人的摹写，又由于作家本身即是现实生活当中的真实一员，所以，生活中人、作品中人、写作之人的爱情观念和心理往往互相衍射，混同为一，不可分割。小说中爱情文化的嬗变，从大的方面讲，存在两条理由：第一，由社会发展和生活变化所引发的爱情观念的变化所决定；第二，由文化自身的传承发展所决定。

在新时期前期小说的爱情描写中，存在着一种模式，即浮士德式的爱情追求。所谓浮士德式的爱情追求，是指作家笔下的人物像歌德诗剧《浮士德》中的主人公浮士德那样对待爱情。浮士德的爱情生活有两次，前一次是人和人的，后一次是人和神的；前一次是浮士德和玛甘泪的爱情，后一次是浮士德和海伦的爱情。能够真正体现浮士德的爱情观念和态度的，是前一次爱情生活。玛甘泪是一位淳朴美丽、善良忠贞的姑娘，简直就是天使的化身，乍看上去，她和具有强大的人格力量和顽强的理想追求的浮士德浑如天造地设的一对，但细究起来，二人的性格和心理世界却存在着巨大的差异：浮士德是人生征途上一位永不懈怠的追求者，而玛甘

[①] 涉爱小说，指涉及爱情、婚姻、家庭题材的小说。

泪却安于现状，其生活视野极其狭小，成天忙于照看妹妹等家务；浮士德不信宗教，玛甘泪却笃信宗教；尽管靡菲斯特处处与浮士德作对，但他却是推动浮士德一步一步前进的力量，离开他，浮士德就不可能有发展，而玛甘泪，却从心灵深处讨厌靡菲斯特。由此不难推断，他们二人的爱情悲剧是注定的。实际上，玛甘泪是魔鬼靡菲斯特的狡计，是靡菲斯特的化装性分身，她的出现是为了诱惑和考验浮士德，如他被玛甘泪的爱情俘虏，从此耽于家庭享受和天伦之乐，根据他与靡菲斯特的协议，他的灵魂就会归后者所有，而这无异于说，他的生命就会被夺去。好在浮士德在这段爱情中沉溺了一段时间以后，很快明白过来，他若继续迷恋玛氏，就等于事业的否定和生命的死亡，意味着自己被魔鬼战胜。因此，尽管当玛甘泪入狱之后他十分不忍，强令靡菲斯特前去搭救，但玛氏死后，他基本上没怎么痛苦，可以说，玛甘泪死亡之日也正是浮士德对她的爱终结之时。而后，浮士德无所牵挂、无所羁绊地去到自然社会中进行探索可以说，爱情的及时死亡是他之大幸。

至此，我们可以归结出浮士德式爱情追求的内涵：第一，承认爱情的无限性，把爱情作为人生的第一要义看待；第二，当爱情不符合理想或对事业、人生有所妨碍时就断然否弃，追求更完美的爱。由此可见，浮士德式的爱情，要求的是爱情的无限性、完美性、超越性。

综观新时期前期的涉爱小说，可以发现统统被这种浮士德式精神笼罩着，浮士德式精神，俨然成了这些小说中的原型性情结。在这些小说中，爱情双方中的一方总是有抱负，有理想，有强大的人格力量，而另一方则显出猥琐，庸俗，低趣味；一方是人生、事业、幸福、真理的积极追求者，而另一方则成为追求者前进道路上可怕的障碍和绊脚石——说穿了，一方俨然是浮士德的化身，而另一方，简直就是玛甘泪。如盘青青和王木通（古华《爬满青藤的木屋》），岑岑和傅云祥（张抗抗《北极光》），米泉、荆华、梁倩和她们各自的丈夫（张洁《方舟》），锦平和丈夫（孔捷生《海与灯塔》），"他"和"她"（张承志《北方的河》），白音宝力格和索米娅（《张承志《黑骏马》），高加林和刘巧珍（路遥《人生》），章永璘和黄香久（张贤亮《男人的一半是女人》），李向南和顾小莉（柯云路《新星》）……如果需要，这个名单还可再开列下去。我们惊讶地发现，不同性别作家的作品，对爱情关系中不同性别人物的描写存在着刚好相反的状况：在男性作家的作品中，男性人物往往是浮士德式的，女性人物则是玛甘泪式的；而在女性作家的作品中，女性人物几乎全部是浮士德式的，而男性人物则几乎全部是玛甘泪式的。

这里，我们不妨分别进行论述。女性作家的涉爱小说，亦可称之为女性文学，因为简单说来女性文学无非是指女作家所写的以女性为主人公的文学作品，而女作家以女性为主人公的作品，又往往脱不开爱情内容。我们可以借助于黑格尔之论来理解这一特殊的创作现象——黑格尔说，由于自身所受的社会局限，女人总是把自己的所有期待归结于爱情。那么，女性文学中，女主人公究竟处在怎样的爱情关系中，她们是如何对待自己的爱情生活的呢？我们看到，这些主人公的对象或丈夫总是显得十分猥琐、庸俗，她们压根儿看不上他们，她们总觉得，天下有的是理想的男人，只是因为上帝投错了骰子，才使自己没机缘碰见，她们横挑鼻子竖挑眼，看男人这也不行，那也不行。为此，她们深感自己被抛入了生活的苦海之中，觉得自己万分不幸。而张洁，干脆把这种不幸看成是命定的。譬如，在《方舟》题记中，她写道："你将格外不幸，因为你是一个女人。"正是出于这样一种共同心理，女性文学一度成为"告吹文学"和"离婚文学"，或谓"寻找男人的文学"①，在那一时期，女性作家对女性问题的思考在创作中只是简单地表现为寻找理想男人，并以此为基点建立自己的理想人格。

从张洁《祖母绿》开始，女作家笔下的世俗男人受到了"理想人格"的刻意挑剔。《方舟》中，三个女人因忍受不了男人的庸俗平常而离婚。谌容《错，错，错》中，男主人公靠着男子汉风度折服了女主人公，但是成家之后的生活压力使他消失了光环，也使得女主人公无法忍受。张辛欣《在同一地平线上》中，一方面是女人事业的成功，另一方面则是离异。谌容《人到中年》中，陆文婷偏向事业，《错，错，错》中，女主人公为了事业，把全部家务推给丈夫，连孩子也不要。胡辛《四个四十岁的女人》中，三个女人成了贤妻良母，唯一一个事业成功者，则抛弃了家庭。那么，离弃了世俗男人的女性人物，她们寻找到了理想的男性人

---

① 亦清：《一个充满活力的支点——也谈"寻找男人"的女性文学》，《当代文学思潮》1987年第2期。

格吗？

　　离弃了世俗男人的她们，当然不会像20世纪20年代鲁迅预言的那样，要么回到男人身边，要么在社会上堕落；但却普遍饱尝了社会的冷眼，饱尝了更大的不幸和酸楚。理想的男性人格没有寻到，她们只好在事业上寻求慰藉，但事业成功并无法填补她们的内心空白和情感落寞。于是，她们普遍变得敏感、多疑、刻薄、乖戾、偏激。这可是女性作家万万没有想到的——肆意嘲弄世俗男人的女主人公，没有仔细瞧瞧自己的嘴脸——其实，她们也远非什么"理想女人"，相反显得执拗、自傲、刻薄、痛苦，男人只好敬而远之。由于女性文学脱离了作为前提的现实生存状态，把全部美学内涵寄托在理想人格的陈述与凸显上，而把世俗情感作为卑琐人格的表现予以抛弃，因而其审美意蕴是程式化的，缺乏一种内在的创化更新能力，所以最终导致了女性文学创作的消失。[①]

　　至此，我们可以清清楚楚地看到女性文学的逻辑起点：女性作家把爱情看作人生的第一要义，承认人世间存在完美的爱情，活着便应去追求它，不完善的爱情是不能忍受的，应该去超越它。此种认为爱情第一，过日子第二的结果，导致她们既没有得到爱情，日子又越过越困难。美国社会心理学家弗洛姆认为，爱是生产性的，而非消费性的，爱产生于积极的给予。[②] 当女性人物的爱情出现尴尬和裂伤时，她们不是设法去改善它，而是用敌对的方法去激化它。这样，她们怎会寻得理想的爱情呢？

　　而在同时期或稍后男性作家的涉爱小说中，呈现出来的则是完全不同的爱情风貌。如果说，女性文学流露出一种褊狭的女权主义观念，那么，男性作家的涉爱小说则往往流露出或浅或深的男权主义观念，而一部分男性作家，则表现出对男权观念的怀疑甚至消解。

　　张承志《北方的河》中男主人公的塑造，体现了一种典型的"大丈夫"观念。在这种观念中，性角色与社会角色扭结在一起，男性与社会统治权联系在一起。男性承担的社会责任，使男性看女性有一种居高临下的优越感。追求着对于大河的梦、准备考研究生、实现自己男子汉美梦的"他"，对"她"不屑一顾，甚至把与"她"的正常情感交流当成一种耻

[①] 彭子良：《理想人格：女性文学的美学内涵》，《当代文坛》1988年第5期。
[②] ［美］艾·弗洛姆：《爱的艺术》，商务印书馆1987年版，第7—28页。

辱。《北方的河》制造了一种女性对男性的崇拜，这和它所推许的男性对图腾、对祖先的崇拜出于同一精神渊源。作品结尾，"她"最终没有选择"他"而选择徐华北，这应视作现代知识女性的一种明智和觉醒。遗憾的是，男主人公并没有意识到这一点，"她"的"离弃"，没有给予"他"丝毫痛苦。[1] 其实，"他"和"她"的爱情，只是作者为了表现"他"永远向上的精神即浮士德精神而构设的一种情节关系，"她"是为表现"他"才出现在作品中的，作者并没有将"她"视作活生生的人，而只当作一个性别符号，然而"她"身上体现出来的价值已令我们动容，遗憾的是，男主人公竟在一举手间挥别了这种感情，"他"没有意识到自己失去了一个多好的姑娘，很可能，"他"在宽泛的人生追求中已与真正的人生幸福失之交臂。

张贤亮《男人的一半是女人》中表现的男主人公对爱情的超越，则不像《北方的河》这么简单和决绝。作品中，女人黄香久实实在在地成为了男人章永璘的"一半"，正是她的爱情医治好了章永璘的精神创伤和肉体创伤，使他恢复了因长期压抑而缺失了的性能力，从而由"半个人"或者说一个"废人"，变回了一个完整的货真价实的男人。然而，在短暂的兴奋和癫狂过后，他很快不满意起来，甚至出现了深刻的精神痛苦——章永璘意识到，维系他们的，是情欲激起的需求，是肉与肉的接触，离开了肉与肉的接触，他们便无法沟通，失去了相互了解、相互关心的依据。另外，潜意识中，他仍对黄香久以前经历中的"不光彩"处耿耿于怀：尽管她颇有姿色，且比自己年轻八岁，但结过两次婚；在自己性无能的那一时期跟别人通过一次奸。再加上黄香久对章永璘政治理想的隔膜，使他一定要离她而去。与《北方的河》中的"他"不同的，是章永璘在作此选择时，内心充满了强烈的歉疚、自责和痛苦。他甚至这样检讨自己的行为："是亏了心了"。于此我们看到，《男人的一半是女人》既表现出一种浮士德式精神，又稍稍流露出对于浮士德式精神的忏悔。

而在路遥的小说《人生》中，这种忏悔精神则表现得相当充分。男主人公高加林不满意刘巧珍的"土气"和缺乏文化，因而割舍她去与黄亚萍恋爱，他觉得，黄亚萍才是在素养和志趣上和自己相配，能够支撑起

---

[1] 李书磊：《〈北方的河〉精神分析》，《文学自由谈》1988年第4期。

自己未来事业的人。但当人生打击骤然降临,他失去了自己称心的职业和新获的爱情时,这才感到了刘巧珍的弥足珍贵。小说结尾,高加林回到自己的家乡,怅然若失,痛不欲生,无颜以对父老乡亲……高加林所受的人生打击,实际上是作者对"负心人"的惩罚;而高加林的深深懊悔和回归,可看作是作者对浮士德式爱情精神的深深忏悔。

忏悔得最深刻的,当数张承志的《黑骏马》。或者说,《黑骏马》的主题便是对浮士德式精神的忏悔。由此主题决定,小说采用第一人称的叙述方法,通篇是主人公白音宝力格对当年愚蠢地离开情人索米娅的娓娓自诉,情调真诚、哀婉,满含怅惘、痛悔与告诫,像极了鲁迅的感伤之作《伤逝》。《黑骏马》的结尾,作者写道,滚鞍落马,亲吻过脚下包容着过多的爱,又包容着过多的恨的土地的白音宝力格,重又奋鞭催马,去追寻"更有事业魅力的人生"。如此这般的自我打气,在一篇十足的忏悔小说中,显得多么苍白乏力和不可信,毋宁可说是画蛇添足。

可以清楚地看到,对待浮士德式精神的态度,女性作家比男性作家远为简单;而对浮士德精神的忏悔,至少在新时期前期的女性文学中还尚未出现。产生这种现象的主要原因是:一、女性更大程度上把人生的幸福等同于爱情;二、女权主义文化思潮的高扬,使女作家笔下的女主人公普遍具有脱离男权自立,进而寻得自身意义和价值的意识。

由于新时期文学重又找回了"人",追求爱情自由和个性解放,确立人生的意义和价值成为当务之急;由于新时期初期文学表现出一种类同于意大利文艺复兴时期的理性主义精神;由于当时的文学仍然继承了旧有的文学观念,往往把一切生活现象包括爱情政治化,爱情被当作衡量人的政治观念、人格理想、意义价值的标尺,所以新时期前期涉爱小说中普遍高扬浮士德式精神。令人欣慰的是,一部分作家已表现出对这种精神的忏悔。

女性文学审美的程式化导致了其精神的降格与衰微,而与之同时期或稍后男性作家的涉爱小说也迅速让位于其他题材的作品。约在1983—1988年间,涉爱小说出现了巨大的空缺,轰动一时的王安忆"三恋",应该看作是实证性的性探索小说,不能划归涉爱小说即爱情、婚姻、家庭小说之列,因而也不是我们考察的对象。

1988年以来，大批涉爱小说纷纭而至，形成蔚为大观的文学潮流。这些小说，具有与新时期前期涉爱小说迥异的精神品格和风貌，对爱情、婚姻和家庭问题作出了截然不同的回答。

首先进入我们视野的是池莉的作品。她的"人生三部曲"《烦恼人生》、《不谈爱情》、《太阳出世》以不同凡响的新异之音震动文坛，令人侧目。池莉一贯被当作客观描摹生活的新写实主义的旗帜性人物，但有人却把池莉的作品归入问题小说之列。如评论家张韧就认为，《烦恼人生》、《不谈爱情》等还停留在问题小说层次，对人类生存状态的思考，本质是哲学的思考。[①] 那么，池莉对人类生存状态作了何种哲学思考呢？不必作过深的探究，光看题目就约略可以推知作者的结论所在：《烦恼人生》从奔波一天、兼儿子、父亲、丈夫、情人、职员各种社会角色于一身的印家厚身上，归结出人生无非是一场烦恼；《不谈爱情》认为，对于现实生活中的饮食男女而言，爱情以"不谈"为好，即无需大说而特说，大提而特提。"不谈爱情"谈什么呢？就谈"如何过日子"呗。对于她笔下的男女主人公们来说，"过日子"是个大题目，"爱情"不过是这个大题目中的一个小题目。小题目包容在大题目中，当然要服从大题目，所以说，所涉及的"爱情"叙事，在似与不似之间。"不谈爱情"还表达出这样的意蕴：爱情只不过是一个高雅得近乎虚假的名词而已，男女主人公婚后在一起无非过日子，谈不上什么爱情。可以说，《不谈爱情》是真正具有鲁迅《伤逝》精神的作品。

《伤逝》中，涓生和子君的爱情，是在男女平等和相互了解的基础上发展起来的，除了一个共同的愿望，他们对于门第、财产等等问题，几乎没有什么考虑。这正是挣脱旧式的婚姻制度，热衷于独立自主地处理个人生活问题所形成的时代风尚。他们表现得很勇敢、很坚决。但在结婚之后，他们的爱情却开始走下坡路并迅速瓦解。这不是他们"不谈爱情"引起的，而是他们"不谈日子"引起的。初婚的日子里，涓生为青春的激情所鼓动，"只为了爱，——盲目的爱，——而将别的人生的要义全盘疏忽了。"遭解雇失业之后，经济压迫和社会的威逼，驱使他几经挣扎而找不到生存的活路。他颓唐失望了。最后决计抛开子君，避免"一同灭

---

① 张韧：《生存本相的勘探与失落——新写实小说得失论》，《文艺报》1989年5月27日。

亡"。他醒悟到:"第一,便是生活。人必生活着,爱才有所附丽。"日子第一,爱情第二,爱情不能空"谈",必须在日子之上"附丽",这便是鲁迅得出的结论。值得一提的是,池莉曾将《不谈爱情》等四部中篇小说结集出版,书名就叫《不谈爱情》,足见作者对"不谈爱情"四字的偏爱。实际上,"不谈爱情"四字的含义已远远超出语序层面,具有了十分广阔的社会、文化、心理和哲学意蕴,成为同时期一大批涉爱小说的原型性主题。

池莉在"烦恼人生"中"不谈爱情",作品是否显得过于灰暗了呢?不然。《烦恼人生》中的印家厚在经历了一天的烦恼后,尽管也流露出一些疲惫不堪无可奈何的情绪,但他终究还保留着对明天的希冀。《太阳出世》中的赵胜天、李小兰夫妇尽管饱尝了生儿育女的辛苦与烦恼,但他们的小太阳毕竟健康地成长了,他们毕竟在辛劳和烦恼的洗礼中获得了精神上的升华,摆脱了平庸和世俗的包围,迈进了充实向上的人生境界。所以说,池莉的"人生三部曲"是具有相当的理性力量和人道精神的。

1988 年,孙建成在《上海文学》第 8 期所发的《结婚》,可以当作一篇现代寓言来读。主人公阿清是一个无比上进的男青年,他为了能够在将来搞翻译而自学英语,见竞争太激烈,又改学西班牙语,再后来,又很勤奋地写起了小说。女青年小蔚则显得十分庸俗——她说过一句很可耻的话:由于妈妈的错误,她没能成为一位局长的女儿(指妈妈没有跟曾经追过她的现局长成婚)。仅仅因为阿清赞美一个女的,就骂他不要脸。对阿清来说,自从和小蔚有了一次性关系并来往数次后,才发现她的庸俗根本令他难以忍受。他想,"我这一辈子算是完了!"但他不能够割舍她,他感到自己已没有再选择的余地。他为"爱情"竟是这样地糊里糊涂而深感惶惑。在狂热的拥抱中,他闭上眼睛,看到的却是他昔日的情人肖恰的形象。他和小蔚如期举行了婚礼。结婚的第二天天亮,他和小蔚无言拥抱,他觉得,"无边的期待对短暂的人生实在是一种沉重的负担",为此,他还这样自我解嘲:"不是一个坚强的伟人","只是芸芸众生的一员"。我们看到,在《结婚》中,婚姻和爱情被剥离了。小说中的门老师这样教训曾认为婚姻和爱情处在人的理想层次上的阿清:"一般来说婚姻是社会的产物;而爱情虽然包括了婚姻的各种社会因素,但更侧重于男女间心灵和肉体的契合。婚姻的依据是性而不是情。婚姻是人类为了解决自身矛盾而对两性关系的一种社会协调，就像国家对于阶级，法律对于贪欲，这是人类所必需的措施。而你所指的爱情却是超越婚姻的，这样你必然会陷入与社会的伦理纠纷中而难以自拔……"显然，这也是作者对婚姻和爱情所作的哲理思考。和《不谈爱情》、《太阳出世》如出一辙，《结婚》照样不谈爱情，正是由于不谈爱情，"结婚"只是没有"爱情"的"结婚"。

没有爱情的婚姻最终会导致什么呢？是离婚吗？

让我们带着这样的疑问和想象，走入谌容的《懒得离婚》和苏童的《离婚指南》。

《懒得离婚》反映了中国现存婚姻制度的真相。如果说《人到中年》塑造了中国中年知识分子的典型，那么，《懒得离婚》则塑造了当时中国家庭生活中的人物典型。一个"懒"字，再恰切不过地反映了疲软时代人的疲软心态。作者创造的刘述怀这个人物，尽管表面上诙谐大度，对婚姻持极无所谓的态度，而骨子里则充满了对自己婚姻现状的仇视。吊诡的是，这种仇视又不能致使他行动起来冲决现实，最终追求到希望与和谐，而是逃避真实的渴望（同与他默契的孟雅平故意疏远），终日得过且过，漫无目地"侃"下去，以"侃"来发泄内心深处的极度压抑。他为什么不离婚？且听刘述怀如何回答："瞎，看透了，离不离都一样，懒得离！"就是说，刘述怀压根儿不相信存在有爱情的婚姻。

苏童的《离婚指南》内涵比前者深化了，主人公杨泊也比谌容笔下的刘述怀勇敢一些，但其结局仍然回归到《懒得离婚》最初的主旨。小说开篇，主人公杨泊向妻子发起突然袭击，反复声明"我要离婚"。原因是什么呢？是厌烦。厌烦什么呢？他坦白告诉妻子：厌烦你轻轻打鼾，睡态丑陋极了；厌烦你夏天时腋窝里散发的狐臭味；厌烦你饭后剔牙的动作及吃饭时吧叽吧叽的声音；厌烦你把头发烫得像鸡窝一样，没完没了看香港电视连续剧；厌烦你不读书不看报；厌烦你跟邻居拉拉扯扯……在这里，婚姻一方要脱离一方的原因，已不像新时期前期涉爱小说，可简单地归结为庸俗、理想不合和没有共同语言等等，而是更琐碎更深层的。谌容笔下的刘述怀"懒得离婚"，如若要离又将怎样？可以想见，杨泊的遭遇就是他的遭遇——为了离婚，杨泊忍受了大头给他的胯下之辱，忍受了朱家兄弟给他的皮肉之苦，忍受了人们的轻蔑、鄙视和嘲笑，却始终未能如愿以偿。因为要离婚，妻子骂他是畜生，情人抱怨他怯懦，外人认为他是神经病，非但家庭错位，他的精神也被严重扭曲。在经历了"离婚是死，离婚是生"的殊死搏斗后，他只能发出如此的哀叹："我已没有力气去离婚了"。

以上几位作家的作品，使我们看到了中国人爱情婚姻生活的真相。与西方家庭相比，中国的离婚率是比较低的，但这能说明他们的婚姻是由爱情维系的吗？能说明他们的婚姻是牢固的吗？有人曾在上海市作过调查，表明50%的人对婚姻状况不满意。然而离婚的又占百分之几？只不过像《懒得离婚》中的张凤兰所说："凑合着过呗！"回首看新时期前期那些被称作现实主义的涉爱作品，不到黄河不死心地"寻找男人"，决然地"告吹"，潇洒地"离婚"，到底有多大的现实生活依据？说穿了，只不过是理想主义的矫情罢了。那时所谓现实主义，现在看来其实是伪现实主义，或称浪漫主义。而池莉、谌容、苏童、孙建成们被称为新写实主义或新现实主义的以上作品，才是真正的现实主义。他们的作品，是眼下疲软时代的真实写照，这种疲软来自传统的、习惯的、僵化的观念和准则在新的生活面前所造成的社会危机，反过来则意味着，人们在怀疑扬弃以及重新选择时的活跃正反映出某些现代意识的坚挺：无论人们如何消极、疲惫甚至颓唐，但一种强烈的民主的意识、对话的要求则无法掩饰，他们不再按以往理想的原则生活，而是按现实的原则生活，从某种程度上说，这不是社会的进步么？① 如果说新时期前期涉爱小说是宣言书，是社会改革的工具，那么，以上作品则取一种与读者对话的姿态，因而具有平易近人的人道精神。

以上是对新写实队伍中涉爱作品的一个分析。那么，与新写实并起的另一文学潮流——先锋文学，对爱情又作了何种思考呢？

先锋文学与新写实文学的艺术观念有着巨大的差异，新写实文学是一种真正的现实主义，它以客观写实为使命；而先锋文学是一种结构主义文学，它认为，文学具有独立于生活的价值，本身即是完满自足的系统，个人意志浸淫其间的世界比生活本身更有意义。由此决定，先锋文学的写作

---

① 青平：《疲软的时代》，《光明日报》1988年12月23日。

主要凭借想象完成。如果说，新写实文学对爱情的表现发源于生活本身，那么，先锋文学对爱情的表现则主要来自于文化系统本身的承继和递变，来自于对爱情的哲理思考。我们不无讶异地发现，先锋文学对爱情的"思考"和新写实文学对爱情的"反映"，竟然具有惊人的一致性。

　　文艺复兴和启蒙运动时期，西方作家和思想家把爱情推向了至高无上的地位上，活着就是为了爱情，要么爱情，要么死：歌德的《浮士德》、《少年维特之烦恼》，莎士比亚的《罗密欧与朱丽叶》、《奥赛罗》，就是这种思想的典型反映。而中国近代革命志士所谓"生命诚可贵，爱情价更高；若为自由故，二者皆可抛"，这种把爱情置于生命之上的表达，类乎16—18世纪的哲学思想。愈往现代，爱情在哲思中地位愈下：结构主义哲学大师罗朗·巴尔特在他的《恋人絮语》中拆解了爱情；在一些语言分析学派哲学家眼里，爱情无非只是一个词汇而已；而20世纪60年代获得诺贝尔文学奖的威廉·福克纳，干脆在他的小说中喊出了振聋发聩的一句："爱情已经死亡！"（《棕榈树》）

　　可以说，先锋小说正是受到了如上西方现代文化思潮中爱情观念和表达的影响。余华的《古典爱情》，是对以往传统文学爱情叙事的一次看似平静实则剧烈的颠覆。它叙写了这样一个故事：一位秀才上京赶考，路途上跟一痴情女郎相爱，爱得昏天黑地，难舍难分，无奈大考之期迫近，只得忍痛分离。等他应试已毕，急急返回，故地只见一座青冢……这是一个平淡无奇的程式化的"古典爱情"故事，余华在他平淡如水的叙述中，隐藏了对这种古典式爱情的极大调侃。事实上，故事中人物的爱情精神正是传统文化所信奉的，是浮士德式的爱情精神，为现实生活中的许多人所信奉。而余华则用爱情对象的死亡昭示人们，痴情者的痴情只是荒诞的，命定没有结果的，从而对人们恪守的爱情观念给予了彻底的颠覆。应该说，余华用他的爱情叙事，重复了福克纳当年表达过的爱情主题。与洪峰和马原比，余华的思考是远为深沉和隐藏的。洪峰和马原在小说中照样颠覆爱情，但采取的则是世俗的方式：让人物用语言嘲弄爱情，用行动调侃爱情，他俩还有一屡试不爽的手段，让爱情每每让位给性。

　　与洪峰和马原相仿的，是王朔。王朔的文学观念和写作技法与先锋小说家有所不同，但他们的作品存在着内在的一致性。王朔的作品是对现存价值观念的颠覆，他笔下的人物总在寻求新的活法，玩世，玩生活——他们"玩的就是心跳";他们请求:"千万别把我当人"。他们照样玩爱情。在《一半是火焰,一半是海水》中,"我"刚同吴迪做完爱就想:我不爱他,不爱任何人,"爱"这个字眼在我看来太可笑了,尽管我也常把它挂在嘴边,但那不过像说"屁"一样顺口。

对爱情的嘲弄、调侃乃至否定,绝非只在上述几位作家的作品中存在,在近几年的涉爱作品中,随处可见。吉林的《作家》曾出一"爱情小说"专号,约请20位作家写以爱情故事为主题的小说,结果绝大多数都写了性。一作家的小说中这样写道,男主人公问:你猜,我用什么来爱你?女答:用心。男说:不对,用生殖器。其中不少小说中的爱情成了上床去谈的"爱情",说穿了就是爱情降格成性交。而真正的爱情,却受苦了:"爱情太累了/爱情得病了/病得睁不开眼睛"(娜夜《爱情,受苦了》)。

在对新时期涉爱小说作了如上考察分析之后,可以得出,小说中爱情文化的嬗变实质就是:浮士德式爱情精神的高扬、忏悔和反叛。也就是说,小说中的爱情文化愈来愈抛弃爱情的理想性、超越性、无限性,而向现实性、趋同性、有条件性、有限性回归。这一回归实质上是浪漫主义向现实主义的回归,是对人们的一次新的启蒙。因而,愈往后来的作品愈具有强烈的艺术真实性和巨大的艺术感染力。但是,从另一个角度讲,这条回归之路却表现为一种精神滑坡:后期作家在表现爱情、婚姻、家庭问题时,轻忽了主体意识的强化和人的解放,他们很少去写人对文化物质环境的主动改变与创造精神,甚至将人当成社会问题的载体与身处困境等待解救的对象,从而把读者抛入压抑和黑暗中。

黑格尔曾认为,思维的发展和历史的发展都要经过"正—反—合"三个阶段,现在,是到了在浮士德式爱情精神(正题)及其反叛(反题)中间,寻找合题的时候了。

对"人"的渐近把握

——新时期文学述论

众所周知，新时期文学先后经历了伤痕文学、反思文学、改革文学、寻根文学几大思潮阶段，进入了一个多元开拓的崭新发展阶段。那么，这个"多元开拓"到底意味着什么呢？寻根文学之后，有没有一种主导地位的文学思潮呢？如果有，它是什么？它和前面几个阶段的文学存在什么样的联系？所谓先锋文学和新写实文学，在新时期文学流变中意义怎样？新时期文学发展的几大思潮阶段，实质到底是什么？审美嬗变的机制又是什么？如果不进行"人学"考察，不对新时期文学各个时期作品中的人物进行深入的探究，就很难回答上述问题，而不对上述问题作出回答，也就无法对新时期文学作出整体性实质性的把握。

伤痕文学—反思文学—改革文学—寻根文学—多元开拓文学这一演变轨迹，反映了新时期文学取材上的变化，但更重要的是反映了新时期文学对当代社会生活沉思方式的变化，归根结底是反映了新时期文学对人的认识的变化。伤痕文学和反思文学表现的是作为政治现象的人，改革文学表现的是作为经济现象的人，寻根文学表现的是作为文化现象的人，而以先锋和新写实为潮头的多元开拓文学，表现的则是作为生命现象的人。因此，我们可以把新时期文学的发展划分为四个阶段。

一 把人作为政治现象看待的阶段

新时期伊始，文学即走出了瞒和骗的泥淖，不再为"文化大革命"那一颠倒黑白的时代，唱诵虚假迷幻的赞词。它恢复了自己的生命——写真实。但是，当时的文学观念并没有改变，诚如一位论者所指出的那样，新时期的"前一两年，基本上还是以新八股代替老八股，以新的'工具论'代替旧的'工具论'，以新的歌颂现实揭露往昔代替旧的忆苦思甜。"① 在文学观念上，文艺从属于政治和文艺为政治服务，这一片面的提法还没有得到纠正，与之相联系，文艺的本质和功能问题，仍然沿袭旧有的理论。例如，不少著作认为，依马列主义观点，经济是社会生活始基的决定因素，而"政治是经济的集中体现"，② 所以文艺只能通过政治这一中介才能达到反映生活的目的。

在这样一种文学意识形态背景下，文学初期作品中的人物，只是作为政治现象的产物出现，并不具备丰富复杂的人性，人物往往单纯地具备一种政治性，甚至阶级性。如郑义1979年的短篇小说《枫》，描写李红钢和卢丹枫这一对中学时期的恋人，在1967年城市发生的武斗中，分属两派，势不两立。后来，男方所在的"造反总兵团"攻取了女方占领的中学中心大楼，待李红钢冲上楼顶，女方只剩丹枫一人在顽强坚守。他俩都认为自己是在捍卫毛主席的革命路线，而视对方为寇仇。在此情况下，卢丹枫希望李红钢打死她，但未能如愿。最后，卢丹枫高喊"誓死保卫毛主席，誓死捍卫林……"跳楼自杀。试问，这两个人物身上还有正常人性可言吗？《枫》属伤痕文学的代表作之一，当时这类作品中所描写的人几乎全部是政治现象的产物，如《班主任》中的谢惠敏，《伤痕》中的王晓华，等等。

那么，新时期初始阶段的其他作品，又是怎样的面目呢？让我们回首看看被认为是喊出了人性复归强音的作品刘心武的《爱情的位置》。小说中，品貌兼优、端铁饭碗的女工孟小羽，爱上小饭铺里烙火烧的厨工陆玉春——在当时，这可是属于常人眼中极不般配的爱。但任凭别人或讽或劝，孟小羽均不改初衷。作者在这里竭力赞扬的爱情，其实已被大大地政治化了，爱情成了理想政治的替代品。说穿了，正因为孟小羽和陆玉春都是思想好，积极上进，能够热情地投身平凡劳动的好青年，所以作家才那么执著地把俩人往一起拉，或者说，作家想极力从文学中寻求一种久违了

---

① 高旭东：《略论中国当代文学发展的三个逻辑层次》，《当代文学思潮》1986年第6期。
② ［苏］列宁：《列宁全集》第32卷，人民出版社1985年版，第71页。

的社会公正。所以，这种爱情描写仍然是把一切生活现象政治化的惯性延续。

伤痕文学之外，作为一大文学思潮的反思文学，对人的观照也是如此。如果说，伤痕文学是把"文化大革命"十年时期的人作为政治现象看待，那么，反思文学则是把包括"文化大革命"在内的更为漫长的极"左"时期的人作为政治现象看待。伤痕文学中，人是反映红卫兵运动、知青运动等政治运动和社会事件的工具；反思文学中，人则是反映反右派斗争、大跃进运动、反修防修斗争等政治运动和社会事件的工具。

二 把人作为经济现象看待的阶段

应当说，伤痕文学和反思文学以其批判锋芒的锐敏和思考探索的深切，在当时文学尚在执意识形态之牛耳，文学尚可引发强烈的轰动效应的时代，对社会政治生活产生了重要影响。但是，随着过往时代的历史错误逐步被人们认清，那种以真相指陈和揭批为特征的文学渐渐失去了原来的作用，变成了一种可厌的重复。而文学的生命在于创新。这当儿，时代又一次发生了重大转机，给文学注入了新的血液。此一重大转机即是党所作出的把工作重点转移到社会主义现代化建设方面来的思想路线和随后对社会进行全面改革的战略方针。此一转机，转变了人们长期以来形成的"政治挂帅"和"以阶级斗争为纲"的思想模式——即将一切生活现象政治化的模式，使人们认识到，生活的实质内容并非是政治斗争而是经济建设和经济生活。对人来说，经济比政治远为本质。随着改革的全面开展，作家们纷纷把笔触伸进到这个开始巨变的新时代，于是，大批改革文学作品出现了。然而，较之于伤痕文学和反思文学，改革文学的文学观念并没有取得真正的前进，还只是停留在十七年的水平。[①] 改革文学仍然不以写人为主要目的，不少作品中的人物仍然只是表现一种新的生活理念的工具。

从对人进行思考的角度讲，改革文学可以分为以下几类：第一类以

---

① 阎真：《超越观念——评第一阶段改革小说的艺术缺陷》，《当代文学思潮》1986 年第 5 期。

蒋子龙的工业改革题材小说为代表。蒋子龙反映工业改革的小说是改革文学的开山之作，这些作品中所着力表现的人物，已具有十足的经济头脑和经济眼光。如《乔厂长上任记》中的乔光朴，一心为了经济，一身扑在经济，其思想感情甚至思维方式似乎都有点"经济化"了。"时间和数字是冷酷无情的，像两条鞭子，悬在我们的背上。"这是出现在这篇小说开头的"摘自厂长乔光朴的发言记录"中的一句话，就像《阿Q正传》中阿Q的名言"我们先前——比你阔的多啦！你算是什么东西！"或"我总算被儿子打了，现在的世界真不像样……"打上了深深的阿Q烙印，它体现的是典型的乔光朴风格。就连乔厂长的婚恋，也是闪电般的，为了免于闲言碎语和成为全厂职工热议的对象，也是为了给自己营造一个没有后顾之忧的工作环境，他竟然在没跟自己的女友童贞商量的情况下，就罔顾事实，陡然宣布自己已经跟女友结婚了。这固然是向那些敌对势力的宣战，但也不正体现了乔光朴的时间、效益观念吗？而到了《锅碗瓢盆交响曲》中的牛宏身上，开一次职工大会竟仅需几分钟！

尽管小说中人的面目有了很大改观，但是在蒋子龙式的第一阶段改革小说中，人仍然在很大程度上被作为政治现象看待。所以，在这些小说中矛盾冲突的安排和人物形象的塑造中，表现出了一种由人们的政治态度决定其道德面貌的浅俗的善恶二分法。如蒋子龙小说中的乔光朴与冀申（《乔厂长上任记》）、车蓬宽与潘景川（《开拓者》）、武耕新与李峰（《燕赵悲歌》），另如其他作家小说中的赵镢头与李保（张一弓《赵镢头的遗嘱》）、郑子云和田守诚（张洁《沉重的翅膀》）、杨昭远与邵一峰（焦祖尧《跋涉者》）、陈抱帖与唐宗慈（张贤亮《男人的风格》）、刘钊与丁晓（李国文《花园街五号》）、徐枫与魏振国（张锲《改革者》）等等，都是一正一反相互对立的双方。描写所谓改革者和反改革者的斗争，成了这类作品的情节主线。这种简单的二分法，把作为改革主体的人，不自觉地政治化了，它以个人政治道德的优劣去解释改革的动力和阻力，用个人道德的优劣这种偶然性去解释历史运动的必然性，从而使复杂的东西变成肤浅的东西。这些小说似乎认为，改革本来可以一帆风顺，只是极少数道德小人把事情弄坏了。

第二类改革文学则有异于此，不再人为地将改革中的一部分人物任意拔高，将之理想化为自己心中的时代英雄，将另一部分人物任意丑化，将之贬抑成政治道德的败类。生活是什么就写什么，人是怎样就写怎样。在此一理念的导引之下，出现了这样一些人物，他们是即将倒闭的企业的救星，是为企业赢得了几十万乃至几百万利润的功臣，是先富起来的个体户，但是，他们不再如蒋子龙小说中的改革者那样在思想和道德面貌方面无懈可击，为了企业的发展和自己的前途，他们也请客送礼，巴结上级，拉拢、欺骗和压榨同行，"肥"起来以后，他们照样志得意满，纵情食色。如肖洪（韩冬《哥，你像水》）、聂淮生（黄亚洲《礼拜天的礼拜》）、龙蛋（赵锐勇《罢工》）等人物。他们有能力，有铁腕，但其奋斗手段却与传统的道德胜境相违背。小说中，创作者一方面钦羡和赞扬他们的能力，另一方面对他们的伦理行为无所适从，于是纷纷设置一位漂亮女性，让她们先爱之而后弃。这一文学叙事的模式化选择，其实正是作家两难心理的流露。以上一些二重性格的人物，其人性完全成了由利益决定的，他们也有道德，但和以前小说所揭示的不同，他们的道德是由经济决定的，而不再是由政治决定的，在作者眼里，改革者道德上的纰漏是改革中必然会出现的现象，是可以理解甚至可以原谅的。正如当年鲁迅讽刺国粹的迷信者们时所说的，"红肿之处，艳若桃花；溃烂之时，美如乳酪"——由于作者不加批判地描写这些人物，使得人物的精明能干和功劳，掩盖了他们道德上的污点，甚至连污点也发出光来。有些创作者甚至于带着欣赏的眼光描写这种人物。总之，这类改革小说中的人物完全成了马基雅维利主义者，即为了目的而不择手段的赤裸裸的实利主义者。

  上述作品中描写的人物固然真实，但由于作者没有流露出自己的倾向性，因而不是恩格斯意义上的严格的现实主义手法，而有流为自然主义之嫌。第三类小说则把审视人的着眼点仍放在道德方面。王润滋《鲁班的子孙》就是这样一部作品，它大胆抒写农民在发展商品生产的过程中经济利益和道德情操之间的矛盾，作者站在审视鲁班遗训的老木匠一边，对他的落后和困惑情绪表示深刻的同情，而对小木匠精于盘算，不惜违背乡俗决不雇用无能之辈的做法表示愤慨，认为是金钱腐蚀了灵魂。应该说，《鲁班的子孙》对人的思考由对错误的揭驳落入了相反方向的错误一极——"见利忘义"固然不好，但"取义舍利"也不是美好的人性。《鲁班的子孙》基本上是成功的，但"仅仅用传统美德作为评价人性的尺度，显然不能适应今天生活的错综复杂了。"① 张炜的思路与王润滋相仿。在《一潭清水》、《海边的雪》、《秋天的愤怒》、《秋天的思索》等作品中，他也着重从道德坚守这一向度看取处于商品经济社会的人物。应该说，张炜审视人的得失和王润滋相同，《秋天的思索》中看园人老得，就俨然是老木匠的化身。

第四类改革文学对人的审视则显得稳妥和公正。如黄放的《猎神走出狭谷》中的梦猿，就是一个既具有经济头脑，机灵能干，又不失传统美德的人物。当商品经济的大潮波及到了地处西南一隅的少数民族山寨时，许许多多的青年坐不住了，纷纷下山寻求发家致富的门路。但作为猎户后代的梦猿，却怎么也不忍心离开心爱的家乡，不忍心使祖先的技艺失传，于是，他怀着十分复杂和矛盾的心情留了下来。但是，终身大事又困扰着他——谁会看上他这个穷伢子呢？岂料，山寨猎王美艳如花的女儿看上了他。不料猎王从中作梗，放出话来，谁能猎获"对眼穿"的兽物——他以为全村寨只有他具有如此高超的打猎技艺——他便会将女儿嫁给他。接下来的故事并不难猜想，在几位青年的激烈角逐中，胆大心细的梦猿凭着过人的功夫取得了胜利，但出人意料的是，梦猿却主动放弃了当猎王乘龙快婿的机会。原因只有一个，他觉得自己穷，他怕心上人会跟着自己受罪……梦猿，这是怎样的一个人间"精怪"啊，美好得让人落泪。如果说，第二类改革文学作品中的肖洪和聂淮生们有点像是野兽，那么，梦猿就是千真万确的天使了。

在今天这样一个飞速发展的商品经济时代，我们既不会选择八面玲珑的马基雅维利，也不会选择食古不化的鲁班。当然，像梦猿这种集艺与德于一身的面面俱到的人物，作为文学对生活的思考是成功的，但在文学意义上其性格特征反而不太鲜明，不如大木匠和老得成功。

不管怎么说，把人更大程度上看成经济的产物而非政治的产物，是一种大踏步的前进。

---

① 雷达：《论小说家的转折》，《蜕变与新潮》，中国文联出版公司1987年版。

三 把人作为文化现象看待的阶段

新时期文学沉思人的前两个阶段，或把人作为政治现象看待，或把人作为经济现象看待，但都不是文学对人的自觉性沉思，而只是文学在沉思生活的过程中对人的附加性表现。"人的描写是艺术家反映整体现实所使用的工具"①，苏联20世纪50年代的文学理论观念，仍然影响着新时期初期作家的创作。在此局面下，文学即使对人有所思考，也终是流于皮相。拿改革文学来说，一些作品笔墨所到之处，就连那些最落后地方的最落后的农民，转眼之间电话其听，彩电其视，探戈其舞，恋爱其谈。这或许倒还可信，但似乎手中握了两张票子，其思想感情甚至思维方式也就立刻发生了颠倒乾坤的巨大变化。我们不禁要问：难道人的心理意识是经济单方面的因素一下子就能够决定了的吗？当然，有些作家也写改革的阵痛，写改革带来的进步观念与传统心理意识的冲突，例如贾平凹的《腊月·正月》等小说。这些小说的结局总是传统心理意识被进步观念所打垮或整合，难道没有相反的情况吗？

到了寻根文学，人的观念一下子发生了变化。在这里，人不再像商品一样，随着时间的前进，一日强似一日地改换其面貌，而表现为一种有历史承继的、有相对稳固的心理结构主体。心理科学告诉我们，人的意识结构可以分为两个层次，外层是理论态的，内层是心态的，两者之间的关系有如原子中电子与原子核的关系。意识结构的外层是异常活泼、变动不居的，它可以在社会经济等因素的推动下快速地发生变化，而内层则相对稳定，要迈出极小的一步也相当不易。而要求人要发生"脱胎换骨"的变化，那是根本不可能的。而寻根文学就把人作为以往历史和传统文化的产物予以表现，对人的理解，委实比以前的文学大大深化了一步。

需要特别指出的是，到了寻根文学，文学才开始了对人的自觉思索。寻根文学不再对一日一变的生活作皮相的蚂蚁追赶大象式的追踪，而开始审视更为永恒的主体——人。"我企图利用神话、传说、梦幻以及风俗为

---

① ［苏］季摩菲耶夫：《文学原理》，转引自雷达《蜕变与新潮》，中国文联出版公司1987年版。

小说的框架，建立一种自己的理想观念，价值观念，伦理道德观念和文化观念；并在描述人类行为和人类历史时，在我的小说中体现一种普遍的关于人的本质的观念。"[1] 鲁迅以文学探讨国民性的工作，被部分优秀的寻根文学作家引为重任。于是，他们的许多作品，或写一个人，研诘他从何处来，又向何处去，如韩少功的《爸爸爸》；或写一个村落的历史与命运，研诘族类生活方式的变化形态，如王安忆的《小鲍庄》。正因为寻根文学更大程度上把人理解为一种不易改变的历史承续主体，所以，寻根文学的许多作品，才抛开社会经济发展这个变量，把人物的活动安排在蛮古洪荒、深山草泽，与此背景相适应，作品中的时间因素也一片混沌，你无法看出故事发生在何朝何代。寻根文学普遍追求一种哲学涵盖力，他们塑造哲学意义上的人，即郑万隆所谓"本质"的人。鉴于郑万隆等作家企图在自己的文学中建立超越历史、时代的哲学意义上的"普遍的关于人的本质的观念"，评论家吴秉杰把他们的创作追求称之为"人类学追求"。那么，他们建立的"普遍的关于人的本质的观念"是什么呢？回答是，郑万隆得到的是那种超越社会历史，绝对自由，敢于大爱大恨，追求迷狂陶醉的尼采所谓的酒神式精神的人，阿城在《遍地风流》中塑造的人也有如此；韩少功在《爸爸爸》中，则把人看作一种渺小的微末的但不自觉地推动着人类历史前进的力量。

　　另一部分作家的思路则有异于此，他们不认为本质的人，只有放到抽象的蛮古洪荒、深山草泽中才能得到表现，眼下的社会生活即有本质的人。他们把当代社会看成历史的延续——这无疑是十分正确的。他们表现具体的、历史的、处于特定社会结构和道德氛围中的人，因而，他们的作品具有比"人类学追求"的作品更大的社会作用、教育作用和认识作用。但这决不意味着这部分作品像一些改革文学作品那样，只是对纷纭复杂瞬息万变的社会生活的一种简单跟踪，相反，像"人类学追求"的作家一样，他们自觉地而不是被动地思考着人。鉴于这些作家对人的思考都以具体的社会历史为参照，故吴秉杰把他们的创作追求称之为"社会学追求"。

　　不管何种追求，归根结底是文化学追求。其实，寻根文学只是一个

---

[1] 郑万隆：《我的根》，《上海文学》1985年第5期。

即兴的术语,并不能界说该派文学的本质,所以有些作家不提寻根文学只提文学中的文化学追求。应该说,对文化的追求,在"社会学追求"的寻根文学作品中体现得远为深刻。如果说,在"人类学追求"的寻根文学中,文化只表现为一种氛围,是意绪态的;那么,在"社会学追求"的寻根文学中,文化则表现为一种强力,是质感很强、充分对象化了的。在前者中,人是在同文化氛围相谐协的意义上,表现出本身是一种文化现象的;在后者中,人的心态行为,乃至于命运,都受到文化这股强力的左右,从而充分说明,人是文化的产物,文化决定了人,并必将决定着人。

陆文夫的《井》是一篇"社会学追求"的寻根文学作品。主人公徐丽莎以一个纯真无邪的少女之身踏入了社会,不幸落入朱世一掌中,受尽磨难。如果说,徐丽莎的前半生闷闷郁郁不难理解的话,那么,在新时期,她仍然逃不脱厄运,仍被朱世一掐住咽喉,就有点类乎天方夜谭了:朱世一因"文化大革命"中嘴脸败落,乌纱帽不翼而飞,正处于穷途末路,徐丽莎则因青春复归,创造发明,正处于蓬勃向上之境界。如此,双方价值与力量对比可谓悬殊,然而,人品卑劣并不妨碍朱世一获得广泛的舆论声援,工作勤劳出色却无法验明徐丽莎的洁白无暇。奥秘何在?答曰:朱世一能调动利用人们心中最稳固最隐秘的传统文化观念,作为自己负隅顽抗的武器。世风大变,"展览会"已不灵验,"扣发工资"更属呓语,而像"抓男女关系"之类仍然可收奇效。徐丽莎的死亡,小小的朱世一、朱老太、何周礼、沈进先、童少山们负不起,只能由整个历史文化的流俗积弊来负。可以说,徐丽莎居室近旁的那口井,便是劣根的传统文化的象征——徐丽莎并没有跳进那口井,而是那口井吸进去了徐丽莎。五四时期吴虞曾惊呼礼教杀人,这里我们不得不惊呼文化积弊吃人了。然而,有许多读者曾对徐丽莎的死表示异议,认为过于突然——难道徐丽莎不能进行反抗吗?难道徐丽莎非被吸进去不可吗?

四 把人作为生命现象看待的阶段

寻根文学自觉思考了人,但其文学理论背景偏向反映论,仍没有达到本体论的新高度。在寻根文学作品中,人仍然不是主体性的生命存在,而是文化的被动产物,连一丝一毫的弹跳力都没有,文化淹没了人,人窒息了,人成为死物,如徐丽莎。那么,人的生命呢?或者说,具有生命的人哪儿去了?

我们说,人是一种社会现象,一种文化现象,更是一种生命现象。作为生命现象的人,他是朝气蓬勃的,富有意志的,一定程度上可以超越自我,可以与命运作斗争的。作为生命现象的人,也就是充分主体化的人。"赋予人物以主体的形象,归结为一句通俗的话,就是把人当成人——把笔下的人物当成独立的个性,当作具有自主意识和自身价值的活生生的人,即按照自己的灵魂和逻辑行动着、实践着的人,而不是任人摆布的玩物与偶象。"[①] 是的,人是受文化的巨大制约和影响的,但是,人不是也能能动地反作用于文化吗?寻根文学把握人的偏颇之处在于,过大地夸张文化对人的制约作用,过小地估价人对文化的能动作用。

"人是生命"这一命题,除否认人是单纯的政治现象、经济现象、文化现象,而是能动的主体存在而外,还认为人的性格决不是简单扁平,而是多重组合、变动不居、幽秘深邃、无比丰富的。笔者这里所阐述的这一文学发展阶段,可称作生命文学阶段,即把人作为生命现象看待的阶段,实际上成为通常所说的多元开拓文学的主潮。生命文学,虽没有引起理论界的广泛讨论,但确实构成了寻根文学之后一股盛大的文学潮流。由于它以科学的文学理论为指导,所以将会一直波及到很远。

欣喜的是,还在其他几次文学潮流方兴未艾之时,一部分优秀作家已经在做着这一阶段的工作,他们准确地把握着人,塑造出一些作为生命现象的或谓充分主体化了的人。如张承志《北方的河》的"我"、邓刚《迷人的海》中的海碰子。而这一工作在一些长篇小说中做得远为优秀。例如蒋子龙《蛇神》中的邵南孙,就是一个高度主体化的形象。邵南孙在青年时代痴心爱慕集美丽、柔弱、贞洁、善良于一身的"圣女"花露蝉,邵对她的偶像崇拜,构成了邵的情爱和性爱中心。然而,社会动乱摧残了花露蝉,使得邵南孙失去了精神和伦理的支柱。这样,邵南孙的善良、理性也被疯狂的报复欲望、索取欲望所取代。为什么邵南孙的性报复指向一

[①] 刘再复:《论文学的主体性》(上),《文学评论》1985年第6期。

系列女性？其深层意向逻辑是："你们毁灭了我的，我也要毁灭了你们的。"他在观念上视花露蝉为自己贞洁的妻子，一旦遭到侮辱摧残，便要肆无忌惮地在一切"仇人"的妻子身上实行更加倍的报复。邵南孙在花露蝉逝去之后，丧失了恋母的情感归所，他孤独、冷傲、厌恶人生，对道德、事业乃至生命都无所谓。我们看到，邵南孙这一形象，绝非简单的政治决定、经济决定或文化决定所能道破，作者是把他当作"这一个"生命来看待的，当作一个本身就完满自足的人来看待的。在邵南孙身上，逻辑与非逻辑、合理与不合理、必然与偶然、意识与无意识等矛盾非常和谐地交融在一起，蒋子龙没有像某些寻根文学作家那样，标榜探索中国文化的源流，然而邵南孙身上，中国男人极为深隐顽劣的女性私有观念、男性权力意志和恋母情结等性文化心理特征仍然凸露无遗。

需要特别指出的是，20世纪80年代末期出现的新写实文学，能够典型地体现生命文学的精神。新写实文学一反以往小说创作以塑造人物形象为主的理论，而以展示人在日常生活中的存在状态为根本任务，可谓抓住了生命的核心内容。我们看到，新写实文学中的人物，绝大多数都处于一种身不由己，力不从心，被环境和荒谬闹剧、偶发事件所左右的状态中，生活得很苦、很累、很琐碎、很疲软。人物的这种生命状态，反映了人的生命理想和现实存在的巨大矛盾。正因如此，新写实文学才逼近现代悲剧，具有了催人泪下、撼人心魄的巨大艺术魅力。而以余华、格非、孙甘露、北村等人为代表的先锋小说，则在另一个侧面上体现了生命文学的精神，如余华小说中人物的残酷，孙甘露小说中人物心灵世界的恍惚，北村小说中人物无所皈依的缥缈感，都是作家把人的某一生命特点或侧面推向了极致的体现。似乎可以说，先锋作家笔下的人物，不是什么性格人物，而是生命某一特点或某侧面的符号。

以上笔者所描述的新时期文学不同阶段对人的不同思考，在许多作家的创作历程中都有非常明显的表现。如蒋子龙在《乔厂长上任记》中，人的观念是"权力说"，《燕赵悲歌》中是"经济杠杆"说，《阴差阳错》中是"文化制约说"，《蛇神》中是"生命说"。另如王蒙（《布礼》→《春之声》→《名医梁有志传奇》→《活动变人形》）、张贤亮（《肖尔布拉克》→《龙种》→《男人的一半是女人》→《习惯死亡》）、铁凝（《哦，香雪》→《没有钮扣的红衬衫》→《麦秸垛》→《玫瑰门》）等，对人的审视都经历了非常明显的蒋子龙式的变化。

综上所述，新时期文学的审美嬗变之因，是作家心目中人的观念的变化。新时期文学的发展过程，是对人的发现过程，或谓对人的渐进把握过程。经过艰难的探索，新时期文学终于找到了人的答案。

寻根的"物质诗"和"革命历史诗"

——对于20世纪90年代初期一种诗歌创作现象的评说

20世纪90年代开始以来的大陆诗歌,摆脱了诗人个人情绪的梦魇般的缠绕,重新回到了它的真正坚实的支点——物质和事实。

朦胧诗伊始,部分"先锋诗人"在所谓诗歌就是表现"自我",表现"内宇宙",表现"生命的活泼泼的存在状态"的偏颇理论引导下,始而表现生命偶发的朦胧意绪,继而表现非理性、孤独情结和生物本能,更有甚者,表现所谓的梦魇意识、病房意识和死亡意识,自称是抓住了现代主义诗歌的魂。这些"先锋诗人"的诗歌中也有物质和事实,它们是诗人们构想出来或从梦魇中浮现出来的用来与自我意识对应的特殊符码。他们最为崇拜的,是艾略特的诗歌理论:意识情绪在大千世界中总可以找到它的对应物,这对应物是极其稀少的,是极难发现的,诗歌写作便是找到这些意识情绪的客观对应物。由此,不难理解在十数年来的诗歌创作中,何以会出现那么多千奇百怪难以理喻,往往连作者自己也难以言诠的"意象"。他们振振有词地辩解,诗歌不是用来解释的。他们推重庞德的意象派诗歌,且自命是庞德的学生,岂知他们糟蹋了庞德——他们的一些连自己都不明其意的"象"绝非意象,因为"象"中无"意"。庞德诗歌中的意象是单纯的、精选的,而他们诗歌中的"意象"是繁复的、任意的,往往是从头脑中突兀地浮现出来的。由此他们糟蹋了"象",更糟蹋了写进诗歌中的物质和事实。

进入20世纪90年代以来,诗歌创作出现了一些与上述情形迥异的变化:物质和事实往往成为诗意的发源和旨归,而不是作为表现诗人意识情绪的"为我所用"的代码;成为诗歌表达的对象本体或终极指涉,而不是文本构写过程中留下的脚印和线索。

从诗歌常见的标题就可以蠡测到这一变化:许多诗歌直接以事物的名称命题或以所陈述的事实命题;而20世纪80年代广为流行的"作品第×号"(如于坚的一些作品)、"梦幻第×号"、"无题"等,或以诗歌中某一句——通常是第一句或以所谓"诗眼"为标题的诗歌,则已较为鲜见。不妨说,物质决定意识,而非意识决定物质的唯物主义基本原理,在近年来的诗歌中重新得以体现。这一创作现象的出现,意味着诗歌重新返归现实,返归生活与生命之本,而不再是面对个人浑茫的所谓"内宇宙"。就此,这些诗歌确乎与"先锋诗人"的所谓"现代主义诗歌"划出了崭然分明的界限。

"物质诗"和"革命历史诗"的勃兴,构成了20世纪90年代初期引人注目的诗歌创作现象。这些常常以物质的名称命题,企图探究物质的内容构成与精神深度的诗歌,笔者称它们为"物质诗"。诗人们对物质的探究,在很大程度上显示出一种客观主义的态度,而此一特点,决定了"物质诗"与朦胧诗前旧现实主义的"咏物诗"的分野。那些"咏物诗",用一事一物去比附某种情怀,如以青松和腊梅喻高尚的人格,以无花果喻默默无闻的奉献,以向日葵喻团结向党的群众,等等。那些诗歌所咏之物,所指只有一个向度,诗的结构平铺直叙,想象的空间十分狭小,更谈不上弹性和冲击力。而在诗人尚仲敏看来,诗歌应还原物质以本来面目,写物质的最好的诗歌便是把此物"说"成它本身,而不是对物质的篡改,不要诗人对物质平添什么"诗性"内容。[1]

然而,物质的本来面目是什么呢?我们能把客观冷静的对于世界万物一言不发的存在物完全搬到纸上吗?再说,有这个必要吗?写完了苍蝇之后,我们要不要把急切的目光投向牛虻、马蜂、蝼蚁呢?取舍诗歌表现对象的物质标准到底是什么呢?

诗人们用自己的作品回答了这些问题。我们看到,首先得到重视并被表现出来的,是那些与人民的生存息息相关的事物,如小麦、棉花、钢铁、煤炭、矿山、食盐、面条、汉字、瓷器、铜号、齿轮、纸张、瓦当、砖块、粮食、汗水、家园,如是等等。诗人含情脉脉如数家珍般地叙说着

---

[1] 尚仲敏:《程宝林诗歌的品质》,《星星》诗刊1990年第12期。

这些事物，是因为其中埋藏着人民的生存之根。诗人们笔下的这些物质，绝非客观冷静的自在实体，而是浸透了人民的血汗，母亲一般满含了挚爱与深情。以上物质，是诗人反思视域中的物质，而绝非他们偶然碰到或临时想到的，由此可以说，诗人们在自觉地用诗歌寻根。

就拿读者普遍感到已经泛滥成灾的"麦地诗"来说吧。在"麦地"里，诗人们确实提炼出不少诗情。譬如，有人发现"土地　是隆起来的海/土地的最高处是麦浪/劳作的人　是一些鱼/一些翻飞在麦浪上的鱼"，发现"四射的麦芒/一如太阳的光芒"，发现"麦粒掉到土上/发出金属撞击的声音"（拙作《麦浪上的鱼》）。然而，在海子死后，诗人们仍然在"雨季的麦地里""踟躇忘返"，或"让麦芒刺痛自己的眼睛"的真正原因是什么呢？麦地里果真有看不完的风景吗？非也。大概没有几个人真的愿意泡进"雨季的麦地里"，体验诗情。"麦子"只是在诗人的反思视域中出现的，在他们已然意识到"麦子"泛滥之时仍然不由自主地朝"麦地"奔去，是因为它已成了一个符号，一个象征——可以说，麦子是所有粮食作物中形象最具有"形式美感"的，它完全有资格代言一切粮食。这粮食，就是刘恒小说《狗日的粮食》中作为人的生命之根的粮食。于此，诗人和小说家寻到了同一条根，即人民的生存之根。这一特点，决定了进入20世纪90年代后诗人找到的麦地不同于以往乡土诗中歌吟的"麦地"，在乡土诗中，"麦地"只是诗人思恋的一个意象，并非构成诗意的物质本体。也正是因为麦子足以成为一切粮食的完美象征，所以"麦子"泛滥时，诗人们并没有转移阵地去大写什么水稻、玉米、土豆和谷子，也正因为此，"麦子"还可能在诗人们的诗笔下继续泛滥下去。

同样，诗人们在"家园"门口徘徊流连，是因为它是我们的生存之屋；诗人抚弄那些"瓦片"，是因为"狗率领着我们/从岩洞里　从荒草下爬出/就来到瓦的下面"，因为"瓦是幸福的手掌"（罗巴《物质的深度·瓦》）。就此，粮食和家园，以及那些与人的生存、前途、幸福和命运息息相关的物质，就成了诗人们不竭创作的源泉，仅仅只是想及，就足以让他们热泪盈眶，感恩不已。诗人们没有自命是在寻根，然而他们寻到了真正的根。这一点，与"先锋诗人"呈现出很大的不同。"先锋诗人"中有一派寻根者，寻到的是"半坡的鱼"或"陶罐上的光芒"一类东西，有人甚至用太极和八卦的图式去结构自己的诗，很难说它才是有生命力的能够传之久远的东西。

"革命历史诗"在 20 世纪 90 年代初期的勃兴,与"物质诗"有着同一动因。诗人们发现,应该思考个人的生存和幸福,更应该思考人民的生存和幸福,尤其应该思考当代人民的生存和幸福。因此可以说,"根"就在近处,在发生在当代的革命历史事件中,他们认为,"根"并不是虚无抽象的,它很实在,不必一定要到远古洪荒、阴阳八卦中去寻找。如果说,家园和粮食是当代人民的"主根",那么,发生在当代的革命历史事件便是"副根"。缺少了这条"副根",人民便不会有今天。明乎此,就不难理解革命历史题材的诗歌何以会汇成蔚为大观的潮流奔涌不息了。我们看到,大大小小的革命历史事件、人物、地点都被诗人写进了自己的作品之中:毛泽东咏"雪",陈毅在梅山,草地晚餐,南泥湾开荒;井冈山、大雪山、会师楼、西柏坡;李大钊、方志敏、杨靖宇、赵一曼……大概,延安是此类诗歌中最热门的一个题材了。"当年延安的血液/从宝塔山流向全国,/透过狭窄的山径,/去灌溉干渴的心田"(石英《延安的回声》)。你看,这就是诗人们热衷于写延安——王家坪、杨家岭、宝塔山、清凉山、延河水、土窑洞的真正原因。

与革命哪怕有过一丁点关联的物质,都被当成了革命历史的"主人"、象征或见证,形诸笔端。于是"革命历史诗"中出现了一支分队:"革命历史事物诗"。诸如小米、南瓜、红枣、皮带、秧歌、纺车、地道、红军鞋、红缨枪、青纱帐、南湖红船、七根火柴、安塞腰鼓、八角楼的灯、朱德的扁担、贺龙的菜刀、赵一曼的碗、煮野菜的锅,等等,均成了诗人们吟哦不已的对象。诗人忘不了扁担,是因为"我们抚摸扁担的时候,感觉它/已斑驳的痕迹/深刻而凝重的民族精神",是因为"扁担的两边/一是人民,一是胜利/中国的命运,一定要用它挑"(陈剑冰《朱德扁担》);忘不了红枣,是因为它"竟把中国革命/喂得如此出色 红火"(詹永祥《红枣》);怀恋着大刀,是因为它"是一种正确的方向/指引着我们一步一步/走向我们失去的家园/和家园里的/大豆高粱"(詹永祥《大刀》)。

与"物质诗"一样,"革命历史诗"所涉及的物质和事实,也是在诗人的反思视域中出现的,很少是他们直接晤面进而焕发出诗情的。个别诗人甚至翻查文学期刊，看看哪些物质或历史事实是诗人们还未写过的；还有人直接翻查革命历史资料或中学语文课本，将其中记录描叙的革命历史事件"翻译"成诗。由于缺乏直接面对历史事相所带来的感动，缺乏诗人血肉感情的浸泡，"物质诗"和"革命历史诗"普遍存在以理服人而非以情动人的缺陷，真正大气的作品并不多，许多诗只是一味追赶题材的结果。目前，作为一种潮流，"物质诗"似已走向穷途：诗人们发现，带"根"的物质已被写光，于是他们歌咏"泥土精神"，安于"布履平生"，抓起"农具"，唱起"民谣"，沿着"物质诗"开辟的道路继续寻根；而"革命历史诗"仍方兴未艾，并于中国共产党建党七十周年之际，出现了盛大的高潮，个别诗人的作品，甚至显露出史诗性追求，如桑子的《〈毛泽东传〉选章》。

总之，20世纪90年代初期"物质诗"和"革命历史诗"的勃兴，是有着充分的主体意识的诗人们自觉寻根的结果，但似乎表现出诗人们对他们厕身其中的社会生活存在着一定的隔膜和无意识的回避。如果诗人们不是一味地去追赶这股潮流，而是从各自的个性特点出发，自觉地从当前的社会生活中去寻觅诗情，这样，才有望写出真正无愧于时代和人民的优秀作品。

论张承志文学精神世界的体系性构成

以小说《黑骏马》饮誉中国当代文坛的张承志，确如一匹奋蹄扬首的黑骏马。他有着横而不流的精神个性和艺术个性，较之于其他作家，他也是在相当高的思想层次上引起了广泛争议的人物。不论是"悲壮的后卫"，还是"旧理想主义者"；不论是"古典文化守成者"，还是"宗教徒式的作家"，对于张承志的评价多是出于理性的解构。事实上，张承志是感受型作家，他的特点与优长在情感和心灵上，因而从技术的角度，没有很好的理解他的办法。从气质上讲，张承志是一个诗人，他总是按捺不住，常常溢于言表的内心激情与强力意志摒弃了属于形式的种种束缚，打破了文体的框架规范，他开动心灵的殉命式的写作，构成了具有强烈的主观色彩、神秘色彩的浪漫艺术世界。

张承志曾认为，文学的最高境界是诗。在小说体诗集《错开的花》序言中，他谈到自己这一次选择诗歌的原因："并不是一个小说家已经走投无路，更不是我个人的创作面临了危机——全部体验都过于私人和神秘，全部体验都过于沉重地负载着巨大的意义和命题"[①]，但是，当我们的生活一边正进行着宏大的蓝图构建，一边又剩下一堆灵魂与道德的废料时，诗人与诗歌一样无所适从，英雄主义、圣洁美和崇高美的缺席，正是大量诗人焦灼不安的原因。当玩世不恭的轻率调侃与声嘶力竭的自我宣泄玩弄着汉文明的尊严时，张承志背倚着数十万贫苦强韧的哲合忍耶回民，背倚着渴望正义和美的中国青年，唱出了"血与火"的赞歌，藉此，张承志给他的精神虚拟了一副提升的翅膀，进入了一个无人企及的高度。

[①] 张承志：《新诗集自序》，《张承志文学作品选集·散文卷》，海南出版社1995年版，第342页。

《错开的花》是我们感受张承志的诗人气质,窥探其艺术世界的窗口。在该诗篇首引言《小阿克利亚》中,他引了这样一段话:"我看到了世界的四个极致,分别有四种人矗立那里,他们是:山海的探险家、叛匪之首领、牧羊人、迷醉的教徒,我站起身,向你们顶礼。"[①] 纵观张承志的创作历程和思想的成长轨迹,我们看到,从一个草原骑手到自由作家,张承志始终游离于世俗的边缘,吟唱着人民、母亲的颂歌,独擎着反叛的旗帜,探索着美的极致,所有这一切连同他的文字,向世人昭示了文学应有的高贵和尊严,而彻底皈依宗教又使张承志的思想操守得到了奇特的强化。在笔者看来,城市的牧羊人、山海的探险家、叛匪之首领、公开的教徒正好可以概括他思想和文学精神世界的四极。

一 城市的牧羊人

张承志曾这样比喻他的文学生涯:"一个放羊小孩,因为忍受不住心里的冲动,他朝着一座神秘的高高铁门掷出了手里的羊鞭,铁门隆隆开启,小孩走了进去,而眼前绵延着炎热的沙漠、冰封的雪山和丛生的荆棘。小孩害怕了,但铁门早已闭拢了。他只能迟疑举步,踏上崎岖的小径。他走着,想起自己那一群羊和温暖的家,眼里涌出了泪。"[②] 草原,是张承志"全部文学生涯的诱因和温床"[③],贫穷淳朴的牧区生活给了张承志古朴动人的美,给了他历史意味的庄严,正是深入而艰辛的底层体验,使他具有了浓厚的人民意识、自由意识。

人民,指那些在人生中感动了他,曾经给予他美的启迪与震撼的底层的普通人,张承志始终对这些人充满感激。他曾说:"我既不作考古研究也不搞文学访问。我在一群坐如黄土动则翻天的粗壮大汉中间呼吸几天,临别时骨子里便添了几分真正的硬气。"[④] 张承志自称是"都市的牧羊人,

---

① 张承志:《错开的花》,《中国作家》1989年第4期。
② 张承志:《我的桥》,北京十月文艺出版社1984年版,第110页。
③ 张承志:《草原小说集自序》,《张承志文学作品选集·散文卷》,海南出版社1995年版,第338页。
④ 张承志:《北方女人的印象》,《张承志文学作品选集·散文卷》,海南出版社1995年版,第2页。

无马的骑手",他深入民间没有任何矫情与伪善,不是富贵已极重思贫贱的发想,在他的人生旅途中,不管身居闹市还是足踏异国,心想皈依的始终是北方的草原。

张承志的草原情结与"人民—母亲"主题许多人已有论述,在此不再详究。值得注意的是,张承志在感受了城市的肮脏庸俗之后重返牧区,盼望牧民能给他一线生机,但最后却又说他叛徒一样背离了草原,这究竟是为什么?

事实上,张承志的草原情结是一种"母性情结",是对坚韧、宽容与善良的人性品质和永恒的母性精神的崇敬和爱戴。但是,在他的好多有关草原的小说中,主人公则多呈现亢奋情绪与英雄气概,并且英雄气压倒了儿女情。如《错开的花·牧人章》中"我",热爱着神奇草原上的纯美少女,而最终留给草原的只是一个背影;《北方的河》中"他"在事业与爱情的抉择面前,自信"对英雄来说,爱情只是陪衬";尤其是小说《顶峰》中的铁木尔,因不满父亲对他的粗暴与凶悍,压抑着对奥伽姑娘的思念,决意远征汗腾格里神山,当他找到通向神山的道路时,竟然想到:"那朵雪莲花用不着送给奥伽,我倒是打算把它送给你,我的父亲。"由此可见,张承志虽怀念母爱的宽容、善良、慈爱乃至女性的理解、关怀、抚慰,但最终让他动情的还是强硬、决绝、勇敢的"父性精神",即硬汉性格与男子汉情怀。

张承志精神深处这种矛盾而统一的情结,不妨用来隐喻和解释他对于汉文化与伊斯兰文化的不同感情。张承志所眷恋的草原,是旷古、辽阔、贫穷的,是底层游牧民众栖居之地,存在于民间的是强大的超稳定的文化心理结构,那里既有原始的愚昧、粗俗和惰性,也有温厚、淳朴、善良、美好的人性和人道。"草原民间形成的平定超脱、宽容隐忍"本身就具备了"藏污纳垢"[1]的可能,正如他的蒙古额吉,当政治风暴中八条查干族壮汉来到面前时,她以安详冷峻的神态消解了气势汹汹,有条不紊地沏上奶茶,八条壮汉竟变成了"腼腆的哑巴",额吉以她自身蕴涵的人格魅力将邪恶消于无声无形,于此,张承志看到民间母亲身上潜藏的伟大品格和

---

[1] 陈思和:《民间的还原——文革后文学史某种走向的解释》,《文艺争鸣》1994 年第 1 期。

人格力量。但是在小说《黑骏马》中，善良的额吉宽容到将索米娅遭强奸都看作"证明她能够生养"的好事，终归为白音宝力格的男儿血性所不容。额吉那种对于邪恶的宽容与见怪不怪的了然，对命运逆来顺受的宿命观，对心灵刺激的麻木不仁，不正是张承志所痛恨的中国人"惊人的冷漠与奴性"吗？它背后不正是"气数已尽悠久过分的中国文化"吗？草原，实际上是凝重、博大、源远流长，世界上最深厚的也是负担最重的中国文化的象征，对于张承志来说，"草原情结"亦即"母性情结"，也是一种"汉文化情结"，张承志最终对草原产生了叛徒般离去的决心，坚决地呼唤侠气、热血与极致，最终找到了哲合忍耶这样极端化的宗教作为自己终极的精神家园，完成了自己心灵的皈依。当他感到"刚烈死了。情感死了。正义死了……贵比千金的血性死了"[①] 时，倡扬清洁的暴力，追求牺牲之美，甚至到了夸张的程度。在张承志心中，如果汉文化是一种"母性"形象，伊斯兰文化不正是一种"父性"形象吗？

二　山海的探险家

在张承志早期的诸多中短篇小说中，我们可以看到他作为小说家的重大缺憾，他一般不注重情节的复杂构筑，不注重人物命运的跌宕起伏和人物灵魂的多元建构，在他笔下，大自然多是单一平板的静态描写：火红的毒阳、干旱焦涸的黄土、青灰的沙漠戈壁……他的小说，会使你感到被没商量地推进了一个不安的环境，你看不到多少情节，小说的展开如一桶打翻的油漆，凝重而滞缓的流动让人气闷。而小说中浮现的人物，总让人想起兼为画家的张承志曾作于1989年的油画《太阳下山了》，画面上显现的是一个骑马持鞭的牧人背影，朝草原深处走去——这个被张承志画出来的人物，可视作他小说中的"原型意象"或"原型人物"。的确，他的不少中短篇小说似乎只是在重复地抒写着这样的一个人物：征服自然，征服强力，在风雪草原上蹈死不顾的牧人乔玛（《春天》）；喜欢"独自一个昂首挺胸踏上险道，而众人在背后啧啧羡慕时的那股子滋味"的苏尕三

[①] 张承志：《西省暗杀考》，《回民的黄土高原——张承志回族题材小说选》，青海人民出版社1993年版，第193页。

(《黄泥小屋》);按捺爱欲,远征汗腾格里神山的铁木尔(《顶峰》);在灼热的沙浪和火红的毒阳中寻找九座宫殿的"他"(《九座宫殿》)……这些人物几乎都有着同一的性格与精神:执著、勇敢、孤独、隐忍。因此,解读他的小说时,我们姑且将他笔下的人物看成一种精神符号,看成他精神世界的一极——一名山海的探险家,拒绝了温暖、柔情和舒适,历经痛苦的美,去寻找高尚的心灵。

历史科班出身的张承志,过早地看破了文章和学术,他认为,作为一个作家,对美的追求胜过了一切,而在中国的穷乡僻壤,就蕴藏着知识分子缺乏感知的美意识。于是他如浮士德一样走出书斋,选择了浪游与探险。他浪迹的地域可分为如下三个部分:蒙古草原、天山南北麓、回民的黄土高原。内蒙古草原的游牧生活使张承志养成一种不安定的习性同时给他以潜意识的美的启蒙;新疆天山南北麓帮他粉碎了中庸之道的一切价值;而当他这个牧羊人与城市世界默默对峙时,发现那些黑魆魆的警卫般缄默的楼群里缺乏能开给他单子的医生,于是又选择了母族与故土——回民的黄土高原。张承志举义要统一人心与历史,完成由学科而科学、由知识而认识、由历史而心史的追求,他没有提出完成这一追求的现实途径(事实上也是不可能提出的),只是痛感到"我们的悲剧在于永远不承认面前的已是那一个地场,不承认已经看见敌人,不承认已经进入决战——不承认自己就活该接受至今为止的人生形式。"[①] 张承志似乎从来来不及论述出世与入世、理想与现实、艺术与生存的关系,在幻美的流亡之路上,他有了数不清的精神敌人,因而他自身总有一种拒人于千里之外的气概,令众多的人困惑不解。聊以医治他精神痛苦的是"三大陆"思想,准确地说是以蒙古草原、新疆天山和西北黄土高原为依托的蒙古文化、突厥文化和伊斯兰文化,但是淳朴的生活方式并不能解决残酷的思想矛盾,在他的世界之旅中,张承志找到了这种矛盾和由此带来的痛苦。

在蒙古国,他没有找到神灵驻足的哪怕一片废墟;他眼中的德国,是一匹被深藏的强大宗教压抑的"高头大马";在美国,他发现宗教的目的性在这个花花世界里迷失了。我们听到了张承志一声浩叹——"神不在

[①] 张承志:《渡海夜记》,《张承志文学作品选集·散文卷》,海南出版社1995年版,第68页。

异国"。在异国游历的张承志深感无道殉身，只剩下以身殉道，只有一个"的确获得的神示"在指引他。应该说，张承志对大国于中国潜在的文化侵凌的叙述，到了危言耸听的地步，虽然中国文化还没有绝望到与异族文化殊死一拼的地步，但"美则生，失美则死"①，失美的民族是不可拯救的。他自信，历经痛苦的求美之路，艺术之星就会在彼岸上升。

在《错开的花·山海章》中，张承志记述的是一次失败之旅，他盼望的是用自己遍及世界的足迹网住这个世界，也许会捕捉到那个诱惑了他一生而又捉摸不定的地点。事实上，探险的意义在张承志眼里是无法用失败与成功界定的，他说："我喜欢的形象是一个荷载的战士，寻求表现和报答，寻求能够支持自己的美好，寻求连我自己也说不清楚的辉煌的终止……也许我追求的就是消失。"——张承志甘愿成为提出真理的失败者，而希望出现证明真理的成功者。

张承志的幻美之路是一条"比考据更真实、比诗篇更动情、比黄土更朴实、比权威更深刻的人生。"② 这里昭示的事实上是苏菲神秘主义的神智论，张承志始终强调的"神示"的获得不同于一般由理智所获得的知识，而是神智者幻觉到真主与他面面相觑，进而幻觉到他与真主变为同一。一句话，他认为神智的获得不是理智努力的结果，而是真主对神智者的一种赐予。

张承志不是那种四平八稳的贵族作家，他把"求美"与"失美"看作艺术家生死存亡的命运所在，他有别于一切伪浪漫主义者与感伤文人，面对生命的体悟他有时显得慌不择言，这正是他的可爱与可贵之处。在他心中，艺术与生活的距离很远又很近，关键在于是否获得了神示。理解张承志，只能从他深具凄美意味的心灵行动中去感知，巨大的服从心灵的磁场，使他省略了许多的切身利益，面对"血与火"的生命图腾，他从来如飞蛾纵身，不问"诗人何为"。草原和山岳的探险都被张承志自己一一否决了，尽管世界留给他一连串不可能，但他仍不愿卷去自己不断探险的人生旗帜，乌珠穆沁、吉木萨尔、西海固、"汹涌的茫茫大海"……这个

---

① 张承志：《美则生，失美则死》，《环球青年》1994年第5期。
② 张承志：《路上更觉故乡遥远——序杨怀中〈回族史论稿〉》，《张承志文学作品选集·散文卷》，海南出版社1995年版，第312页。

世界仍向他洞开了无尽宝藏，这里蕴藏的是探索不尽的美之极致。

三　叛匪之首领

　　《错开的花·烈火章》所展示的是一个烈火蔓延、热血流淌的世界，征战与杀戮、反叛与仇恨得到了极致的发挥，是一首"血与火惊世骇俗的纯美，死与生朴实简明的残杀"之醉歌，张承志愤世嫉俗的极端情绪与决不宽容的战斗姿态跃然纸上，如此张扬"清洁的暴力"与刺客精神的中国作家是绝无仅有的，难怪有人担心他会"走火入魔"。

　　张承志扯旗反叛的对象到底是什么？首当其冲的是"孔孟之道"。他说："对于追求精神充实、绝对正义和心灵自由的一切人，对于一切宗教和理想，对于一切纯洁来说，中国文明核心即孔孟之道是最强大的敌人。"① 有人提出不能再用看待一个汉族作家的眼光去看待张承志，认为如果把他纳入到汉文化传统来讨论，实际上已忽略了他的文化属性和宗教背景，也就忽略了伊斯兰文化与汉文化之间的差异。事实上这种"海涵"是对张承志莫大的曲解，表面看来是用人文的宽容接纳了张承志这个异端，实际上是一种不置可否的中庸哲学的反映，如此宽容的结果，便是张承志拼死倡扬的"清洁的暴力"被消隐于他的敌人之手，这显然不是他的目的。张承志明确表示："把中国回族的精神追求与中国文化对立，这是别有用心的观点。这暴露了他们不相信自己的祖先有过信仰的精神，他们把腐朽的世界看成自己的文化……汉文明海洋中的回族以它的决绝、坚忍树立了一种难能可贵的信仰精神，它同时也是中华和东方文明的一部分。他们以伊斯兰形式、宗教礼仪同时坚持了中国文化中知耻、禁忌、信义、忠诚的观念；其重视程度，远远超过一般汉族人。"② 张承志的扯旗反叛，绝不是异域的间谍在民族精神领域倡扬暴力，他仍是华夏文明孕育的优秀儿子，是"黄河儿子中的一员"，有着大恨的同时亦有着大爱。例如在提到回族历史人物海瑞时，他虽然也遗憾海瑞放弃了宗教而使海南岛

---

　　① 张承志：《心灵史》，《回民的黄土高原——张承志回族题材小说选》，青海人民出版社1993年版，第327页。
　　② 张承志：《美则生，失美则死》，《环球青年》1994年第5期。

少了一座拱北（圣徒墓），但张承志认为，向中华大地输送最优秀的儿子，历来是回族的宿命。对张承志来说，国家与宗教有时会是矛盾的选择，但他认为"做中华的儿子，为中国输入烈性的血，永远是值得的一件事。"① 由此足见张承志对汉文化的深爱与屈服，他为伊斯兰文化在中国被埋于底层，不能在整个中华民族得到应有的倡扬而深深叹惋。张承志恨透了中庸哲学与阿世幽默，深感中国旧文化的可怕，甚至看到了鲁迅字里行间的"华夏味儿"。不错，张承志崇仰鲁迅的"血性激烈"与"类病的忧郁和执倔"②，而我们知道，鲁迅是一位敏锐犀利的思想家，勇敢无畏的战士，他在众皆昏睡的铁屋子中首先醒来并大声呐喊，但特殊的年代赋予鲁迅该做的多是忍无可忍的应战，现实逼迫他具有过多的理性的坚韧，他多次表示，尽量减少不必要的牺牲，他反对赤膊上阵拼个一死。与鲁迅相比，张承志更多的则是挑战，他深切感受到民族惊人的冷漠与奴性，但所面对的又是无枪的敌手，具体讲是充斥思想界、文艺界的堕落风气，中庸、圆滑的无节文人，媚俗媚权媚钱的时代思潮和风尚，面对上述敌手，张承志采用的武器是哲合忍耶精神——为了一句有损尊严的话拔出柴堆中的斧子拼命的那种血性精神。

张承志所推崇的"清洁的暴力"包括信、义、殉、耻，这四种基因曾不同程度地存在于以孔孟之道为主流的民族文化传统中，只不过是愈益衰竭了。他本质上是一个有较强的"济世欲"和"英雄梦"的作家，但不是有具体政治抱负和憎恶对象的作家，他为之忧愤和耗尽心魄精魂的，往往不单是外在政治和客观的社会因素，而是更为深邃的带有某种宿命的有关人的存在的本源问题。张承志崇仰的英雄有两类，一类是"奏雅乐而行刺"的"武道"，另一类是"咯热血而著书"的"文途"③，因此他一方面赞扬荆轲、曹沫、豫让、聂政这样的刺客，同时又欣赏着许由一类的隐士。

说到"武道"，特别是如荆轲刺秦王这样的一种失败者的最终抵抗形式，张承志认为它是作为弱者的正义和烈性的象征，已被历史确立并且肯

---

① 张承志：《南国探访》，《张承志文学作品选集·散文卷》，海南出版社1995年版，第534页。
② 张承志：《致先生书》，《张承志文学作品选集·散文卷》，海南出版社1995年版，第116页。
③ 张承志：《静夜功课》，《张承志文学作品选集·散文卷》，海南出版社1995年版，第54页。

定了,是一种再也寻不回来的凄绝的美。张承志骨血中有一种强烈的反体制思想,这里的体制即一切危害人道的体制,他甚至对一切来自权力中心的人和事都不信任。他反对清政府压迫残害哲合忍耶人,反对中国旧文化体制培养出来的带霉味的畸形。或许由于张承志的血缘源于回民和伊斯兰教,他的血液中有一种抗拒不了的刚烈。的确,他极其罕见的激烈血性,不是孔孟之道的文化可以孵化出来的。

张承志的反叛具有先天的成分。公元七、八世纪间,阿拉伯、波斯和中亚伊斯兰教徒进入中国并进入盛唐文明。13世纪因蒙古可汗国的军事行动和治理中国的政治需要,"回回"一词响彻中国——所谓"元时回回遍中国"。蒙古人的元朝灭亡之时,"回回"就走了丧失母语的历史:"从蒙元以后,中国回回民族数百年间消亡与苟存的心情史展开了;一个在默默无言之中挤压一种心灵的事实,也在无人知晓之间被巩固了。"① 长期以来,散居的、孤立的回话成员习惯了掩饰,他们开始缄口不语。为了生存,为了教门,为了信仰不灭,回族在清朝三百年间为自己争来一个"三年一小反,五年一大反"的叛逆者形象。

回族的反叛是对官家和体制的反叛。至于今天,反叛官家和体制已显笼统和绝对,然而,这种反叛使张承志获得了一个纯粹批判者的立场——拿西方文化学家本雅明的说法——一个纯粹的知识分子立场:他是主流文化的批判者。

不可忽视的是,张承志始终有着比其他人更为强烈的民族感情和爱国精神,他说:"我虽然屡屡以反叛中国式的文化为荣;但在列强及它们的帮凶要不义地消灭中国时,我独自为中国应战。"② 他认为歧视是人类最卑鄙的本性,不尊重人道是20世纪的眼睛最难揉的砂子。他在异国之旅中,历览了"矮腿的经济动物"③ 日本人对中国、波斯等文化大国的欺凌;他发现,在自由泡酥了一切价值的美国,任何新的愤怒,任何造反异

---

① 张承志:《回民的黄土高原》,《张承志文学作品选集·散文卷》,海南出版社1995年版,第555页。
② 张承志:《岁末的总结》,《张承志文学作品选集·散文卷》,海南出版社1995年版,第346页。
③ 张承志:《无援的思想》,《张承志文学作品选集·散文卷》,海南出版社1995年版,第136页。

端在星条旗下都变成了正统和体制……总之，凡是一切危害人道和破坏美的事物，张承志都毫不留情地射去了批判的子弹。

除了反体制，张承志还有着强烈的反世俗精神，在"咯热血而著书"的"文途"上，他身体力行着这种精神。他不是那类活得轻松甚至妙趣横生的文人，他不是合时宜赶潮流的作家，他总是处在所谓"文学界"的边缘，作为一名当代作家，他几乎没有写什么文革伤痕，却为"红卫兵运动中的青春和叛逆性格坚决地实行了赞颂"，他没有多少"反思"，而是走入北庄去听农民讲述那些连麻雀也没有躲过的灾难史，并如此质问："有些人为着自己的一步坎坷便写一车书，但是他们也许亲手参与制造了麻雀的苦难。为什么人不能与麻雀将心比心呢？"[①]——任何对生灵的涂炭与虐待都会惊动张承志。他厌恶和蔑视中国知识人的"萎缩、无义、趋势和媚俗"，他认为若是为了应付这个丑恶的世界，他可能做到在许多专业取胜，但是那不属于心灵，因而不愿在那些奔波中耗尽自己。他承认自己的文学是不合时宜的甚至是危险的。他觉得，如果将自己置于为文或为学术的职业者的位置，他完全可以回到知识和技能的通道，但是他有自己的天性和血质，他服从的只是一个神秘的命令。

在张承志眼中，许多学术只是"学中之术"。学术不是繁琐考证，学术有诗性、有美感、有人学，张承志情愿进入的是感受世界而不是书本世界，他认为，在反叛历史时空的背后，迂腐的知识连同对它的求证都变成了可笑的游戏，对于缺乏感受可能的人来说，他毕生为之殚精竭虑的事业，有可能只是个可悲的谎言——张承志对于世界和人心的观照是独到的，他深切感到了所谓学识对于中国人的毒害，并认为中国更多地需要"侠气、热血、极致"[②]，需要不顾生存求完美的人。

张承志认为，"在一切预感被推翻之前，在一切预感被验证之前，人的自尊和高贵比什么都重要，文学的正义和品级比什么都重要。"[③] 在此

---

① 张承志：《北庄的雪景》，《张承志文学作品选集·散文卷》，海南出版社1995年版，第470页。
② 张承志：《致先生书》，《张承志文学作品选集·散文卷》，海南出版社1995年版，第112页。
③ 张承志：《无援的思想》，《张承志文学作品选集·散文卷》，海南出版社1995年版，第143页。

我们看到了张承志作为唯美论者自身的困惑。当他看到知识界只剩下软弱与献媚时,只愿以洁癖为宿命,"只承认不在的芳草",渴望文明中一些最纯的因素能完成华夏民族的精神引渡。

这就是张承志:张扬武道反体制,依靠文途抗世俗,不顾生存求完美的叛匪之首领。

四 公开的教徒

张承志是思考宗教问题最深、写宗教题材最多的一位当代作家,似乎也是公开宣布皈依宗教的第一位当代作家。阅读张承志,很容易感受到一种扑面而来的执著而又浓烈的宗教情绪。知青生涯对张承志的影响是相对纯净的,主要构成他心底一种充盈的深情,描写知青与大草原主要是为了讴歌母爱,总体说来服务于"母亲—人民"这一主题。但是愈到后来,深沉的宗教感情取代了他作为草原骑手的浪漫,原先开放的感情越来越被排他性很强的宗教情绪和冲动所代替,文学风格也随之发生了重大变化。

宗教情绪和宗教意识,在他的中后期创作中,几乎可以说是无所不在。如散文《禁锢的火焰色》中对梵高作品中色彩的感受,《金积堡》中对圣徒般的郭成禄的事迹的记叙,《听人读书》中的神秘体验,《雪中六盘》中对无名大山的膜拜,都有一种潜在的宗教情绪;至于小说,《残月》、《晚潮》、《绿夜》、《凝固火焰》的基调还是宁静平缓的,如《残月》中描写的杨三老汉这样一个普通的回民,依靠主的"安慰",克服了半生的灾难、贫穷和绝望,闯过了几回生死大关。这些作品大都有着浓重的悲观主义和庄严肃穆的宗教情绪,宗教与文学的含量可以说恰到好处。到了《金牧场》,宗教意识的渲染便开始加重,而到了《九座宫殿》、《终旅》、《黄泥小屋》等作品,硬健和狞厉已不再是文学的风格,而似乎成为极其厚重的、凝聚在血液中的遗传基因。至于《海骚》、《西省暗杀考》、《心灵史》,则早已浸透血气灼烫的狂热的宗教旋律。纵观张承志的创作过程,我们看到,仅十年,他艺术上迅疾的突进,思想上卓尔不群的深化,连很多专业评论家也感棘手。如陈思和在谈到《心灵史》时曾说:"我承认《心灵史》是一部令人恐怖的伟大的宗教作品,但不应该在文学的层面上去理解它和议论它。"张承志已经公开宣布皈依宗教,但同时又没有离开他取得盛名的文学道路,对于他的探讨,是否应该成为永远"不该破译的禁忌"?

一般说来,一个人如果不是到了穷途末路近于绝望,是不会选择宗教作为自己最后的精神归宿的。张承志生性峻烈,他的愤世嫉俗与反叛性格前文已有所述,从表面看来,他之所以选择宗教是孤愤的心灵在寻求宗教的抚平,其实内里是他反体制本能的自然延伸。张承志最后告别中国知识界,沉入民间,被看作是当代知识分子向民间转化的道路的标志,但是,他的沉入民间不同于当年接受劳动改造的张贤亮,张贤亮走的是传统知识分子到"炼狱"赎罪的方式——拿思想家李泽厚的话说,这种"锻炼"、"改造"使得第五代知识分子"完全消失了自己。他们只有两件事可干,一是歌颂,二是忏悔。"① 张承志则挣脱了80年代中国文学一直分享的意识形态主流,融身于主流之外一直沉默无言的民间的生活世界,走入彻底宗教化了的西北黄土高原,他没有"歌颂",也没有"忏悔",其天性中的偏执和高傲与穆斯林的狂热一拍即合,他从哲合忍耶一代又一代的斗争和牺牲中找到了一种有关人类信仰的绝对价值,并以此来反思和对抗当代知识分子的精神气质和萎化人格。

在《庞然背影:回民的黄土高原》中,张承志以切肤的真实感受描写了焦干枯裂、贫瘠荒凉的西北黄土高原,让人心动。诚然,书写西部苍凉破败的作家已经不少了,但大多归于对原始、质朴、粗犷、富于生命力的阔大的美的歌颂,张承志却看到"昔日统治者的历史充满谎言,真实的历史藏在这些流血的心灵之间",他想在这雄浑浊黄的大陆背影里找到一些"真理的残迹"。遗憾的是,他在一系列呕心沥血之作中将热爱他的读者——尤其是汉文化教育下的没有宗教情结的普通读者挡在了苏菲神秘主义的帷幕之外。于是有人呼唤张承志"应当转换一种思维方式,试着用创造的激情、人文的宽容,指出异化,提出文化,更多地思考一些人类目前更为迫切的生存危机问题:如能源、环境污染、战争威胁等……"② 应该说,这类呼吁的肤浅与短视同样让人遗憾,试问:难道面对贫穷想到

---

① 李泽厚:《二十世纪中国(大陆)文艺一瞥》,《中国现代思想史论》,天津社会科学出版社2003年版,第245页。
② 王英琦:《上帝的灵魂 凡人的日子——兼议王朔与张承志》,《文学自由谈》1996年第2期。

"扶贫"的作家就是最高明、最有良心的吗？再说，中国文人"载道言志"了多少年，张承志再这样做还是张承志吗？

张承志脱离了知识界皈依宗教，不仅拒绝了官方意识形态为文学安排的道路，而且毫不犹豫地拒绝了知识分子的传统道路，这应是他最可贵的精神标志和特征。张承志曾说："我不是要求每个人都信仰宗教，但人总要信一点什么……不能什么都是假的，什么都像旧衣服一样随时可以扔掉。"① 言外之意是：宗教只不过是手段，而信仰和理想才是最终目的。可现实毕竟给了张承志许多不可能，所以他只能是孤独的，或许他的孤独是"强者的孤独"（尼采语），但他的愤怒、孤傲和"恶意"之下，显然是强烈的现实批判立场。但遁入宗教之门，最终还是自救有余，救世不足。他不愿看到世人与他同享一种思想，一种感情，即使皈依也是选择一种排他性很强，不屑与外界沟通的非开放型的宗教，并以此傲视芸芸众生。他说："宗教的人是一些努力在'圣'的空间中求存活的人；他们的生活体验和心路历程对于不拥有宗教感情的人、对于活在失去神圣的空间里的人来说，是难以理解和缺乏真实的。"②

如果说作为芸芸众生，对于宗教士过于神秘的心灵定会保持距离，对于神示的体悟定然感到绝望的话，那么，余下的问题是：文学与宗教，是否在张承志身上有着内在的冲突？一个作家可以放弃许多，但不能完全拒绝他的读者。事实上，在张承志后期的许多作品如《心灵史》中，文学成了宗教的语言和外衣。应该说，文学是审美的文化，宗教是信仰的文化，过多的宗教教义在作品里演绎，终会导致形象思维的枯竭，这是谁都了然的常理，那么，张承志这位"幻美的探险诗人"和孤独的斗士，他能抵达艺术与精神的双重峰顶吗？

---

① 转引自邵燕君《张承志抨击文坛堕落》，《法制与新闻》1994 年第 4 期。
② 张承志：《黄土与金子》，《张承志文学作品选集·散文卷》，海南出版社 1995 年版，第 288 页。

《棋王》艺术手法论要

只有真实地、尽量全面地反映历史与现实生活中进步一面的文学作品，才是好作品，而且只有这样的作品才能经得起历史的考验，才不会蒙上时间的锈色。阿城中篇小说《棋王》虽然问世已久，但却毫不失色，今天读来仍有新意。总体说来，《棋王》是在传统哲学和民族文化精神烛照下而获得精气的大成之作。中国传统文化积淀之丰厚，举世罕有其匹，儒释道作为主体，别家作为补充，各体系各派别之间相互炳照、相互影响、相互吸纳，层次、功用各不相同，而且在历史上不同时期起主导作用的也各各不同。如东汉重释，唐前后重道，宋时儒释道三家并重。有如此灿烂辉煌的精神文化作为根基，《棋王》的思想意蕴自然就颇为丰富了，这方面论者颇多且又精辟非常，吾人自难望其项背。但《棋王》的整体艺术方法与文化传统的关系，窃以为尚有些许言论的余地，故斗胆而论之。在议论过程中，难免会"剖切"、"割补"，见于"行规"，先行说明，以避误会。

诚如辛晓征先生所论，《棋王》是作家完整心态的再现，主人公王一生是传统精神的造型，作者赋予他以复杂的传统意识，并非简单地认同于某一传统哲学依据。[1] 的确，王一生的人生态度、精神气韵和棋道中，深深蕴藏了儒家、释家、道家等中国传统文化和哲学的精髓。一般读者易于忽视的一个重要问题是，《棋王》在艺术形式上的选择，也正是不经意之间承继传统文化的一种结果——这种承继可以在布局的整体性，语言的散漫性、简洁性、幽默性等方面表现出来——这一点对《棋王》完整印证传统文化一论而言是不可或缺的。

---

[1] 辛晓征：《读阿城小说散记》，《当代作家评论》1985 年第 6 期。

阿城创作的整体意识，在《棋王》中表现得特别突出。作者意在以一个人的精神道路来象征民族精神的道路，以一个人的命运来暗示传统文化的命运。作者通过王一生精神成长的两个阶段来概括铺排小说。第一阶段是主人公精神方式之确立阶段，即人生思维倾向的形成期，第二阶段是主人公人生观之确立阶段，即精神人格的升华、完成阶段。在这两个阶段中，王一生对异化的抗争由自发抗争到自觉抗争最后达到了完全超脱。在这样一种艺术抒写过程中，整体意识或曰整体性在文本上的表现是稳定性和全息性的结构特征。所谓稳定性体现在下列两个方面：

其一，不以变幻的角度改变读者的情绪流程、节奏和航向，而是将读者既定的情绪状态自然地过渡到阅读过程。阿城小说是对生活的白描写真，故事情节被大大淡化了，好像并未经过人工渗透和加工。读阿城小说时，浑如在读原生态的生活，觉得生活就是如此，或本应如此。在阅读过程中，读者思维极其自然地融入作品，与主人公在作者设置的环境中同呼共吸，达致一种"故常无，欲以观其妙"（《道德经》）之玄境。换言之，也正因接受主体能够在其作品中达到"常无"之境界，故能对天道、人事、物理进行深入体察，这无疑非大手笔而不能。

其二，不追求情节波澜以显示驾驭能力和笔致的灵妙多姿。阿城小说的情节线索，极为简单明了和稳定，从而强化了读者情绪流程和结构的统一。阅读他的作品，类如接受一个高明的催眠师的引导，读者不会受到任何精神、情绪上的强迫。

全息性是以稳定性为前提的。作家主观上不去设置尖锐激烈的矛盾冲突，不以非常环境中人物的遭遇去乞求读者认同，不以命运的乖蹇休咎中人物抗击异化而形成的强大的感情差去求取读者基于向善本能的诠解，不以复杂而又熟练的文学操控技术形成强劲文势而向读者施加接受压力，一切都是自然的、平和的、散漫的，笔致是叙述性的，而不是描写性的。这种笔致、特点和风格，正是《道德经》中"道法自然"、"道冲而用之或不盈"与"圣人处无为之事，行不言之教，万物作焉而不辞"美学精义的体现。

中国自新文化以来的现代小说，如果按文体特点分类，大概可以以鲁迅为一家，以老舍为一家，以茅盾为一家，张爱玲、张恨水等人似乎又可为一家。鲁迅的小说宗法传统，参之以文言语法，沉郁、凝练、峭深；茅盾的文体自欧化文字来，参之以现代口语，丰美、轻巧、细腻；老舍的文体自京白曲艺来，参以欧化句法，酣畅、地道、圆熟；张爱玲派宗法传统小说，但取其轻俏一面，重涉女儿之情，缠绵、婉曲、通畅。茅盾派，老舍派，张爱玲派传人众多，唯有鲁迅派不得其传。推究其因，大概鲁迅派其宗太高，无人能及，加之创作之人功利心切，觉不易出道，是故自鲁迅以降，传统小说精华之继承大有沦灭之感。而阿城似乎是有意识地承担了这一历史重任。这不能不让我们以全新的眼光去看待《棋王》。

"车站是乱得不能再乱，成千上万的人都在说话。"这样简淡的开头似乎只能在鲁迅先生的小说中印证到。《祝福》开头是："旧历的年底毕竟最像年底……"《藤野先生》开头是："东京也无非是这样。"常言道，好的开头是成功的一半，文学作品尤其如此。这样的开头含金量非常高，时代背景、人物心理体验和心境等全表现了出来，如果说是在造势的话，那么这已是一十分厉害之招数了，大有传统经典遗风。

我的几个朋友，都已被我送走插队，现在轮到我了，竟没有人来送。我虽无父母，孤身一人，却不算独子，不在留城政策之内，父母生前颇有点污迹，运动一开始即被打翻死去。家具上都有机关的铝牌编号，于是统统收走，倒也名正言顺。我野狼似的转悠了一年多，终于还是决定要走。此去的地方按月有二十几元工资，我便很向往，争了要去，居然就批了。

这段文字，寥寥数语，已把"我"的遭遇及知青下乡的社会背景，连同人物的心境、心理体验、人生感悟等全活现了出来，同时还涉及了较深层次的社会问题。但就手法而言，只是用白描、"画眼睛"之法勾画几笔，是那种大写意式的勾画。短句、虚词的整体性效果达到极致。副词"野"是功夫之笔，传神之字，何以然也？家本来是人生旅途的港湾，感情寄托的园地，精神建构的驿站，先不说无父无母，政策挤压，单这无家可归，如浮水飘萍，人之惨境，已至极矣，因此可以说，种种寂寥，百般无奈，均从"野"字出耳。

当代小说，绝大多数用纯白话写成，好处是易读，其中之佳品也显细腻、婉转，但不耐咀嚼，并且繁琐冗长，经得起反复研读的作品少之又少。酌量取法古文，参用古典语词和古文句法，就可以使作品在文化含量、意境氛围和信息含纳诸方面大有改观。典范之例莫过鲁迅，他的小说和散文以白话表达兼具文言气韵，特别耐读。而《棋王》语言的特色之一，是处处都显出一种从容、含蓄、简洁、凝练的"古意"来。可举之例颇多，现随手举一例为证：

> 后来听说呆子认为外省马路棋手高手不多，不能长进，就托人找城里名手迎战。有个同学就带他去见自己的父亲，据说是国内名手。名手见了呆子，也不多说，只摆一副据传是宋时留下的残局，要呆子走。呆子看了半晌，一五一十道来，替古人赢了。名手很惊奇，要收呆子为徒。不料呆子却问："这残局你可走通了？"名手没反应过来，就说："还未通。"呆子说："那我为什么要做你的徒弟？"名手只好请呆子开路，事后对自己的儿子说："你这个同学桀骜不逊，棋品连着人品，照这样下去，棋品必劣。"又举了一些最新指示，说若能好好学习，棋锋必健。

这段文字活画出了棋呆子王一生的形象特点：能、呆、傲，以及象棋名手的虚伪、庸俗、不学无术和死要面子。作者用字用句，淡如道法，不火不愠，只让人物进行动作表现。此等原生状态的描摹对读者的作用是满负荷状态的信息覆盖和藏而不露的讽刺、对比效果。另外，"据说"、"也不多说"、"只"、"不料"、"只好"、"又"等词，看似又虚又无力，实则有一种难以尽述的综合使用效果。由此，作家对于文字的驾驭功力可见一斑。

中国古代文学作品，从最初的甲骨卜辞和记事文字，到后来的"诗"、"易"、"老庄"和先秦散文，最大的特点是文字的简洁性，意义的含蓄性、多向性，而经过意义固定后形成的成语，则成了中国古代文学和文化表现的典型，如"成竹在胸"、"萤窗雪案"、"望洋兴叹"等等。阿城小说，不轻视一词一句，不放过一丝一毫，在尽最大可能极力找寻语言文字的古典美、简洁性，追求读者参与领悟的语言效应。这和不少古典诗文于平淡、质朴、自然中追求超迈、幽雅、旷逸的意境和神韵的努力是一致的。阿城用文字构成精确的意念和情绪，使小说的每一角落无不荡漾

着一种"言有尽而意无穷"的意味,这种意味只凭直觉感性是掌握不住的,它需要接受主体能动的参与。譬如下面一段:

>……我拿出烟来请他抽。他很熟练地磕出一支,舔了一头儿,倒过来叼着。我先给他点上,自己也点上。他支起肩深吸进去,慢慢地吐出来,浑身荡了一下,笑了,说:"真不错。"我说:"怎么样?也抽上了?日子过得不错呀。"他看看草顶,又看看在门口转来转去的猪,低下头,轻轻拍着尽是绿筋的瘦腿,半晌才说:"不错,真的不错。还说什么呢?粮?钱?还要什么呢?不错,真不错。你怎么样?"

这段文字"优美"极了,作者在尽力用事物原貌来展示人物内心的发展变化,不用修饰性的文字,而是用动作和表白性的文字,照事态发展的轨迹描摹事物,即所谓"呈现法"。假如我们对上面一段文字用自认为最确切的词语扩充、修饰,也会破坏了它原来的那股神韵,破坏了人物心理体验的完整性和准确性,亦违反"天之道"。这段文字的内涵也是十分丰富的,人物的生活体验,对事理人生的看法,饱含沧桑的风尘之感都表现了出来。

再如下面一段:

>"不瞒你说,我母亲解放前是窑子里的,后来大概是有人看上了,做了人家的小,也算从良。有烟吗?"我扔过一根烟给他,他点上了,把烟头儿吹得红红的,两眼不错眼珠儿地盯着,许久才说:"后来,我妈又跟人跑了……"

这里,对于王一生那复杂、郁闷、难以言状的心境,阿城不渲染,更不夸张,只是极朴实、极简淡地作了叙述。读者看到的是王一生"突然打住"、"要烟"、"点烟"、"吹烟头"、"盯烟头"这几个连续的动作,没有一句说明痛苦、悲伤心境的文字,不涉主观,不带知性,却做到了言尽而意无穷。实有道家"美言不侈,侈言不美"和"以物观物"之境界。

幽默是一种健康的心理能力,是主体智力的溢出,智力越发达,溢出越多。幽默是一种自信力的表现,悲观、怯懦、自卑,对自己的力量没有一点信心的人是幽默不起来的。应该说,《棋王》表现出了非常独特的幽默效果。作者似乎并无特意幽默的主观意念,而是天然幽默的自然流露,他不寻找生活的笑料,然后进行大肆渲染,也不玩弄修辞手法和词句的奇异搭配,借以生出幽默效果。而是以一种超然但不显傲慢自负的态度去写生活本身就具有的幽默感。阿城有着自信、平静、达观的心理状态——既不冷酷无情,又不玩世不恭,总是不卑不亢,显出一种冷峻、成熟的世界观。他的幽默是内在的,是文化型的,是一种大智慧,具有很高的审美价值。在《棋王》中,幽默贯穿小说始终,但并不外凸,读者面对作品中的轻讽与调侃,不是放声大笑,而是有分寸的微笑,甚至只是心领神会,属于感觉一派。如果幽默可用"绅士型"和"非绅士型"分类的话,阿城的幽默无疑属于前者,他的幽默,就像是一个富有极深的传统文化素养的绅士在意态悠闲、神情自若地面对读者微笑。

总之,我们可以看到,阿城的创作有明显的文化回归意识,这种回归,并不是作家固执的文化理念作用的结果,更不是心血来潮之举,而是整体性的,有文化背景和哲学基础,有整合传统的动因在内。阿城不相信片言只语勾画之下的历史积淀,而是力图用原生貌的性状解释现貌的合规律性与必然性。在这一点上,我们不能不叹服他肩民族大任于一身的勇猛、伟大。

不如意的现实人生如果不可避免地和理想人生集结于一人之身,那么主体肯定是痛苦的。经过牛鬼蛇神的喧嚣和民族动荡,正常之人也难免会有患上精神分裂症之嫌疑。道家的超脱飘逸,佛家的微笑悟彻,儒家的进取炼达,决定了人物超然无累的心性与"动心"、"忍性"的痛苦。阿城这一代人经过了生活的动荡和熔铸之后有精明、智慧、勇敢、负责的一面,同时他们又是孤独的、怀疑的,痛苦的。

面对现代人的轻浮、躁动不安和欲望弥漫,阿城是大悲的,他深深地为民族精神传统的现实地位和危机感到不安。他在传统中尽力开采、提炼,经过了地狱的痛苦和炼狱的艰难,想使中华民族达到天堂的光明——这可能就是阿城饮着浓烈的民族之酒的同时又清醒地注视着世界的目标所在吧。为此,我们渴望一代阿城们的出现,果若如此,则传统在现代的重塑可望矣!

对"酒神式精神"的极力召唤

——论影片《红高粱》的文化主题

《红高粱》是当代电影史上的一个"事件"。对该影片的讨论，无疑比对新时期其他任何一部影片来得广泛、热烈和深刻：它涉及全国范围内不同层次的观众，而且主要是在文化层次上展开的。讨论的核心在于这样一个问题：影片到底展示了一种什么样的文化精神？

那种认为《红高粱》"集中国人愚昧、贫困、落后、性心理变态之大成"①，展览中国人的丑，丢中国人的脸一类说法，被普遍唾弃。与之截然相反，有人指出，该影片的总立意"是在寻找一种民族精神，一种对于生命的思考"，"《红高粱》画出了民族之魂，奏响了一曲民族的生生不息的生命颂歌"，认为影片表现的"无遮无拦，随心所欲，自自在在，快快乐乐"的生命精神，是"中华民族五千年文明，内忧外患，经天险，历人祸"培养起来的。② 另一种意见则对《红高粱》宣示的活气勃勃的生命精神所由产生的源泉和影片的文化意图，作出了与上不同的解释。有论者认为，不能笼统地将影片说成是对民族精神气质的歌唱，尽管影片所展示的人生在某种程度上也可以看成是对民族曾有的光荣的回忆，但它主要在召唤，它召唤既定生活中所缺乏的一种人生态度的来归，它直为人生自由而招魂，换言之，影片的主旨不在于揭示或发扬我们民族精神中的优胜和伟大之处，而在于刺激、激励我们民族长期以来被压抑的生命冲动和思

---

① 荒原：《审美观念忧思》，《电影评介》1988 年第 8 期。
② 章柏青：《〈红高粱〉：民族之魂》，《电影评介》1988 年第 4 期。

想,《红高粱》是对民族文化的批判性反思。① 笔者无疑同意后一种阐释。但是,《红高粱》所召唤的我们民族"既定生活中所缺乏的一种人生态度和生存状态",究竟是什么?一直未有人作过令人信服的阐释。

在笔者看来,《红高粱》的文化主题,在于召唤酒神式精神。"日神式"和"酒神式"本是尼采提出的两种艺术精神,后来,尼采把它进一步引申,用来讨论实现生存价值的两种截然不同的方式。酒神狂歌醉舞,在酩酊大醉中感受生命的欢悦,忘记生命的悲苦;酒神式精神"通过'消除常规界限和生存限制'去追求生存价值……酒神式愿望,在个人经验或仪式中,乃是强行进入这种经验或仪式的特定心理状态,以达到放纵。他所追求的与此情感密切相关的是陶醉,而且他看重迷狂的启示。"②而中国文化所缺乏的正是这种精神。

中国古文化中没有酒神,上古先民只有对于太阳神的一神崇拜——据20世纪80年代何新先生的研究,中国上古神话虽体系纷呈,神祇众多,但归根结底可定于一宗:伏羲、太昊、高阳、帝俊、帝喾、黄帝,实际上是同一神即太阳神的变名,也就是说,从字源学角度推考,他们均为日神。此和西方既有日神崇拜,又有酒神崇拜的文化传统大不相同。以日神崇拜为"原型"的中国文化,是日神式精神的文化。日神式精神之本质与酒神式精神正好相反,它"'只知道一个定律,即古希腊理性的适度。'他奉行中庸之道,生活在狭小的天地中,与分裂式心理状态毫不沾边。用尼采的名言讲,甚至在跳舞的洋洋得意之中,他也'默守本分,维护公民荣誉'"③。

《红高粱》系列小说中没有敬酒神的情节(很可能,小说中故事的发生地山东高密东北乡没有这一传统)。影片中这一情节出于编导者的构想,或者说,出于编导者的召唤。影片主题歌命作《酒神曲》,情节设置中又让敬酒神占了重要一环,这肯定不是一种随意,而出于作者对酒神式精神的召唤。《酒神曲》、敬酒神、高粱酒,含有深刻的文化意义,它是酒神式精神的一种象征,一个符号。

---

① 谭好哲:《理想与反思》,《电影评介》1988年第4期。
② [美] 露丝·本尼迪克:《文化模式》,华夏出版社1987年版,第62页。
③ 同上书,第63页。

影片中故事的发源地山东，有人认为是中国的日神黄帝起源并发达之所，春秋时此地又诞生了中国文化理所当然的代表人物孔丘，此处向以"鲁卫之地"名之，并成为文化保守主义的代名词——直到今天，有文学研究者在对山东作家群的文化心理和精神建构进行分析之后仍得出结论，认为他们受"礼教"束缚比别处更深。故此，影片中那些彻底摆脱了"礼教"的行为——那狂荡不羁的男女交欢，那野性十足的当众向酒桶中尿尿之举，那痛快淋漓的搏斗场面（影片中描写了许多搏斗：我爷爷与酿酒的众男人、与高粱地中的劫道毛贼、与秃三炮的搏斗，众男人与日本鬼子的搏斗），那虐他自娱的颠轿，那毫无节制的狂喝滥饮——甚至于将酒兜头浇下，甚至于将酒洒遍作坊周围的土地，根本不是现实山东人固有的心态精神，实际上也非现实中国人固有的心态精神，温和地讲，它是国民性中豪放乐观一面的放大；严格地说，它是对国民性中所没有的精神的召唤。编导的理解和意图是，人应该像影片主人公那样活着——而不是说人已经像影片主人公那样活着。

《红高粱》所召唤的酒神式精神，除了从如上所列诸情节中外化出来而外（如上所列诸情节中外化出来的，是尼采界定酒神式精神时所言的"放纵"），还表现在影片主人公对自然的"迷狂"和"陶醉"（"迷狂"和"陶醉"是尼采界定的酒神式精神的另一十分重要的特征）。"现实中的红高粱与奶奶幻觉中的红高粱化为一体，难辨真假"——这是小说《红高粱》中一句印象主义色彩的叙述。影片正是牢牢抓住这一核心意象敷陈展开，甚至可以说，追求人与自然主客互融、物我无间的境界，是影片一切艺术手腕的主脑。《红高粱》的音乐、造型，尤其是画面的色彩运用，都紧紧围绕着此一境界的造致服务。那红太阳、那红高粱、那血染的土地、那"十八里红"：红色，成为了影片的主色调。红色象征生命——古人常把红矿石研细后涂在尸体上，为死者招魂——红色是人的生命精神的外化。影片给自然界的一切都抹上红色，十足体现了人与自然的和谐统一，人对自然的贪恋和痴狂。正是基于此认识，影片中的抗日斗争才不是抽象的——从本质上说，"我爷爷"是一土匪，如果要划分阶级成分的话，极可能是一地主，他没有受过共产党的宣传教育，但一呼啦便联合起那么多人，进行殊死抗战，原因不是别的，只能是日寇的铁蹄踏碎了与他们相依为命的自然（日寇驱逼中国人踏倒他们亲手所植并为为之深深迷幻的红高粱堪为象征）所导致的。至于男女主人公在高粱地里做爱的场景，也深深体现出对自然的"迷狂"和"陶醉"："我爷爷"用脚踩倒红高粱，做成一圆形圣坛，置"我奶奶"九儿于其上作"大"字状，纳头便拜。这一场面露出一哲学意味的主题：在男主人公看来，人即自然—自然即神—人即是神。

回首看朱大可提出的，在1986—1987年获得广泛讨论的"谢晋模式"，其文化主题与《红高粱》正好相反，可归结为日神式精神，这一文化主题从《牧马人》中的许灵均、《芙蓉镇》中的秦书田身上，再典型不过地体现了出来。许灵均、秦书田的生命态度，与"我爷爷"、"我奶奶"截然相反。而1988年电影界热议的"张艺谋现象"，也可以从文化层面上作出概括。所谓"张艺谋现象"，指张艺谋导、演、摄的一系列影片的走红现象。有人认为，张艺谋涉及各种类型不同风格影片的摄制，又以极其不同的方式参与了这些影片，"张艺谋现象"外延太大，无法归结。事实上，提出一个空头概念是没有任何意义的，我们应该对它进行归结。在所谓"张艺谋现象"中，产生了大的轰动效应，引起人们广泛关注的，是张艺谋导演的《红高粱》和他在《老井》中饰演的男主人公孙旺泉。在《红高粱》中，张艺谋所致力的是召唤酒神式精神，孙旺泉亦然。正是在这个意义上，笔者认为，"张艺谋现象"应该被看作是对酒神式精神的积极追求而引起的轰动效应。只有做如此解，这个话题才能成为文化的而非皮毛杂碎的，才能和1986—1987年广为讨论的"谢晋模式"相提并论。"张艺谋现象"和"谢晋模式"，代表了电影家们对于中国文化的两种价值态度，前者追求酒神式精神，后者追求日神式精神，时代要求我们择取前者，此即《红高粱》轰动之因。《老井》也正是带着对酒神式精神的追求走向世界的。尽管与《红高粱》相比，这种追求没那么纯粹，它更多抒写现实的人生，写生活中不尽如人意的一面，如孙旺泉爱着巧英，却不得不与他不喜欢的喜凤结婚；亮公子得不到正常的性对象，导致了明显的性变态……但《老井》的主调却是积极向上，振奋人心的：以主人公孙旺泉为代表的新一代老井村人，不屈服于老井村命定无水的浩叹，不屈服于祖祖辈辈无数掘井人葬身干涸井底的悲惨命运，勇敢地"与天斗与地斗"，终于赢得了生命的对象化实现，找到了清洌洌的泉水；而与孙旺泉有着同一生命追求却对实现方式作出了不同选择的赵巧英，则潇洒地飞离了这块限制人的自在发展的贫瘠土地，到更广阔的天地中去实现自己的人生价值——这一切，与许灵均的抛弃城市文明折回农村，与秦书田被判作牛鬼蛇神扫大街时自得其乐地跳扫把舞，是多么不同！伴随着《老井》、《红高粱》走向世界的却是影片《孩子王》在戛纳的受辱（被评为最不受欢迎的影片）。和"谢晋模式"一样，《孩子王》极力展现了中国文化的日神式精神——在这里表现为其极点老庄精神，它的失败，是世界对这种文化的隔膜和摒弃。

俄罗斯文艺理论家杜波罗留波夫曾说过大意如此的话：看一部作品的伟大程度，就看作家把该时代人民的追求表现到了什么样的地步。笔者并不反对艺术作品表现既定的有缺陷的人生，并不反对艺术作品揭示我们民族的愚昧、麻木、落后和丑，但笔者认为，在作这种反映的同时，应该极力张扬一种对完满生活，对人发展的可能性的积极追求。因为从本质上讲，人不是现实性的，更主要是向可能性发展的，而酒神式精神的走向，便是人的生命精神的走向。因此，中国文化的重整或现代化，可以理解为是以酒神式精神的文化格局整合日神式精神的文化格局。基于此，笔者的结论是：中国电影要走向世界，必须大力张扬和召唤酒神式精神。

悲情而又昂扬的人生表达

——看电视连续剧《民工》

一

　　一段时期以来，电视剧的大量生产和播出，给我们的文化生活增添了不少的光彩。但是，存在的问题也着实不少。看多了那些神秘怪诞的武侠剧、随意戏说的历史剧、放浪笑谑的言情剧和时尚浪漫的生活剧，我们的感觉逐渐变得麻木。冷静下来的时候，内心不禁产生了很大的疑问：在为数不少的电视作品中，生活的真实性跑到哪里去了？艺术对于人生和社会关怀又到哪里去了？在这样一个日新月异的伟大时代，面对诸多亟需关注和思考的社会问题，我们的艺术家们都在干些什么？

　　由于有着以上一些疑问和想法，当我们在"五一"节前后，看到由张纪中（制片人）、康红雷（导演）和陈枰（编剧）三个人组成的被誉为影视"金三角"的创作集体联手打造、在中央电视台一频道黄金时段播出的20集电视连续剧《民工》时，心中不禁一热。该剧以对中国在迈向现代化的历史进程中一个特殊而又尴尬的劳动群体——民工的生活境遇和心理困惑的艺术映照与人文关注，在当下的电视剧创作中独树一帜。这部剧作，是电视人创作良知对于艺术高地的一次成功占领，充分凸显了现实主义创作的恒久力量。

　　《民工》的情节并不复杂，通过对河南一个民风古朴的小山村歇马山庄鞠、郭两家父子两代人打工遭遇的艺术展示，极其细腻而又深刻地揭示了他们迷茫、艰辛、幸福而又悲痛的心路历程。其中，鞠家父子的生活遭际和情感历程是全剧的主线。坦率地说，与人们对于此类题材电视剧创作的审美期待，比如"大义凛然"地为民工们的不平待遇呐喊与鼓呼相比，《民工》的艺术触角和叙事手法，似乎显得不够深刻和直接，对于民工境遇严峻性的揭示，似乎并不十分"醒目"。以至于像有媒体所报道的那样，许多观众甚至认为，《民工》并没有把民工当作生活在社会最底层的一群人来展现，从而发出不平之音："这是在说民工吗？怎么感觉不出他们讨生活的艰辛与被歧视的压抑？"

应当说，持此观点的观众之审美期待与心理渴望，是可以理解的。但是，这种不乏偏执的议论，其实是对《民工》艺术追求的一种误解。

艺术不是宣传，艺术品也不是一般的新闻特写。《民工》对于这些"社会最底层"人群不公境遇的艺术反映，有着自己的视角与标准。虽无"被侮辱和被损害"镜头的大面积叠压，没有对于悲苦境遇的无节制渲染，但创作者对于民工的理解，无疑更为全面和深刻。其对民工的艺术映照，没有停留在许多人所渴望的简单同情与关怀，而是扩大到对他们坚韧生活意志和辛勤创造精神的歌颂与礼赞，除此而外，作品还对民工们作为当今社会弱势群体的深层根源作出了思考与揭示。这就使得《民工》对于农民和农村的表现，不再着眼于落后凋敝和破败不堪；对于农民面貌的展示，也不再停留在表情呆痴、衣衫破烂和蓬头垢面。民工在剧中的形象，不再是站起干活、吃完躺倒的"无毛四足动物"。恰恰相反，剧中的民工，活跃在明媚灿烂但对他们多有不公的都市，忙碌在清新美丽略带忧伤又不无希望的乡村，并且在亮堂堂和暖洋洋的底色下，活得有情有爱、有滋有味。换言之，《民工》不是一般简单关注民工问题的"社会问题剧"，而是一部从揭示城乡差异出发，深层展示民工生活的抒情正剧。

那些因为看不到大面积的苦难叙事从而找不到情绪宣泄口的观众，尤其是在生活底层受到压抑的观众应当明白，展示苦难并不是当下农村或民工题材作品唯一的审美指向。因为，苦难只是当下农民和民工生活的一种现象——尽管是令人触目惊心的普遍现象。政府和社会，近年来对于"三农"问题的高度关注和对民工困难的热切关心，以及花大力气设法解决的种种努力，已然在"构建和谐社会"的舆论中，成为整个国家与社会的正能量和主旋律。更何况，对于民工困难的极力张扬和悲情渲染，并不必然带来艺术接受和审美消费的精神提升。谢有顺在评价余华的小说

《活着》和《许三观卖血记》时曾这样说:"遭遇的苦难和悲惨虽然也可以使读者热泪盈眶,但遭遇不是真正的现实,更不是存在的景象,它只不过是外在事实的起伏变化,与真正的心灵还隔着很长的距离。心灵是内在的,遭遇则非常表面。"①他还说:"从事实的层面进入价值的层面,对作家而言,他进入的其实是一个新的想象世界。只有二者的结合,才能够把事实带到深邃之中,因为事实后面还有事实。那些拘泥于事实世界而失去了价值想象的作家,最后的结局一定是被事实吞没;他的作品,也很快就会沦为生活的赝品。"② 如果我们也能够以这样的眼光去看待《民工》及其创作,则前面所论及的那些疑问便不难解决。

二

也就是说,《民工》有着自身的艺术品格。它对民工生活的成功反映和对农民形象的独特塑造,首先来自于创作者穿透生活的表象和事实之后,对于城乡差异和乡村伦理的深刻抵达。它使我们看到,年轻一代进城打工的农民工,不仅仅是与城市市民相对存在的简单的弱势群体,还是有着自身的社会历史根基,依然剥离不开身后生存空间的特殊群体。当下境遇中的歇马山庄,虽早已不是当年鲁迅笔下的宗法社会,但也未能进化为现代的法理社会,还是处于自然状态的礼俗社会。在这种特殊的社会形态中,根植于传统又塑造着传统的人伦教化,仍然在规约着农民的生活方向,同时也全面宰制着民工命运的乖蹇休咎。这就让我们明白,《民工》对于民工的塑造与表现,不是剪贴在光怪陆离的城市空间的片断图像,而是扎根于农村背景的透视与叙述。

剧作中,鞠双元的爷爷鞠永旺和奶奶崔大脚无疑处在这个礼俗社会的金字塔尖。以他俩为代表的老一辈人认为,土地是农村人的命根子,耕种土地是农村人的天命和最高生活法则。天命不可违拗,背离了土地是不会有什么出息和出路的。难怪当以给母亲办丧事为由才从城里骗回的儿子鞠

---

① 谢有顺:《余华:活着及其待解的问题》,《话语的德性》,海南出版社2002年版,第27页。
② 同上书,第31页。

广大麦收刚过就又急于回城时，鞠永旺首先想到的并不是自己家里缺钱用的现实，在他心底绾成结的一个问题是，城里到底有啥好，儿子在家里为啥待不住。而崔大脚看到心爱的孙子媳妇李平用鸡蛋和面粉做面膜美容时所以怒不可遏，并不是舍不得那些鸡蛋和面粉，而是因为她的举动彻底背弃了乡村人淳朴的伦理道德。如果说，老年一代仍然能够心安理得地与这种土地伦理相始终的话，中年一代却显然是在与之相颉颃。生长在泥沙俱下美丑杂陈的转型社会，旧的伦理准则无法供给他们生存的幸福，新的道德规约也远未在他们的内心扎根。他们的冲决和挣扎理所当然要付出代价：鞠双元之母刘艳梅不是出于厌弃自己的丈夫，而是由于丈夫经年累月地不在身边而出现的感情空缺，才偷偷应和了人品极好，在村里数一数二，但从来没有享受过真正爱情的好男人郭长义的追求。最后，刘艳梅在郭长义的妻子姜翠玲看似有理但却异常刻毒的咒骂声中倒地死去。刘艳梅之死与其说源于事情败露之后的羞辱与折磨，毋宁说是死于闪念之间背离了几千年传统伦理道德之后，内心的无限愧悔和良心的巨大谴责。

　　那么，年轻的一代又会怎样？一般说来，见过城里大世面的这一代人，定然会是城市伦理的认同者和尊崇者。譬如，当刘艳梅惶惶不安地向儿媳和盘托出自己委身于郭长义的"罪过"时，李平抱着十二分的同情和理解安慰婆婆："妈，你没有做错什么，你真的没有做错什么。"但是，年轻一代又何尝不是保守且不时散发着霉腐之气的乡村伦理的受害者呢？美丽善良而又聪明能干的李平，可以说已经在城市里闯出了属于自己的一面天空，但憨厚朴实、未经世事的鞠双元才一示爱，她便死心塌地地跟定了他，并催促他早点带自己到歇马山庄完婚。李平之所以在俩人交往的过程中显得急不可耐，终而"下嫁"鞠双元，并不能简单认为是被爱情之手轻易俘虏，而在相当程度上是担心自己曾先后与梁超英、张正红二人同居，并曾打胎的事情风声走漏。在丈夫鞠双元撇下自己进城打工后，她也能耐下性子过起农民的小日子并从中体会到乐趣。这应看作李平与曾有过"那种经历"的自己的决裂，和对曾有过"那种经历"的自己的一种惩罚。与李平到了农村以后渐渐获得的宁静、坦然和从容相比，鞠双元对自己娶了一个有过"前科"的女子做妻子一事，一直背着沉重的思想包袱，他一刻也放松不了脑子中绷紧着的那根弦。鞠双元并不是不爱对于他这个穷民工来说，犹如天外来客一般的美丽女子——善良的他曾经为娶李平而与父亲反目,也不是一定要斤斤计较于她的过去,而是怕她的"那个过去"不小心暴露出来,会伤了他老鞠家人的面子,伤了淳朴但不无愚顽的乡村伦理。难怪当他知道李平的往事被村人知道是由于她本人曾亲口告诉过潘桃时,便变得怒不可遏:"你在城里的那些烂事,就该烂在心里,就不该带到山庄来。"而更为令人扼腕的是,鞠双元竟然因为这事而赶走了妻子!

我们不无讶异地看到,此种乡村伦理的力量,是十分巨大的。它残酷地吞噬了刘艳梅,无情地摧毁了鞠双元让人叹羡不已的家庭幸福,还不知不觉地同化了年纪轻轻的潘桃,把跟李平一样美丽,跟李平一样对外面的大千世界充满了渴望的潘桃,拉到了乡村生活的轨道上,当看到她跟粗俗蛮悍的婆婆姜翠玲越来越说得来——其中很大的秘密在于两人对有过"瑕疵"的李平心照不宣的反感,我们的心里不无绝望:此时的潘桃,说不定就是将来的姜翠玲!

对于事实背后生活真相的如是揭剥,易于使人把电视剧的创作者想象为手握现代性伦理大棒挥向农村传统文明痼疾的冷面判官。然而事实并非如此。创作者的高明之处在于,面对伴随着历史前进的脚步而疯狂扩张的城市文明,和有着数千年传统的农村伦理道德,并没有急于去扮演裁判的角色,而只是充当了一个发言秩序的维护者,让二者充分平等地对话,亮明各自的观点。剧作主题的丰富性,包括揭示民工境遇的深刻性,也由此而生。《民工》对于民工及其生活根由的表现和展示,因此上升到了展示社会变迁的层面。

三

当今,在迈向现代化的历史进程中,生态恶化和社会不公等社会问题时时困扰着我们,而且随着城市的扩张,人们的欲望也在不断地膨胀,道德与伦理秩序,也开始变得杂乱无章。相比之下,《民工》所表现的乡村伦理的这种稳定性,似乎成为一种时代航船的校正器,唤起我们对于民工命运深层机理的追索与思考。换句话说,由于历史进步与社会伦理的某种二律背反,现代人的生活和灵魂总是处于无可逃避的撕磨之中。尤其在《民工》所表现的这一社会转型期,个人心理的彷徨无着和痛苦就更为剧烈。而要解决这个问题，关键在于如何将社会整体结构中的诸多利益关系，调整到一个比较适当的"度"。《民工》不但给我们展示了民工这一特殊人群的深层生存境遇，而且借着对于支配民工命运的城乡差异及其现代关联的艺术揭示，为我们从感性的角度入手，更加切实地领会构建和谐社会的重大意义，提供了另一种可能。

《民工》的另一独特之处，在于对身处弱势的民工群体的美好心灵和高远追求，给予了充分的展现。俄国著名文艺理论家杜波罗留波夫说过，衡量一个作家是否伟大，应该看他把同时代人民的追求表现到了什么样的程度。诺贝尔文学奖得主福克纳则语重心长地提醒："当今从事文学的男女青年已把人类内心冲突的问题遗忘了。然而，惟有这颗自我挣扎和内心冲突的心，才能产生杰出的作品，才值得为之痛苦和感动。"当我们看到才刚进城打工，胆怯但充满正义的鞠双元在几个青年对一个中年人拳打脚踢，满街的人却没有一个敢站出来说一句公道话的情况下，勇敢地冲上去替他挨打；当我们看到刘艳梅在民工们租住的旧院里，主动帮他们洗衣做饭；当我们看到郭长义在夜半时分，偷偷地帮刘艳梅收割麦子……我们会一次次被这些底层人美好的心灵所打动。

尽管在我们这个日新月异的时代，人民的构成在发生着变化，但农民及城市民工，仍然是人民的主体构成之一。是进城打工的农民把城市喂饱，让城市长高，如《民工》的导演所说，是"农民工使城市变得更加豪迈"。那么，什么时候，人民中的其他成员以及他们的城市，能够让这些农民工也变得豪迈起来呢？面对这种想法，《民工》主人公鞠广大的一席话不啻是对我们最大的安慰："人这一辈子，会遇到各种各样的麻烦，有时候还会遇到大灾大难，这都很正常。有时你要战胜它，战胜它时你是好汉，战败了有时你也是好汉。"这是非常悲情而又昂扬的人生表达，也是我们更加深入地认识和了解民工的一把钥匙。

余秋雨散文的文本特征及艺术偏失

毫无疑问，余秋雨是20世纪80年代中期以来受到读者大众广泛追捧的一位当红散文家。其被阅读、被研讨、被盗版、被仿写、被批判之程度，简直成了文化疲软时代一场盛大的文化狂欢。其中不乏一些研究趣味奇僻的学者和文化人专门以挑刺为能事，不客气地说，余的写作成就了一帮"海上逐臭客"。作者在写《借我一生》时，曾委托朋友进行过统计，发现了1700篇大批判文章，这还不包括网文。①

余秋雨散文写作的初衷，是对有文化价值的远山异水的踏勘，对已消失在历史烟云深处的"文明的碎片"的重新发现与指呈。他曾在自己的第一本散文集《〈文化苦旅〉自序》中说："我发现自己特别想去的地方，总是古代文化和文人留下较深脚印的所在，说明我心底的山水并不完全是自然山水而是一种'人文山水'"②。在《〈山居笔记〉小引》中，又说自己常常"长途跋涉，借山水风物与历史精魂默默对话，寻找自己在辽阔的时间和空间中的生命坐标"③。在《〈文明的碎片〉题叙》里，还说自己之所以踏足散文界，是因为"这片土地、这个时代"，给了他一种神秘的"文化指令"，使他"坐立不安"，故而要"倾吐一种文化感受"，而这些"文化感受"，"至少有一个最原始的主题：什么是蒙昧和野蛮，什么是它们的对手——文明？"④ 正是由于"文化感受"的抒发和"文明的碎片"的掇拾，余秋雨散文被称之为历史文化散文或"文化大散文"、"大历史散文"，紧随其后，该派散文的代表作家还有王充闾、夏坚勇等。

---

① 《余秋雨有话说》，见《南方周末》2004年7月22日的记者访谈文章。
② 《秋雨散文》，浙江文艺出版社1994年版，第3页。
③ 同上书，第8页。
④ 同上书，第10页。

作为开宗立派的一代散文大家，余秋雨的散文，通过对旧文化和正在轰毁的文明的缅怀与追思，建立起了一种豪放的、大气磅礴的、有史学力度的新散文路径。正如散文研究者李林荣所分析的，"与秦牧的《艺海拾贝》、翦伯赞的《内蒙访古》、碧野的《天山景物记》等散文不同，余秋雨散文讲古论今，引介知识，描写景物，不单纯是为了达到知见目的，而是为了超乎知见之上的主体人格的呈示。这种主体人格拥有对知识、历史、地方风物等方面非同寻常的洞察力"[1]。由于主体人格的呈示和性灵表达，余秋雨散文还呈示出一种全新的煽情话语风度，在20世纪90年代以来时代意识形态转型的大背景下，可看作是与20世纪80年代人文主义精神的一次最成功的对接，满足了许多人受到抑制的文化期待，也使许多人在散文中建构大话语模式的梦想得以实现。

那么，余秋雨散文的艺术构成到底有何特点？或者说，其散文文本有着怎样的深细特征？这应是余秋雨散文研究的核心问题，没有对这一问题的研究，对余秋雨创作现象包括走红原因的分析和论述都会显得浮光掠影，流于表面化。当年，余秋雨在回答《文汇报》记者徐姓民所提出的"如何评价自己在当代中国散文界的地位"这一问题时，笑着回答说："能不能允许我不把这些东西称作散文？"[2] 这说明，余秋雨对自己散文文体的复杂性，是有着充分的体认的，或者说，他觉得自己的散文与别的散文有不小的差别。也正因此，他更多情况下把自己的散文称为"文章"。窃以为，余秋雨散文的艺术构成的最大特点是：熔史实、哲思、诗情于一炉，或曰，是知、意、情三者的有机浑融体，这也使得其散文和十七年时期的代表性散文与同时代作家的主流散文呈现出了差别。

第一，余秋雨最有代表性的散文，或描述中国文化的沉重步履和苦难命运，或借山水风物、历史故事探求中国文人的文化人格和文化良知，或在落满中国文化真实脚印的苍茫大地上，探求封存久远的中国文化灵魂和人生秘谛，大多选择正史上语焉不详或为除治专门史者而外的一般读者所陌生的历史生活内容，其观察中国文明成长轨迹与文化发育特点的透视点

---

[1] 李林荣：《嬗变的文体——社会历史景深中的中国现当代散文》，社会科学文献出版社2006年版，第50页尾注。

[2] 余秋雨：《〈文明的碎片〉题叙》，《秋雨散文》，浙江文艺出版社1994年版，第9页。

往往较为独特，为一般读者乃至研究者所忽视。

例如，清代的史料成捆成扎，而作者却独辟蹊径，避实就虚地绕到承德避暑山庄这座供清代帝王消夏的别墅去"偷看"了几眼，于是就有了《一个王朝的背影》。该文中为我们描述的封建皇帝康熙，竟是一个雄才大略、中西兼通、身体强健、精力过人的英明之主。自他开始罢修长城；早在三百年前，他在故宫和承德避暑山庄认真研究了欧几里德几何学，经常演算习题，又学习了法国数学家巴蒂的《实用和理论几何学》，并比较了它和欧氏几何学的区别；其骑术高明，箭法精准，曾身先士卒参加过不少著名的战役；一生中猎杀野物无数且有详细记载。此等记述，足以在一般读者心目中来个乾坤大挪移，完全扭转对所谓荒淫无耻、养尊处优、予取予求的皇帝形象的颠覆。

而在山西境内旅行之时，作者总是抱着一种万分惭愧的心情，因为他向来把山西当作中国最为穷困的地方之一，而在披阅资料和实地考察之后，却发现"中国最富有的不是我们现在可以想象的那些地区，而竟然是山西！直到本世纪初，山西，仍是中国堂而皇之的金融贸易中心。北京、上海、广州、武汉等城市里那些比较像样的金融机构，最高总部大抵都在山西平遥县和太谷县几条寻常的街道间，这些大城市只不过是腰缠万贯的山西商人小试身手的码头而已"（《抱愧山西》）。作者的指陈，同样令绝大多数读者深感讶异和惭愧。

另如，苍凉浩茫而又富庶繁荣的东北大地，在作者眼中竟是被血泪浸透的悲痛之地，因为数代以来它一直是一片"流放者的土地"。作者所引康熙时期的诗人丁介诗"南国佳人多塞北，中原名士半辽阳"，便足可证明这一点。作者还引用李兴盛先生的统计向我们介绍，单单有清一代的东北流人，总数就在150万以上（《流放者的土地》）。

再如，今天的天柱山（潜山）寂寂无名，很多文人已全然不知它的所在，然历史上的它却有过非常显赫的过去——汉武帝曾封此山为南岳；自南北朝特别是隋唐以后，佛道二教都非常兴盛，佛教的二祖、三祖、四祖都曾在此传经；而在道教说法中，它是"九天司命真君"居地，很多道家大师都曾在此习道；古代许多大文豪、大诗人都曾希望在此安家，如李白、苏东坡、王安石等（《寂寞天柱山》）……综上所述，余秋雨散文中有着非常多、非常坚实的"知识硬核"，充分满足了"读图时代"盲目浮躁的大众阅读的知性追求。

第二，余秋雨散文，绝非通俗历史家的知识贩卖，其文在知识性追求之外，往往闪烁着悠远通透、启人心扉的智慧光芒，读其文，会情不自禁地受到哲理之风的熏陶，思想之雨的泅润。

如《一个王朝的背影》开首，作者全面分析了纵贯整部历史的"汉夷"之辩，认为，不能简单地"把汉族等同于中华，把中华历史的正义、光亮、希望，全部押在汉族一边。与其他民族一样，汉族也有大量的污浊、昏聩和丑恶，它的统治者一再地把整个中国历史推入死胡同。在这种情况下，历史有可能作出超越汉族正统论的选择，而这种选择又未必是倒退。"虽然该文写作的 20 世纪八九十年代，思想解放潮流了荡涤了一切学科和知识领域，但华夏文明的"汉族正统论"，仍属历史学的金科玉律，很少有人敢于质疑或提出挑战。在此情况下，作者的发言简直有振聋发聩之功。再如《道士塔》中，针对着被发现的经文不能妥善保存，甚至被能接触到的官员顺手牵羊地掳掠一事，作家发出了"哀其不幸，怒其不争"的感慨："偌大的中国，总存不下几卷经文！比之于被官员大量糟践的情景，我有时甚至狠狠心说一句：宁肯放在伦敦博物馆里！"这里，思想的奇突，已明显超越了绝大多数读者看待这个问题时的狭隘民族主义情绪，简直像是在挑战他们的理解能力和思辨神经。

如果说，余秋雨面对复杂的历史问题时，总有一把直指痛疽的锋利解剖刀，作为现实生活的观察者，作者同样显示出过人的精明和眼力。比如《天涯故事》一篇，在梳理海南岛历史脉络的基础上，对海南文明作出了深刻的思考与定位，他觉得，相对于大陆的"男性文明"和"城市文明"，"女性文明"和"家园文明"是其特点——作者以为，后一文明为前一文明所规定——此种文明形态具有反叛性和挑战性，海南岛"天真未凿的寻常生态""以一种人类学意义上的基元性和恒久性使人们重新清醒，败火理气，返朴归真。"应当说，这是笔者所见过的透视海南文明最为深透的文字，相信会为熟知并寻求海南文明定位的读者包括政府文化官员所激赏。

第三，跟前面论及的史实、哲思同样重要的，是余秋雨散文中弥散的浓郁诗情，一方面，它在篇章中简直可以说是无处不在，并成为作为"知识硬核"的史实和哲思的溶化之水，另一方面，一些明显凸露而出的感发兴寄又成为作品中的神来之笔,与熠熠哲思与深刻识见一起,起着点化升华思想主题的作用。浓郁诗情的存在,也是秋雨散文之所以为散文而非地方史地论文的决定性因素。

《天涯故事》是一篇深刻透视海南文化构成与特点的作品,也是一篇俊逸跳脱,见情见性的灵妙之文。开首部分,针对着岛之南端名叫"鹿回头"的山崖,作者神思灵妙,逸兴遄飞:"中国的帝王面南而坐,中国的民居朝南而筑,中国发明的指南针永远神奇地指向南方,中国大地上无数石狮、铁牛、铜马、陶俑也都面对南方站立着或匍匐着,这种目光穿过群山、越过江湖,全都迷迷茫茫地探询着碧天南海,探询着一种宏大的社会心理走向的终点,一种延绵千年的争斗和向往的极限,而那头美丽的鹿一回头,就把这所有的目光都兜住了。"而这篇宏文结尾,也如一头回头之鹿:

> 我们历来是驰骋于中原大地的躁急骑手,总在驱逐,总在追赶,不知已经多久。不断地寻找猎物,不断地寻找对手,不断地寻找名声,不断地拉起弓箭。但是前面还有什么路呢,这里已经是天涯海角。猎物回头了,明眸皓齿,嫣然一笑。
> 嫣然一笑,天涯便成家乡。
> 嫣然一笑,女性的笑,家园的笑,海南的笑,问号便成句号。

——这里,"问号""句号"显属奇妙的诗性联想和发挥,到底何解?请看前文中作者的形象描绘:"海南岛只是中国地图下的一个点,有了这个点,中国也就成了一个硕大无朋的大问号。"

如果说,类如上述关乎构局谋篇的表现是"大诗情"的话,秋雨散文细部那些诗意盎然的表现便是"小诗情"了——

譬如,《一个王朝的背影》中,作者把避暑山庄北部那些黑黝黝的山岭,比作"一张罗圈椅的椅背",他省思到,"在这张罗圈椅上,休息过一个疲惫的王朝。"同篇之中,作者认为,对于罢修长城的康熙帝来说,"避暑山庄是康熙的'长城'"。这是何等奇妙的比喻,又是何等深邃的警言!该文结尾,针对着王国维在清末对于整个传统文化的以身相殉,作者"轻轻地叹息一声",因为他发现,"一个风云数百年的朝代,总是以一群强者英武的雄姿开头，而打下最后一个句点的，却常常是一些文质彬彬的凄怨灵魂。"这同样犹如一声叹息，为全文留下了启人幽思的袅袅余味。

再譬如，《道士塔》中，作者假托一位诗人的诗笔来抒发外国冒险家掳掠敦煌文物时的感受："那天傍晚，当冒险家斯坦因装满箱子的一队牛车正要启程，他回头看了一眼西天凄艳的晚霞。那里，一个古老民族的伤口在滴血"。此等夸张而又煽情的文字，足以道出余秋雨专家之外作为一位多情善感的才子型文人的本质。

综上所述，史实、哲思、诗情，就像是长短齐一的三只脚爪，用力均衡，共同支撑起秋雨散文这只斑斓的文学艺术宝鼎。尽管余秋雨并不是专门的史家、思想家或诗人，但以散文家面目出现的余秋雨，却展示了以上三类人物单独现身时并不具有的综合实力，这中间包括了作家的生命体验、人格精神、知识底蕴、艺术感觉和造境能力。这里所谓"综合"，决不是工匠式的拼接和堆砌，而是一种诗性的重塑，一种气韵生动的贯通。这种重塑和贯通，使得秋雨散文在理和情、知和趣、力和美等两两对立的方面都发挥得淋漓尽致。秋雨散文中，既有高屋建瓴的宏观把握，又有情致深婉的悄语低吟；既流动着历史诗情的苍茫沉郁，又张扬着现代意识的勃勃生机；它不动声色暗中却千回百转，波涛澎湃又不失持重骄矜。秋雨散文，是"散文"一词的首创者南宋人罗大经所期望的那种"浑融有味"的文学样式，典型显现了传统美学推重的"中和"之美。

以上，是笔者对余秋雨散文文本特征所作的分析，事实上也可看作是对作者散文之所以流行的深层原因的寻找、梳理与回答。以上的判断、分析与归纳，决不是简单地谀美，应该体现着钱钟书所提倡的"了解之同情"的态度。当然，秋雨散文，绝不能说篇篇都是创作艺术的瑰宝，更不可能是字字珠玑无可挑剔，尤其是当我们把作者很多年中的全部篇章拿到一起进行比较时，就更容易发现一些偏失和局限。

第一，主观性历史想象和戏剧化手法的过多运用，既造成了对历史客体的随意侵越，又是对读者知性追求的误引和欺弄。

余秋雨散文"诗情"的构成有多种手段，手段之一，是借助于对于湮灭无闻或粗线条的历史的想象性填充以及戏剧化手法的运用。作为一位长年从事戏剧研究的学者，他不可能一下子抛弃驾轻就熟的戏剧化手法。

今天我走进这几个洞窟，对着惨白的墙壁、惨白的怪像，脑中也是一片惨白。我几乎不会言动，眼前直晃动着那些刷把和铁锤。"住手！"我在心底痛苦地呼喊，只见王道士转过脸来，满眼困惑不解。是啊，他在整理他的宅院，闲人何必喧哗？我甚至想向他跪下，低声求他："请等一等，等一等……"但是等什么呢？我脑中依然一片惨白。

这是《道士塔》中的一段文字。作者借助于一幅幻景，来叙写自己知道了当年王道士"勤劳"地用石灰刷白莫高窟几个洞窟和按自己的农民趣味修改了一些塑像时的心理感受。似此戏剧化手法，被一些研究者认为是余秋雨散文的开拓性贡献。如栾梅健认为，"在散文中演绎剧情，这是余秋雨对当代散文艺术作出的一个重要贡献"[①]。同样持肯定态度的李林荣则论述得更为深入，他认为，在秋雨具有独特文体价值的篇章中，"想象力以对历史、文化、地域形态存在的人、事、物施加了全面深入的作用"，"想象力侵越了反文学文体的疆界"，并称这是秋雨散文在文体维度上达到"属魂层次"的根本征象。[②]

但是，正如对这一手法的运用基本上持肯定态度的栾梅健同时指出的，"当一些本身并不具备传奇性与戏剧性的材料硬是按照戏剧化的叙述方法处理时，可能就会有装腔作势、矫揉造作之感"[③]。应该说，这种缺陷在《借我一生》中的《旧屋与旗袍》、《文化苦旅》中的《风雨天一阁》、《行者无疆》中的《古本江先生》等篇章中，都不同程度地存在着。

活到八十高龄的范钦终于走到了生命尽头，他把大儿子和二媳妇（二儿子已亡故）叫到跟前，安排遗产继承事项。老人在弥留之际还

[①] 栾梅健：《余秋雨对当代散文文体的拓展及其局限》，人大复印报刊资料《中国现当代文学研究》2008 年第 5 期，第 126 页。

[②] 李林荣：《嬗变的文体——社会历史景深中的中国现当代散文》，社会科学文献出版社 2006 年版，第 50 页。

[③] 栾梅健：《余秋雨对当代散文文体的拓展及其局限》，人大复印报刊资料《中国现当代文学研究》2008 年第 5 期，第 128 页。

给后代出了一个难题，他把遗产分成两份，一份是万两白银，一份是一楼藏书，让两房挑选。

……

我坚信这种遗产分割法老人已经反复考虑了几十年……

大儿子范大冲立即开口，他愿意继承藏书楼，并决定拨出自己的部分良田，以田租充当藏书楼的保养费用。

就这样，一场没完没了的接力赛开始了。多少年后，范大冲也会有遗嘱，范大冲的儿子又会有遗嘱……，后一代的遗嘱比前一代还要严格……

后代子孙免不了会产生一种好奇，楼上究竟是什么样的呢？到底有哪些书，能不能借来看看？

这是《风雨天一阁》中的几段文字，里面杂糅了基本事实、戏剧性构织与主观想象："万两白银"与"一楼藏书"，遗产继承法的"几十年"考虑，一代比一代还要严格的遗嘱，后代子孙对"楼上"的好奇，再加上后文叙写的官家小姐钱绣芸因一心想读点天一阁的藏书而嫁至范家，但终生未看到过楼上任何一本书的悲剧故事，实实在在构筑了一则"天一阁神话"。虽然"一切历史都是当代史"早已成为了史学名言，余秋雨大概也只是借用了范氏后人之说和天一阁管理方的讲解，并无意于郢书燕说，但对其中的疑点和故事性成分缺乏必要的分剖，对于大多数读者来说，仍然是一种"硬伤"，因为难免会以讹传讹。

第二，一些散文贯穿了一种煽情主义的话语策略，常习惯于在忽视历史对象的客观性、具体性和复杂性的情况下，进行形上处理、道德判断和文化解读，其结果，往往出现意义拔高和阐释过度。

长途押解，犹如一路示众，可惜当时几乎没有什么传播媒介，沿途百姓不认识这就是苏东坡。贫瘠而愚昧的国土上，绳子捆扎着一个世界级的伟大诗人，一步步行进。苏东坡在示众，整个民族在丢人。

这是《苏东坡突围》里的一段话。

著名学者朱大可曾详细解读了这段话是如何贯穿煽情主义策略的。他说:"这是动辄上升到'民族高度'进行煽情的范例。苏东坡遭到告发和逮捕,这首先和'贫瘠'和'愚昧'无关(他无非是险恶的官僚政治斗争的牺牲品而已),其次与'民族'大义无关。试问:余文的'民族'究竟是一个什么样的概念?是宋代的汉民族,还是今天的所谓'中华民族'?苏的被捕究竟丢了谁的脸面?谁又在'民族'之外进行了文化或道德注视?或者说,民族的'脸面'又是怎样一种价值尺度?然而,毫无疑问的是,正是这一陈述所包含的道德力量,点燃了人们对'差官'以及昏君的仇恨。同时,旧式文人的尊严,在这个叙述和阅读的时刻里获得了短暂的实现。"①

> 小人牵着大师,大师牵着历史。小人顺手把绳索重重一抖,于是大师和历史全都成了罪孽的化身。一部中国文化史,有很长时间一直捆押在被告席上,而法官和原告,大多是一群群挤眉弄眼的小人。

仅仅隔了一段文字,又出现这一段落。从余秋雨满含着愤怒和谴责的文辞中,庶几可得出一种结论:存在一个"小人"与"大师"两相对立的差序化社会格局,文化名人越优秀就越不见容于当时的社会,而类似结论,当然是对历史的曲解和误读。

由此可见,余秋雨在以散文进行文化批判的过程中,采取了一种一相情愿的历史想象,过重地突出其批判对象的可恶,严重影响到了其对社会历史的冷静判断。应该说,这种攻其一点不及其余的偏颇,在《十万进士》、《遥远的绝响》、《一个王朝的背影》等作品中也有显现,尤其是在《霜冷长河》集中讨论有关名誉、谣言、嫉妒、善良、年龄等关乎具体文化内容的作品中,显得更为明显。也就是说,余秋雨一些作为历史文化散文的篇章,失去的恰恰是最为紧要的历史主义态度,这是十分令人遗憾的。

第三,从一些代表性的散文中,可以发现大致相同的构思过程和文本特征。

----

① 朱大可:《甜蜜的行旅——论余秋雨现象》,《话语的闪电——文坛独行侠的"降龙十三篇"》,华龄出版社2003年版,第36—37页。

细读余秋雨散文，确实会发现一些相同的文本特征，如总是通过若隐若伏的游踪连缀文路，通过由今寻古和由古映今的视角互换引发感慨，在结尾部分以简洁的点染造成当代人物形象（常是作者自己）浮现于前而历史背景衬托于后的情境，等等。这些特征在其以《文化苦旅》和《山居笔记》为代表的前期散文中，表现得更加充分。而决定了这些特征的，是作为历史文化散文的构思和创作过程，要么是"先读后走"，要么是"先走后读"，这就造成了不少篇章以现代游记方式呈现史迹考察、史事讲述和文化评点与阐发的行文脉络。当然，对于散文创作来说，这未必是十分致命的缺陷，怕就怕在作者缺乏必要的警惕和创作自觉。

上穷碧落下黄泉,两处茫茫皆不见

——鲁迅散文《过客》和《死后》的精神关联

鲁迅曾在对友人谈论散文集《野草》时说,我的全部哲学都在这里面了。① 可以说,《野草》是鲁迅最具哲学意味和现代性意识的一部作品。同时,它也是鲁迅作品中最具个人性的文学表达,比之于小说和杂文,它更多地、也更直接地"说出"鲁迅真正所想,显示出只属于鲁迅的"黑暗"的思想、冷酷的人生体验,露出灵魂的深和真。也就是说,恰恰是先生的散文,才更加真实、深入地揭示了他的个人存在——个人生命的幽邃与文学话语之特别。

《野草》集中,《过客》是除《我的失恋》这篇诗章而外的23篇散体作品中最为独特的:它是不折不扣的一出独幕剧。除了简单的情景交代而外,绝大部分都是人物对话,这使该作和其他散文比较起来,叙述节奏缓慢,语言平白易懂,人物心理内容毫发毕现,不似其他作品那般急骤密簇冲折回旋,也不似其他作品那般欲言又止暧昧难解。虽然说,《过客》是一篇形上意味很浓的作品,但对于具有一定人文学养的人来说,要作出解析却并不困难。

如果说,《野草》是鲁迅文学作品中的"哲学",那么,《过客》便是"哲学"中的"哲学",是他人生哲学的集中凝练的表达。它在鲁迅散文中的地位,犹如莎士比亚作品中的《哈姆雷特》。《过客》中,老翁对"赤足着破鞋","支着等身的竹杖",远道而来的客人提出了一连串的问题,抛开提问时语态表达的不同,这些问题无非是:"你是谁?""你从何

---

① 章衣萍:《古庙杂谈》五,《古庙集》,河北教育出版社1994年版,第13页。

处来?""你往何处去?"老翁的提问,让人想到著名的司芬克斯之谜。当年,司芬克斯在忒拜城外给逃亡途中误杀了生父拉伊俄斯的俄狄浦斯出了一道谜,并许诺猜中者可立为王。这个谜面是:"早晨四条腿,中午两条腿,晚上三条腿,它是什么?"这个分量可抵得上一座王国的谜语,谜底是什么呢?是人。古希腊人以司芬克斯之谜启示我们,对人而言,最难解的不是人自身以外的其他事物,而恰恰便是人本身,对人而言,最紧要的不是征驭万物,而是如古希腊阿波罗神庙门上镌刻着的著名格言所示的:"认识你自己"。

接下来的问题必然是:人如何去认识自己或人何处认识自己。

应该说,对人或"自己"而言,最大的困惑或最紧要的便是"你是谁?""你从何处来?""你往何处去?"这样三个问题——其实也正是当年法国画家高更的画作《我是谁?我从哪里来?又往何处去?》所提出的问题。那么,对于上述问题,鲁迅的回答是什么呢?

——"我不知道"。这便是鲁迅借客人之口所作的回答。这一回答,是如此斩钉截铁,也是如此冷酷和无情。

事实上,老翁和客人正是鲁迅精神深处的两个自我,老翁和客人焦灼而又苍凉的对话,正是鲁迅的自问自答。在鲁迅的自我追问之下,人的存在失去了根本性的意义。鲁迅的结论是,人无非是苍茫天地间一位"状态困顿"、没有前路的匆匆"过客"。

是啊,人不是宇宙自然的"主人",而是"客人"。汉末《古诗十九首》的作者最为集中最为有力地表达了性命短促人生无常的感慨:"生年不满百,常怀千岁忧";"人生寄一世,奄忽若飙尘";"人生非金石,岂能长寿考";"人生忽如寄,寿无金石固";"所遇无故物,焉得不速老";"万岁更相送,圣贤莫能度";"出郭门直视,但见丘与坟"……在这些被钟嵘推为"文温以丽,意悲而远,惊心动魄,可谓几乎一字千金"的"古诗"中,有多少字用于人生无常的慨叹![1] 晚于上述古诗,盛唐大诗人,被称为谪仙的李白直接用"过客"表明人的存在状况。他在《拟古十二首(其九)》开首写道:"生者为过客,死者为归人。天地一逆旅,同悲万古尘。"而这一表达的源头可追溯到先秦之时。《列子·天瑞篇》:

---

[1] 李泽厚:《美的历程》,文物出版社1989年版,第88页。

"古者谓死人为归人。夫言死人为归人,则生人为行人矣。"① 而在西方,现代存在主义哲学家克尔凯郭尔、海德格尔用"被抛"表征存在的窘况。在他们看来,人是被抛入这个世界的。"被抛",这是一个主语缺失的被动语态,它表明,人来到这个世界并不是由谁决定的,而是非常偶然地发生的行为:没有人问你愿不愿意,你已经有了生命;来不及问一声为什么,命运的鞭子已驱赶你上路了。所以,"被抛",就是"过客"人生状况的最为本质的言说。

"出郭门直视,但见丘与坟。"如果说,《古诗十九首》当中的这一表达,只是一种现象描述的话,《过客》则把鲁迅的悲剧性人生体验表达到了极致。客问:"你可知道前面是怎么一个所在么?"翁回答:"前面?前面,是坟。"多么无情,多么残酷,但这是真相,说出需要勇气,说出会令心头滴血,但鲁迅不想隐瞒。

一同作于 1925 年的《死后》,比《过客》的完成晚了四个月零十天。这两篇作品,虽然体式有别,但是体现出思理表达的同一性和连续性,可以看作是姊妹篇。请看《死后》开首:

> 我梦见自己死在道路上。
> 这是哪里,我怎么到这里来,怎么死的……

何其相似乃尔!死者向着自己的发问,乍看上去和《过客》中提出的问题有别,事实上只是表述形式的不同,可以看出,死者"我"和生者"我"一样,关心的仍然是"我是谁?我从哪里来?又往何处去?"这样的老问题。

鲁迅的回答仍然是我们熟悉的决绝否定:"这些事我全不明白。总之,待我自己知道已经死掉的时候,就已经死在那里了。"

《过客》已然告诉我们,生注定是一场没有意义的徒劳,那么死果真如《列子》表达的那样,便是找到稳定的归所么?且看《死后》中的回

---

① 张怀民:《列子天瑞篇新义》,中华国学会 1937 年版,第 18 页。引文原无标点,为作者所加。

答——

"在我生存时，曾经玩笑地设想：假使一个人的死亡，只是运动神经的废灭，而知觉还在，那就比全死了更可怕。谁知道我的预想竟的中了。"接下来作者列举了"我"遭遇到的一连串的不愉快：一辆独轮车从头边推过，"轧轧地叫得人心烦"；一只蚂蚁在脊梁上爬，使人"痒痒"；一只青蝇在脸面上又"走"又"舔"，简直把"我"的面庞当跑马场了。

当然，比这些远为使人愤懑和痛苦的，不是小动物们的骚扰，而是人——活人的种种对待和表现：

　　死了？……
　　唵。——这……
　　哼！……
　　啧。……唉！

应该说，这是一些不痛不痒、含义未明的感慨，充分表现了人的世故和圆滑，不禁使人想起《立论》中既不愿说谎又不愿遭打的学生请教老师之时老师的回答："那么，你得说：'啊呀！这孩子呵！您瞧！多么……阿唷！哈哈！Hehe！he，hehehehe！'"。

当然，也有活人明确表达出了自己的意见："怎么要死在这里……"这一问，有如一石击水，激起了"我"十分强烈的心理反应："但人应该死在哪里呢？我先前以为人在地上虽没有任意生存的权利，却总有任意死掉的权利的。现在才知道并不然，也很难适合人们的公意"。这一表达，现出了"我"的大愤然，大悲叹，大感慨，它是鲁迅满含形上意味的无情批判。

值得格外重视的是，《死后》详细展开了两幅活人如何对待死人的场景——

其一，"不知道是谁"的人来抬"我"，在将"我""翻了几个转身"后置入棺材，只钉了两个棺材钉。"我背后的小衫的一角皱起来了，他们并不给我拉平，现在抵得我很难受。""我"的感受是，这些人做事实在"草率"——其实，这哪仅只是"草率"，简直是"草菅人尸"了！

其二，二十多年前早已熟知的"博古斋旧书铺的跑外的小伙计"来见"我",送"我""嘉靖黑口本"的"明版《公羊传》"。当"我"指出作为逝者已无需看也不可能看什么书时,小伙计却用"那不碍事,那不要紧","那可以看,那不碍事"来搪塞。在这里,鲁迅作品中反复出现的国人的含糊其辞敷衍塞责的性格特点又一次重现。或有人问,作者为何要在作品中构织这一荒诞的情节呢?

众所周知,鲁迅对传统文化的批判是最为彻底的,《狂人日记》中,鲁迅借狂人之口道出了传统文化的"吃人"本质:"我翻开历史一查,这历史没有年代,歪歪斜斜的每页上都写着'仁义道德'几个字。我横竖睡不着,仔细看了半夜,才从字缝里看出字来,满本都写着两个字是'吃人'!"狂人觉得自己并不是什么恶人,但"廿年以前",却踹了"古久先生的陈年流水簿子",所以就患上疑心病,觉得自己难免"被吃"。而《死后》中这一荒诞情节,无非隐喻了传统文化的根深蒂固阴魂不散:哪怕是在人死了之后,它还依然不依不饶,要对人紧盯追迫。瞧,五四前夕小说中出现的主题,在数年之后的散文中又重现了:"二十多年"前"勃古斋旧书铺",不正是"廿年以前""古久先生的陈年流水簿子"么?

由上可见,《过客》和《死后》是两篇关联性很强的作品,《过客》表达的是生之轻,即生之茫然,生之徒劳;《死后》表达的是死之重,即死之烦扰,死之畏惧。

对死亡的审视,在鲁迅作品中并不鲜见。《祝福》中的祥林嫂活在现世,但是已在忧心忡忡地打问死后的情形,并想以此世的劳忙为后世祈福。祥林嫂相信——毋宁说是希望着死后有地狱魂灵,因为那样自己就可以和死去的亲人再次团聚。而对于这些形而上的问题,《祝福》中的"我"觉得没有必要关心,对于死后怎样,灵魂有无,"我"是"毫不介意"的。但是到了《死后》,"我"不得不直接地面临着死所带来的种种问题。

死到底意味着什么呢?向来,不信教的国人认为它是人生的终点,死被理解为生之句号,死后,生时的种种烦忧便可烟消云散了。然而鲁迅向我们指呈,生是我所不明白的,死亦是我所不明白的,所以生亦茫然,死亦茫然;更可怕的是,死并非生之终结,所以生为"过客",死为"患鬼"。也就是说,在鲁迅笔下,死和生勾连起了一条连续的线段,死并不意味着生之烦恼的结束,而简直成了一系列新的痛苦、荒诞、追迫和嘲弄的开端。

故此,《死后》中的"我"完全可理解为是进入了其归宿"坟"中的"客",鲁迅正是借"我"死后的苦痛与荒诞影射了"客"在现世人间的无量悲哀。"路漫漫其修远兮,吾将上下而求索","上穷碧落下黄泉,两处茫茫皆不见",两句古诗联结起来,正好可以形象透彻地表达鲁迅两篇散文中幽深的痛苦。我们看到,鲁迅的"黑暗"与"绝望"横穿人世,一直抵至地狱,显示了先生思考与表达方面的哲学偏好,也显示了个性的孤绝、幽邃和深刻。

行文至此,想起了享誉中外的阿根廷著名小说家博尔赫斯生前所喜爱的一首米隆加,为一个囚犯在监狱中所写,引在这里,作为结尾——

"死是已经过去的生,生是未来的死。生不是别的,只是闪光的死。"

第二辑
尺度的找寻

文艺作品批评尺度的四重"圈级"

作为人的精神劳动产品的文学艺术作品属于人文学科类型，它跟自然科学划开了崭然分明的界限。由于文学艺术作品的非科学性质，其释读和评价就必然不会有科学的尺度和客观的标准。"有一千个读者，就会有一千个哈姆雷特。"文艺理论批评界非常流行的这一说法，再形象不过地说明了文学艺术作品释读和评价的主观性质。20世纪80年代中期以后，随着一元化意识形态的解构和西方现代形形色色的美学、文艺学理论的引入，释读文学艺术作品的理论框架纷呈杂别，对同一作品的评价往往大相径庭。20世纪90年代以降，知识界出现了学科转型，原来非常热门的美学、文艺学受到了一定程度的冷遇，那些坚守文艺批评阵地的人们，也每有疏于自己学科体系的自觉建构之嫌，时风所染，质文代变，他们身上也不可避免地出现了丧失人文立场的精神滑坡现象。此种情势下出现的文艺批评，显得更加随意和混乱。其一，批评者舍不得在文本阅读和艺术欣赏方面花时间、下功夫，往往抓住文本中的龙鳞只爪，见树木不见森林，搞一种极其主观随意的印象式批评；其二，在上一轮次的西方美学、文艺学热潮尘埃落定之后，批评者在借鉴和使用外来批评理论方面心灰意懒，许多批评缺少了必要的理论根基，一些批评甚至丧失了必要的学理立场；其三，作为对地位已固、渐呈僵化的学院派批评的反叛，作为对日渐缩略化、图像化的时代的回应，作为一种市场营销术，"左派"批评、"骂派"批评、"捧杀和棒杀"的批评重新抬头。以上一些不良风气的出现，使得文艺理论批评无"理"可论，无"法"可依，无"章"可寻。

那么，文艺批评还要不要遵循一些尺度？文艺批评的尺度到底在哪里？对于前一个问题的回答，无疑应该有十分肯定的结论：文艺批评需要遵循一定的尺度。至于后一个问题，就不是一个简单的容易厘清的问题了。正如有"一千个读者,就会有一千个哈姆雷特"一样,评论工作者掌握的批评尺度也会各各不同。但是,这不等同于说文艺批评尺度问题纯属无"稽"之谈,无迹可求了。

在笔者看来,分析评价任何一件文学艺术作品,都不可能不站在下面的一个或数个立场上:一是作品本文自身,二是作品体裁类别史,三是文艺发展史,四是文化思想史。这四个层面,就像四个同心圆,构成层递关系的四重"圈级":处于核心地位的是作品本文自身,没有对作品本文自身的深入探究作为坚实的基础,文艺批评就如同空中楼阁,无论怎样都是站不住脚的。在作品类别史、文艺发展史、文化思想史诸方面对文艺作品进行考量,分别位于文艺批评的第二、第三、第四级次的位置。也就是说,文艺批评应该遵循以上所及的四重尺度。

对文艺作品本文自身进行考量,处于文艺批评的第一"圈级"。分析作品本文,是每一个批评者都必须面对的第一项工作,非但如此,这个工作还必须做得非常扎实。这有如修建楼房和打地基的关系:修楼之前必须先打地基,光打了还不行,得打得相当牢靠。可以说,对作品本文的深细探究,是任何流派的批评都不应该绕开的最为切实有效的方法,也是任何批评流派都无法超越的最为坚实的核心。打比方说,对作品本文的分析和从其他尺度出发的批评构成"百辐穿毂"的关系:辐条再多,也都得入到车轮中央部位的"毂"中,否则,辐条就是散的,无法统一起来,无法支起一个硕大浑圆的轮子来支撑着车辆运行。

以文艺批评流派众多,理论建设最为丰赡的西方为例。20 世纪以前,西方流行的批评流派主要有道德学派、社会学派和阐释学派,它们合称传统文艺批评。20 世纪以来,新的批评流派蜂起,产生了新批评派、心理分析学派、神话原型学派、结构主义、后结构主义,等等。从模式体系来看,上述两大批评派别可归结为本体批评和总体批评。本体批评又叫内在批评,总体批评又叫外在批评。内在批评的基本观点是:文艺作品的性质、功能及价值完全取决于自身,与外部因素无关,因此文艺批评的任务就是探讨作品本文的内在结构和规律。"总体批评是离心的,内在批评则是向心的。前者关心作品的关系,后者关心作品的特性;前者关心作品的意义,后者关心作品的含义。简言之,前者从作品向外运动,后者则是向作品内部运动。"① 西方传统文艺批评大体上属于外在批评（中国从苏联承继的马列主义文艺批评属于这一体系），而西方现代文艺批评则偏重于内在批评。

内在批评这一模式体系至少包括：俄国的形式主义批评，英美的新批评和流行于英美各国的结构主义批评等流派。内在批评的一个核心理论是"本体论"，即认为文学艺术作品是独立于现实的、封闭完满的"自足体"。最先提出这一理论的是俄国形式主义批评家，在该派批评家影响之下产生的新批评等流派则从另外一些角度来切断文学与现实的联系。如艾略特就从象征主义美学出发，把文学界定为有机的、独立于生活的、自足的"象征物"；而理查兹在《文学批评原理》（1924年）一书中，则根据语义学原理来解释文学语言与科学语言的不同性质与功能，认为科学语言是"真实的陈述"，因而具有"参证价值"；而文学语言是"虚假的陈述"，其作用只在于唤起读者的情感，毫无"参证价值"可言，它的真实性在于叙述的有机统一、逻辑的连贯自洽给予读者的一种心理感受。②

对本文的崇拜和对形式、技巧的强调和迷恋，成为内在批评的特点。如俄国形式主义批评家雅各布森认为，不是内容决定形式，而是形式决定内容，艺术的法则是"不同的形式必须有不同的内容"。罗朗·巴尔特声称，"技巧是一切创作的生命"③。韦勒克则认为，内容和形式的两分法已过时，应以"结构"和"材料"取而代之：结构是"一切需要美学效果的因素"，材料则指"一切与美学没有什么关系的因素"④。本体论者们对语言也非常关注，他们倾向于把文学简单地看成"一个动态的语言结构"⑤。

内在批评虽曾盛极一时，但毋庸否认，它自身仍然存在较大的局限

---

① ［美］布拉德布雷、帕尔墨：《当代批评》，转引自赖干坚《西方文学批评方法评介》，厦门大学出版社1986年版，第10页。

② 赖干坚：《西方文学批评方法评介》，厦门大学出版社1986年版，第11—12页。

③ ［法］罗朗·巴特：《结构主义——一种活动》，译文载《文艺理论研究》1980年第2期。

④ ［美］雷·韦勒克、奥·沃伦：《文学理论》，读书·生活·新知三联书店1984年版，第147页。

⑤ ［法］茨维坦·托多罗夫：《诗学导论》（T. Todorov, *Introduction to Poetics*），明尼苏达大学出版社1981年英译本，第11页。

性，主要表现在，这种批评割断了作品与外部的种种联系，缺乏必要的延展性，成了针尖上的美人舞步，坚果硬壳中的萌芽。因此，到了20世纪70年代，其影响也每况愈下，而外在批评中的一些流派如接受美学、现象学美学等却日益兴起，大有压过前者之势。值得注意的是，由于中国的文艺批评具有受外来理论影响较大的晚期发育的特征，所以，内在批评仍为学界所尚，并且成为执"先锋批评"之牛耳者。结合以上所论可以认为，对本文的深细分析是批评的要害和核心，但是，本文批评只是批评的第一步，它并不必然是批评的鹄的，更不可能穷尽批评角度和方法的天涯海角。

在文艺作品的体裁类别史、文艺发展史、文化思想史几个向度上对文艺作品进行考量，分别位于文艺批评的第二、第三、第四重"圈级"的位置。一般而言，文艺批评包括作品分析和作品评价两个方面，其中，分析是评价的基础和前提，评价是分析的旨归和结果；没有分析，评价将成为空中楼阁、流水飘萍，而没有评价，分析就是弦上之箭，劳而无功。以上所论的本文批评重在分析，评价的成分非常稀微；偶一有之，往往总是把对作品的评价紧扣在本文的狭小框架之内，局限性是非常大的。因此，完整的文艺批评在进行了本文分析后，就必然延展至建筑在更广阔的话语背景上的作品评价方面。体裁类别史、文艺发展史、文化思想史，为作品评价提供了非常牢靠的坐标系。如果说，可以把对作品本文的分析叫作"内在批评"的话，那么，在体裁类别史、文艺发展史、文化思想史上考量作品，就可以叫它"外在批评"了。

在对作品进行了本文分析，有了相当的评价基础后，评价作品的最为切近的坐标必然是作品的体裁类别史，诸如小说发展史、诗歌发展史、散文发展史、戏剧发展史、音乐发展史、舞蹈发展史、绘画发展史、雕塑发展史，等等。体裁类别史，是衡量作品价值的具体坐标，作品在其他方面价值的有无和大小，都攸关作品在这一坐标上估量出来的价值：如果一件作品在其厕身其中的体裁类别发展史上无足轻重，那么，它在文艺发展史、文化思想史上的意义一般而言也是有限的。

由学有所养、训练有素的文艺工作者所自觉创作的艺术作品，一般而言都是该艺术门类历时性发展的产物，它和创作、展出、发表于以前的同类作品会形成一种"上下文"的互文关系。也就是说，如果没有此前该体裁领域其他作品的存在，"这一件"有创新意味的作品的出现是不大可能的。那些貌似没有承继的所谓"前无古人"的作品，极可能只是在前人的基础上形成了某种创造和突破，它往往受到过该艺术门类文明之水的泗润，它不会是一块艺术飞地。

试以中国诗歌发展史言之。《诗经》，乃肇中华泱泱诗国诗歌文明之始，创古诗之四言体制。《诗经》之后有骚体，创错落中见整齐、整齐中又富有变化之杂言体制，并开讽谕传统。东汉文人，创五言诗体制。有唐一代，诗歌风华绝代，前无古人，后无来者，乃诗歌艺术之巅峰时期，从体制言，骈古律绝俱佳，当然，也绝不是横空出世，无有继承。赵宋以降，诗色渐淡，词采胜出，合于音律、被于歌唱，体物入微、表情细腻的新诗——词开一代新风。元代以降，形式更为自由，更多地表现民间市井生活的散曲出现，一改南宋词章工丽妍美浮靡奢华之风。明清之际古诗式微，别无新创，执文学牛耳者，乃篇幅宏大，表意博深，形式更为自由随意之小说。至于新诗诞生以来的诗歌，至少已历三代更替：白话自由体阶段（以郭沫若、徐志摩、闻一多、艾青等人为代表）、泛义现代诗阶段（以北岛等朦胧诗人为代表）、严格现代诗阶段（以西川、海子等人为代表）。[①] 在如此漫长的诗歌发展过程中，没有哪一个阶段的诗歌不是以往全部诗歌文明史的产儿，没有哪一个阶段的诗歌不是站在上一阶段诗歌发展的肩膀上向前发展的。当然，在为数不少的时期，后一阶段跟上一阶段的诗歌形成一种反对性或曰革命性的关系，如唐诗和宋词，朦胧诗和后朦胧诗，但这也是承继关系的一种体现。其他艺术门类的发展也有如此。明乎此，在艺术体裁类别构成的本身，即在完满自足的文艺作品系统中考量作品，即考量作品内容和形式在体裁类别发展系统中的演进、递嬗、增益、革新，是评价作品时最值得信赖的方法，是评价作品时的首选坐标。

在文艺发展史上考量文艺作品，紧挨着在体裁类别史中对作品的考量，构成文艺批评的第三重"圈级"，或可看作上一"圈级"的顺势延展。如果说，在体裁发展史上考量文艺作品，是在一条线段上观察一个点的话，那么，在文艺发展史上考量文艺作品，便是在一个坐标系中观察一个点。由于参照系的立体化，后一种观察就显得更加客观、翔实和准确。

[①] 陈仲义：《诗的哗变》，鹭江出版社1994年版，第7页。

为什么在文艺发展史上考量作品是必须的？这是因为，其一，体裁发展史只是文艺发展史中的一个小的单元系统，文艺作品门类、体裁繁多，从发生学上讲，不同门类不同体裁的作品常常会相互渗透、相互促进、相互影响，所谓"功夫在诗外"、"他山之石，可以攻玉"，讲的就是这个道理。也就是说，一件艺术作品的出现，并不单单取决于它和同门类同体裁作品之间"上下文"的互文关系，由于它根植于整个文艺发展现状和环境的大气候中，常常会受到异体裁作品的影响。所以，一件作品，往往不会是只吸收了属于自己这一体裁系统单一营养的孤零零的文艺果实。远如中国古代书法和绘画艺术的相互影响，近如当代朦胧诗的实验对新时期小说艺术探索的影响，都是最好不过的例子。其二，一件文艺作品在经过了文艺发展史坐标的考量之后，其意义和价值往往会从第二重"圈级"的考量即体裁类别史的考量结果上"溢出"或"缩水"：一般说来，如果一件作品在体裁类别发展史上具有极其重要的意义和价值，那么它在文艺发展史上也会相应具有不小的意义和价值；当然，也会存在较为特殊的情形，一件作品在体裁类别史上意义重大，但置诸文艺发展史，则并不必然凸显出多么重要的意义和价值。前一种情形自不待言，后一种情形则有必要分剖。如先锋诗人伊沙的《饿死诗人》一诗，对与农业文明、农村景观以及劳动有着严重的冷漠和隔阂，却总是矫情地大肆"复述农业/耕作的事宜以及/春来秋去"的城市中苍白而做作的知识分子的最为典型的代表——诗人，发出了最为严厉的诅咒："我呼吁：饿死他们/狗日的诗人"，并抉心自食般地要求"首先饿死我/一个用墨水污染土地的帮凶"。其立意之独特和表现之奇诡确令人震骇；尤其是以脏词入诗，打破了鲁迅所言"鼻涕和大便是不能入诗的"这一中国诗歌的审美传统，确前所未闻。但如将此诗置诸新时期文艺发展的总体环境中，则发现此种"以丑为美"的"审丑主义"趋向已非常普遍，譬如在小说领域，以王朔等为代表的"雅皮士文学"或称"无厘头文学"早已摇撼着"文学崇高"的美学正统。也就是说，放到整个文艺史上去考量，伊沙此作的美学意义就要大打折扣。总之，从最严格的意义说来，文艺作品第三重"圈级"的考量不会同第二重"圈级"完全叠合。故此，如果在对文艺作品进行了第二级考量后就此罢手，则文艺作品的意义和价值还远未明确显影。

评论文艺作品的最后一环，就是文化思想史意义上的考量了。如果说,体裁类别史和文艺发展史中的考量分别是将作品置诸一条线段和一个坐标系,那么,文化思想史中的考量则是将作品置诸一个三维空间了。文艺发展史中的考量,是将作品看成文艺自系统中的一个因子,这种考量更注重作品与作品之间的影响与比较,以及在这种比较的基础上凸显而出的价值;而文化思想史范畴的考量则更重视作品的"意识形态贡献"。

马克思主义向来认为,文艺是社会意识形态之一种,它与宗教、道德、哲学等一道位于上层建筑的大系统之内,但较之于政治及法律制度等上层建筑"硬件"来说,它距离经济基础要稍远一些,如恩格斯所说,属于"更高地悬浮于空中的意识形态领域"①。文艺的社会意识形态特征,决定了文艺具有意识性和社会性。20世纪80年代以来,为数不少的欧美学者倾向于认为文学艺术是一种社会象征行为,既没有纯粹的审美性,也没有纯粹的政治性,它采取了重构多种"意识形态素"的方式,把异质的叙事范式重新统一或协调起来,尽管这些范式都有自己独特的甚至矛盾的意识形态意义。在持此类见解的人士中,以弗雷德里克·詹姆逊最为著名。詹姆逊在其1981年出版的《政治无意识》一书中,以黑格尔和马克思主义的辩证法和历史观为指导,将包括批评文本在内的一切文本与意识形态联系起来,提出了独特的解释文学作品的叙事分析方法:叙事艺术是人类一种十分复杂的思维方式;人们通过叙事方式去了解历史,形成历史的叙事,但历史既指事件,也指存在方式;它由生产方式决定;因此必须认识主体对过去的理解和阐释行为,因为阐释行为本身也是叙事,是历史和意识形态的体现;文化制品和叙事形式本身形成"形式的意识形态"。随着影响的扩大,"政治无意识"已成为文学理论中的一个经典概念。詹姆逊此论虽重在解析叙事虚构性文学作品,但又针对着一切艺术作品和文化制品。我们发现,这一理论与我们向来秉持的马克思主义文艺观惊人地吻合,只不过这一理论的逻辑过程更加深细罢了。将文艺作品置诸文化思想史上去考量,事实上也就是评判和确定文艺作品的意识性和社会性成分的构成、由来和价值,或者说,透析出沉淀在其中的"意识形态素"和"政治无意识"。

---

① [德]恩格斯:《致康·施米特》(1890年10月27日),《马克思恩格斯选集》第四卷,人民出版社1972年版,第484页。

以上，我们循序分析了构成文艺作品批评尺度的四重"圈级"。这里有必要申明，它只是批评者无法绕开的四个尺度或立场，要求评价任何一件文艺作品，都按图索骥、亦步亦趋地遵循以上四重"圈级"，是没有必要的。在释读、分析和评价一件具体的文艺作品时，评论者往往会从其中一个尺度或几个尺度出发，而置其他尺度于不顾。此中差别受制于艺术品的特殊性以及批评文章的不同要求，还受制于批评者的学养特点和气质禀赋。常言道，"教给别人一滴水，你自己心中要有一桶水"，同理，即使文艺批评文章所涉及的只是作品艺术构成的一些点滴或细小侧面，但是，批评者的心目中也应有一篇从以上所及的四重尺度出发的大文章，只有这样，批评者的批评才可能成为既高屋建瓴又鞭辟入里，既全面又深刻的卓识和远见。

小说人物的命名问题

　　小说是什么，大概没人能够作出确切的标准的人所共信的回答。但是，绝大多数小说中都会有人物描写和塑造，这却是无可辩驳的事实。至于那些写动物的小说，普遍是以动物为"主人公"的，也就是说，它们统统被人格化了，具有了人的思维方式和情感特征，从而也便成为了"他们"。据说，世界上最短的一篇小说是这样的："地球上最后一个人呆在屋子里，突然听到敲门声。"这篇只有二十字的小说，毫无疑问通篇是在写人。十分重视物的重要性，主张"让物象和姿态首先以它们的存在去发生作用"（罗布—格里耶语）的新小说派，作品中虽说没有传统小说中的那种人物，但绝不是没有人物。

　　现实生活中的人是有姓名的，小说人物也需要起姓名，或运用与姓名具有同样功能的记号来标识。如果小说家运用了非"姓"非"名"的记号来标识人物，这记号也就变成了该人物的"姓名"。小说人物命名的功能首先是：将这一人物与别一人物区别开来，以免被读者弄混淆。

　　那么，什么是姓名？众所周知，姓名是姓与名的相加，其中姓代表家庭出身的族群，为集体使用；名代表个人，为个人使用。而二者相加在一起后，则代表一个特定的个人，是个人的记号。在社会生活和交往中，每个人都拥有使用自己姓名的权利。

　　就像现实生活中人的姓名往往带上了起名人的意愿或所指，是起名人严肃细致思考的结晶一样，小说人物的命名也往往带有作者的意愿或所指，而不仅仅是将人物与人物简单地加以区别的随随便便的记号。就是说，为什么这一人物用了这一姓名而不是另一个，常常是可以找寻出理由的。正因为此，小说人物的命名便成了索解作者的心理愿望与文本意义特征的一种症候，研究人物命名，常常可以得到别的研究无法替代的一些价值信息，比如了解作者对人物的理解认识和情感态度，甚至还可"透析"出作者的创作手法和艺术观念。

一 仿真性命名

仿真性质的人物命名，是古今中外的小说中最为常见的。所谓人物命名的仿真性，指作家给人物起名时，尽量使之肖似现实生活中人物的姓名，人物姓名，浑如生活中常见的姓名。

现实主义小说中的人物姓名一般而言具有仿真性特征，这是由该类小说的艺术观念决定的。现实主义小说的根本特征在于它不违背生活真实，它须真实再现现实生活场景和细节，还须塑造出典型环境中的典型人物。这最终决定了该类小说中的人物一般有名有姓而且是生活中常见名姓。传统现实主义小说就更是如此。

19世纪欧洲的传统现实主义，在中国的发展是很不充分的。20世纪20年代"为人生"的现实主义，由于过于急功近利，比不上欧洲19世纪传统现实主义那般大气和雍容。而无产阶级革命文艺、抗战文艺、解放文艺是更为急功近利的，这些旗帜下的所谓现实主义，只能是掺了假的。解放以后，社会主义现实主义和革命现实主义口号的提出，在理论上讲是多余的，不必要的。难怪新时期初期的文学创作，被称作现实主义回归了。尽管如此，现当代绝大多数小说中的人物，仍然有着严格意义上的现实主义小说具有的仿真性命名的特征。

仿真性人物命名，仅仅是一种记号，除了标识作用，不具有其他意义。虽然外国文字多为表音文字而汉字则为表意文字，但用于人名的汉字并不能成为人物的思想品质或性格特征的解读符码。如周大勇（杜鹏程《保卫延安》，1954年）、朱老忠（梁斌《红旗谱》，1958年）、萧长春（浩然《艳阳天》，20世纪60年代中期）、高大泉（浩然《金光大道》，20世纪70年代初期，"泉"系"全"之谐音）等时代英雄的姓名，尽管具有明显的褒义成分，带上了作者的感情色彩，姓名中的字眼也似乎能够用来诠解人物的思想性格，但是，此类姓名仍然符合起名用字多带褒义这样一种生活真实。另外，我们看到，像姚士杰（柳青《创业史》，1959年）、陈先晋（周立波《山乡巨变》，1958年）、余永泽（杨沫《青春之歌》，1958年）等人物姓名，虽然用字为褒义，但其所标记的却是落后人物甚至反面人物——这能更好地表明仿真性人物命名的确只是人物的记号。

在不少小说中，人物之名前不加姓氏，这类有名无姓的人物命名，许多属于仿真性命名。之所以会有这类命名，大致存在以下理由：

第一，现实生活中的人在被自己的亲人和朋友称呼时，常不出现姓氏，这在家族亲情色彩浓重的农村社会中更为普遍。杨争光抒写黄土塬文化的中短篇小说集《黄尘》里的人物，几乎全属有名无姓。在江南作家范小青的小说《王桃》（《上海文学》1991年第11期）中，生活在城市的工厂宣传科员、法院助审员夫妇名为江惠中、黄亚萍，而与两人打交道的农村人则叫作坤林、根海。这显然不是作家的无意识忽略，它至少显露了作家对于农村文化的深入了解，或许还显露了作家对农村人质朴自然秉性的喜爱。

第二，在男权化的中国传统社会中，女性的地位是非常低的，因此，标明妇女族属关系的姓氏往往被淡忘、被忽略。在中国古典小说和杂剧中，丫环基本上都是有名无姓，有时甚至以"小梅香"之类来统称。不少现代小说中，女性也是有名无姓，如巴金《家》中的瑞珏、梅、鸣凤。

第三，不加姓氏而直呼其名，显得亲切、自然、随意而不刻板、庄重、生涩，特别是只有一个字的单名，就更明显地蕴藏着作者对人物十分喜爱的情感，如《家》中的梅、琴。

第四，小说注重揭示人物的生存状态和生活质感，不以塑造典型人物为目的，人物能够叫响就行，似乎也无需给人物起非常正式的名姓了。

以上所举的一些人物命名，尽管没有姓氏，但仍然逼肖生活中人名。或者说，似此无姓命名的举动本身，便是作家力图真实地再现生活的可靠表征。出现此类命名的作品，比之于中国20世纪五六十年代煞有介事地命名人物的所谓社会主义现实主义作品而言，是能够更加真实地反映现实生活的实在本质的。

二 抽象概括性命名

在一些小说中，人物的命名是抽象概括性的，这跟仿真性命名的具象特征存在很大差别。

曹雪芹《红楼梦》开创了传统小说一种全新的人物命名方式,如贾宝玉、甄宝玉、贾政、贾雨村、甄士隐、王仁、詹光、卜固修、单聘仁等,是典型的抽象概括性命名。虽说以上一些姓名在现实生活之中也并不鲜见,但曹雪芹煞费苦心的系统命名,却使它们和仿真性命名存在本质上的差别。

仿真性命名是一种记号,而这类命名则是符号。符号美学的代表人物苏珊·朗格曾对这二者作过严格的区别:"一个记号只能被理解为使我们去注意被它所规定了的事物或情况,而一个符号却能被理解为当一个观念在呈现时,我们所能想象的一切东西。"① 就是说,仅仅指涉单一的事物或对象的,是记号,而能给可以展开想象的静观物提供形式的,则是符号。

符号的逻辑关系远比记号复杂,它至少包括了:主体、字符、概念和客体,它不允许一个特定的对象和这一对象的名称之间仅仅存在着一种简单的、直接的一一对应关系。《红楼梦》中的不少人物命名之所以是符号,在于其不仅仅将此人和他人区别了开来,而且具有了可广泛诠解的意义性质,蕴含着作者对人物、社会现实、作品创作方式等的看法或指陈。譬如,在贾宝玉、甄宝玉、贾政、贾雨村、甄士隐、王仁、詹光、卜固修、单聘仁这些命名之中,就能方便地解读出"假宝玉"、"真宝玉"、"假正(经)"、"假语村(言)"、"真事隐"、"忘仁"、"詹光"、"不顾羞"、"善骗人"等隐含话语。再如,伏藏在元春、迎春、探春、惜春四姐妹名字之中的隐含话语是:"原应叹息"。综观上述命名,曹雪芹显然是找隐含话语的谐音字来作人物的姓名的。

别有意味的是,曹雪芹之后最伟大的现代小说家鲁迅作品中,也常出现抽象概括性命名。如夏瑜(《药》)、赵贵翁(《狂人日记》)等。夏瑜之名与革命烈士秋瑾对应,而赵贵翁是狂人幻觉中思谋着要吃掉他的人,此名拆解开来即:姓赵的富贵老翁,其生成方式是意义概括之法。

鲁迅之后,于人物命名方面用力最深微者,当数一代国学大师、著名小说家钱钟书了。《围城》中方鸿渐之所以姓方,《管锥编》里有"圆方

---

① [美]苏珊·朗格:《哲学新解》,哈佛大学出版社1957年版,第26页。

论"做根据：西方古称人之有定力而不退转者为方人，后称骨鲠多触忤者为棱角汉，现代俚语中则呼古板不合时宜为方。又举王充、桓宽、淮南子等中国名家之例，备说"贤儒乃世之方物"、"孔子能方不能圆"、"智圆行方"，以及"头方命薄，不足以扇知己"的道理——足见方鸿渐这乖戾之人，天生不能随世轮转。① 至于鸿渐之名，于《周易》大有瓜葛。《周易正义》之"渐卦"卦文："鸿渐于干，鸿渐于磐，鸿渐于陆，鸿渐于木，鸿渐于陵，鸿渐于阿。"卦中之鸿为水鸟，它由海上飞来，逐次栖临滩头，岩石，陆地，林木，山冈与水岸，寻寻觅觅忐忑难安，此种"绕树三匝，何枝可依"的慌惑，正与方鸿渐心路历程吻合。而其中"九三：鸿渐于陆，夫征不复，妇孕不育"②之辞，像是隐含了后来作为孙柔嘉的夫婿的方鸿渐离家出走的结局。

至于孙柔嘉之名，似可从《诗经》中找到依据。《大雅·抑》中有卫武公讥刺暴政的名句："质尔人民，谨尔侯度。用戒不虞，慎尔出话。敬尔威仪，无不柔嘉。"《大雅·烝民》："中山甫之德，柔嘉维则。令仪令色，小心翼翼。古训是式，威仪是力。天子是若，明命使赋。"《诗经》中两次提到柔嘉，讥颂交替。的确，孙柔嘉那羞缩缄默的外表下渐露而出的，是专横而善妒的个性。③

在如上所论的可以作出准确的意义解释的这类命名之外，还有一类人物命名，也属于抽象概括性命名，但其面目与现实生活中常见的人物之名却相去甚远。这类命名之中，最典型的要数鲁迅笔下的几个人物：阿Q、孔乙己、七斤、九斤老太。人物何以名此，而不照搬模仿生活中常见之名，作者不是没有考虑的。阿Q的起名，肯定让鲁迅先生绞了一番脑汁，这一点，在《阿Q正传》第一章中可见端倪。首先，阿Q没有姓。"有一回，他似乎是姓赵，但第二日便模糊了。"他何以名阿Q呢？"他活着的时候，人都叫他阿Quei，死了以后，便没有一个人再叫阿Quei了……阿Quei，阿桂还是阿贵呢……我的最后手段，只有托一个同乡去查阿Q犯事的案卷，八个月之后才有回信，说案卷里并无跟阿Quei的声音相近

---

① 钱钟书：《管锥编》，第921—930页。
② 同上书，第35页。
③ 方鸿渐、孙柔嘉名字意义的索解，见赵一凡《〈围城〉的隐喻及主题》，《读书》1991年第5期。

的人……生怕注音字母还未通行，只好用了'洋字'照英国流行的拼法写他为阿Quei，略作阿Q。"于此，鲁迅不惜用许多笔墨去研究人物的姓名问题，这能够表明，他对于作品中的人物命名，常是严谨有度且用力深致的。总体说来，阿Q之名是很概括，也很抽象的。就如阿Q的精神胜利法不自觉地存在于每一个人的身上一样，阿Q比任何一个具象的仿真性命名更具概括性和涵盖力。

另外，值得特别指出的是，鲁迅在人物命名方面，特别重视姓氏的拟定，这一点，其他作家鲜有其匹。阿Q"似乎是姓赵，但第二日便模糊了"，理由是赵太爷不许他姓赵。赵姓，在鲁迅小说中不乏其例，如《阿Q正传》中的赵太爷、赵秀才、赵司晨、赵白眼，《狂人日记》中的赵贵翁。赵姓居于"百家姓"之首，况属数代王朝的帝王之姓，这或许就是鲁迅惯于以之加于富人地主之身的原因。而《祝福》中的鲁四老爷、卫老婆子，《孔乙己》中的孔乙己，《阿Q正传》中的钱太爷，这几个人物的姓氏也是大有深意的。鲁是孔子故里，而卫地与鲁地相连，故有以"鲁卫之地"喻封建保守的语习。作为激烈反传统的新文化运动的代表人物，鲁迅对于上述姓氏的严格考量与命名企图，自是不待言说的。

类于上述抽象概括性的命名，在新时期小说中也不鲜见。例如，王安忆《小鲍庄》中的鲍仁义，自小就懂事知礼，乐于助人，后来，为救五保户老人而在逃出洪水后又只身返回，可惜不幸和老人一起被大水淹死，鲍仁义，俨然儒家提倡的"仁义礼知信"的人格现身，此命名，显然指涉特定的意义内涵，属于符号性概括。当然，新时期小说中的这类命名，更多是难以索解出什么意义的，只是具有了普泛的涵盖力，如那五（邓友梅《那五》）、张三（陈村《张三》）、丙崽（《韩少功《爸爸爸》）、阿八（阎强国《阿八》）、小男（方方《白驹》）等人物命名。日常生活中，人们常用张三李四王二麻子代指不确定的人，同理，那五、丙崽、阿八等命名也具有这种广泛模糊的代指功能。的确，小说中的这些人物成了某一类人或人性中某一侧面的代表。正如生活中每个人的身上都或多或少可以找到阿Q的影子一样，许多人身上也找得到那五、丙崽、张三、阿八的影子。至于小男，这一命名同样地意味深长——小人物的小，男人的男——方方笔下这个普通的城市青年，乐观通达，知恩必报，善良机警，但又有着爱偷女人三角裤衩以及爱说大话的小缺点。尽管其生活、工作、爱情均遭受了很多挫折，但为了生活得更好一些，为了拥有一处稍宽些的结婚住房，拼死拼活干。他有一信条：好死不如赖活着。可是，在没有任何征兆的情况下，他却突然扎在了汽车轮下——这个人物，难道不是一类人的概括符号吗？

三　随意性命名

无论仿真性命名还是抽象概括性命名，作者一般都会郑重其事去面对，有时甚至还会因一个姓名的取舍与定夺而煞费苦心。浩然在谈到《金光大道》的写作时曾说："早在50年代写过大纲，文化大革命前写出了草稿"，"'高大泉'等人名和书名都是当时拟定的"[①]，而阿Q之名，则更可见出作者的良苦用心。可是小说发展到先锋小说一派，人物的命名大大地随意化了。试看1988年《收获》第6期几篇小说中的部分人物命名：

1床、3床（史铁生《一个谜语的几种简单的猜法》）；

东山、露珠、森林、沙子、广佛、彩蝶（余华《难逃劫数》）；

演义、沉草、刘老侠（苏童《罂粟之家》）；

士、后（孙甘露《请女人猜谜》）。

1床、3床代指住在医院1床和3床的两个病人。毋宁说，作者压根儿就懒于给人物取名。东山、露珠、森林、沙子本为习见事物，作者取之以为人物之名。演义、沉草、刘老侠属信手写来。士、后，本可指男人和女人，作者十分方便地用来为分属男女的两个主人公命名。

同一期刊物的作者竟然不约而同地颠覆了以前作品人物命名的法则，十分随意地命名人物，这肯定不是一种巧合，而是小说艺术法则变化的一种重要症候。余华等人均为先锋派小说的代表性作家，在他们眼中，塑造人物已不再是小说的核心使命，他们更加注重的，是精美文本的展示，他们的写作重心放在了遣词造句、构局谋篇，构建迷宫般的小说世界，展现纯然的内心真实上面。孙甘露自陈，他的小说不过是一堆"精美的文字

[①] 见浩然给华中师大《中国当代文学》编写组的信，转引自华中师大编写组《中国当代文学》第2册，上海文艺出版社1989年版，第150页。

废墟"。余华宣称，他的世界是意志支撑的世界，内心的真实比客观世界的真实更有意义。似此忽视人物塑造的结果是，人物在小说中成了来无踪去无影的临时道具，读者不必一定去追求其存在的合情合理性。如此一来，郑重其事的命名反成了蛇足。

在个别先锋小说家手中，人物命名的功能只剩下：当人物出现时，读者能知道这是个人而不是别的，如果在人物足够多时，读者能将这个和那个分辨开来。正是因为人物命名已变得无足轻重，所以，作家往往非常随意地为人物命名。他们惯于运用与人物产生了一丁点小小联系的事物来命名人物，个别作家主动颠覆了仿真性命名的思维逻辑，故意将一些不常用作人名的汉字随意组合命名人物，如杨争光小说中的羊村、拉能、蛮精、呆呆、拖拉盘、白犊、蔡去病、耳林等。也许，在人物命名方面，余华是最为不屑，最为漫不经心的一个，在《世事如烟》中，甚至出现了1、2、3、4、5、6、7这样的命名，到了不能再简约的地步，仿佛在故意挑战读者的理解极限和思维逻辑。

最后有必要指出，随意性命名绝非是为中国的先锋小说家所首创。如法国新小说派代表人物罗布—格里耶小说《嫉妒》中女主人公阿×其名，便是典型的随意性命名——鲁迅小说中也有此类例子，如《阿Q正传》中的阿Q和小D。先锋小说从新小说那里承继甚多，即以人物观而言，新小说认为，人物不是小说的中心，事物形态或内心活动比人物远为重要。由于找到了行为主义哲学作为理论支撑，新小说派颇有"物化人物"的趋向，在否弃人物重要性方面，他们比先锋小说走得更远。我们可以从孙甘露小说《请女人猜谜》中，发现先锋小说承继新小说创作观念的蛛丝马迹。这篇小说开首写道："白天，除了在几个房间来回走动，再就是颠来倒去地读罗布—格里耶的《嫉妒》。"意味深长的是，如果将两篇小说细加对比，确乎可以发现诸多的相像之处。

论文学作品中的镜子意象

镜子是最为常见的生活日用品之一。有关镜子的故事和文学表现常见于古代神话、传说、寓言、小说和戏剧作品当中,镜子也成为诗人们沉思吟味的重要对象。如果说,伴随着镜子这件神奇灵异之物的出现,文学家们满怀着强烈的兴趣和好奇心演绎出一出又一出镜子"神话"并不难解,那么,直至晚近,镜子仍成为一批大师级的现代主义、后现代主义作家和艺术家钟爱的表现对象,就显得特别耐人寻味了。比方说,画家巴尔蒂斯,小说家罗布—格里耶、艾柯和博尔赫斯,就都非常喜欢表现镜子。在博尔赫斯那里,镜子还和迷宫、花园、图书馆等一起,成为这位"作家们的作家"作品中的典型意象和重要标志。无疑,在这些作品之中,镜子意象有着无比丰富的内涵与意义。关注并发掘这些内涵和意义,考索其所以形成的文化人类学根源,对于我们理解和把握这些作品的思想意蕴及作者的审美趣味,有着非常重要的意义。

一 影像之镜

静洁的水面肯定是世界上最早的"镜子"。铜镜、玉镜、玻璃镜等是用不同的材料打磨精制而成,水虽不是制取镜子的材料,却可以直接当作镜子本身。我们完全想象得出,古昔之人从水中看到自己的倒影时,会惊讶到什么程度。古希腊神话记载了这样一则故事:那耳喀索斯是一位美貌无比的少年,一天,又热又渴的他来到一眼山泉边,用手掬起一捧清水啜饮起来。当他看见自己水中的倒影时,以为是泉水里的美丽女神在向他窥视。他禁不住心神摇荡,动情地俯下身去吻水中的那个她,但当两唇刚一接合,泉水即荡漾开去,那个她消失了。那耳喀索斯难以释怀,不知疲倦地流连在泉边，久久不愿离去。就是这无法实现的爱情，无情地消耗了他的心力，最终，他无望地倒在了泉水旁边。中国神话中有一则女娲造人的故事：盘古死后，大地上出现了一位伟大的女神，名叫女娲。在莽莽苍苍的天地间，她感到了旷世的寂寞和孤独。一天，漫步黄河岸边的她，一边看着水中自己的倒影，一边随手捧起一把黄土捏着。忽然，她灵机一动：何不造出一些跟自己一样的生灵呢？于是，仿照自己水中的影像，她捏出了许多美丽聪明的生物——人。

与大自然无偿提供给人类的静洁之水这面"宝镜"相较，以铜、玉石、玻璃为材料的人工制镜的出现，使人能够看到自己更为逼真的影像。伴随着镜子带给人的无限讶异，中古时期的文学作品中便出现了大量的镜子叙事。兹举其一：敦煌本《启颜录》记载，一男子奉老爹之命上街去买奴仆，结果误把镜子当奴仆买了回来。老爹一见勃然大怒："你怎么花那么多钱买回一个老头子？"而随后到来的一位师婆，看到镜子后竟高兴得忘乎所以，把镜子高挂在了门楣之上，并在镜前边唱边扭。由于镜子没挂牢，跌落下来摔成了两半。师婆又懊悔又惋惜地取起来端详，结果在两半块镜子中都看见了自己的影像。她这才转嗔作喜："神明与福，令一奴仆而成两婢女！"这一故事一开头便点明是写陕西户县董子尚村的事，它反映了唐代长安及周边地区的市井风俗，不过也有取笑那一带地方百姓的意思。

而证之于现代文学史，念兹在兹地迷恋于镜子意象的表现的，是著名女作家张爱玲。时代破败的悲剧感和苍凉色彩，是张爱玲小说显在的风格标志，而对镜、月、风、墙、窗、空屋、胡琴等苍凉意象的灵动而意味深长的书写与表现，则是构成其作品悲剧意蕴的重要因素。书写顾影自怜的镜恋，便是作家的拿手好戏之一。

如《倾城之恋》中的白流苏，在遭到娘家人冷嘲热讽之后，心灰意冷、无比悲伤地独自爬进了自己的屋子里，一下子扑到了穿衣镜前：

> 还好，她还不怎么老。她那一类的娇小的身躯是最不显老的一种，永远是纤瘦的腰，孩子似的萌芽的乳。她的脸，从前是白得像瓷，现在由瓷变为玉——半透明的轻青的玉。下颔起初是圆的，近年来渐渐尖了，越显得那小小的脸，小得可爱。脸庞原是相当的窄，可

是眉心很宽。一双娇滴滴、滴滴娇的清水眼。

这是借着镜子对人物面貌神情的凝神观照。对着镜中的自己，白流苏似乎找到了一点儿自信。她发现自己青春的资本并没有全部耗尽，一切似乎还来得及，她还可以在爱情的舞台上角逐一番。如此，在失望之余，她反倒看到了希望——用自己残剩的青春做爱情的筹码和赌注。究其实，这样的对镜凝视，与其说是一种自信，毋宁说是一种自怜与无奈！

二 摄魂之镜

所谓摄魂之镜，是指镜子具有一种极为神奇灵异的功能，它可以穿透被照之人和事物的表象，透视出其本质和灵魂。博尔赫斯最具玄学意味和形上色彩的小说《特隆、乌克巴尔、奥比斯·特蒂乌斯》开头便写道："我靠一面镜子和一部百科全书的帮助发现了乌克巴尔。"乌克巴尔是一个"查阅了许多地图册、目录、地理学会的年刊、旅行家和历史学家的回忆录"都"徒劳无功"的"谁都没有到过的地方"。简言之，这一神奇之地的发现，离不开镜子的透察摄魂之功。而对于这类镜子的更为形象、更具典型意味的文学表现，恐怕要数《昭君梦》和《红楼梦》了。

清代作家薛旦的悲剧《昭君梦》中，主人公王昭君在前往匈奴和亲之前，于自家门口栽下一棵柳树，并向依依不舍的父母叮咛，可以通过这棵柳树察知自己日后的命运，如果她在匈奴死去，柳树便会枯死。昭君远嫁之后，她的父母盼女心切，终日以泪洗面。一天，王父王母发现柳树枯死，情知爱女已殁，当下悲痛万分。当他们拿出镜子来照柳树时，镜子中果然出现了昭君的亡魂。

如果说，《昭君梦》中的镜子只是人物洞悉生死的一面神异的道具，那么，《红楼梦》中的镜子叙事则远远超越了语序层面的故事内容，它与"梦"的书写一样，承载了作品的全部诗学内涵，达到了文学本体象征的宏远高度。《红楼梦》第十二回，贾瑞因贪恋凤姐美色，相思成疾，百治不愈。一日，贾府来了一位跛足道士，递给贾瑞一面宝镜，并叮嘱只可照其反面，不可照其正面，只要依计而行，三日之后，其病自除。贾瑞依言去照镜子反面，结果从中看到一具骷髅。又惊又恼的他，禁不住好奇心的驱使，反转过来照镜子正面，却见他朝思暮想的凤姐在里面点着头儿招他，于是他神魂颠倒地进入镜中与之云雨，未久精绝神散，至于病亡。清护花主人王希廉于此回评曰："背面是骷髅，正面是凤姐，美人即骷髅，骷髅即美人，所谓'色即是空，空即是色'也。"① 也就是说，这面宝镜穿过了"色"之表象，透出了"空"这一世情色相的虚无本性。此镜背面题有"风月宝鉴"四字，而此四字正是东鲁孔梅溪为《红楼梦》所题的又一书名。结合宝玉出生时所衔的作为大荒山中青埂峰下那块顽石幻像的"通灵宝玉"，可知作者于宝镜深有寄托。清太平闲人张新之评得好："镜有反正面，则书有反正面。风月宝鉴錾在背面，则所以为宝为鉴者全在背面"②。

《西游记》中的"照妖镜"，亦属上述镜子类型。孙悟空大乱蟠桃会，战胜十万天兵之后，玉帝急调二郎真君前去捉拿。二人大战之时，托塔李天王与哪吒二位神祇，"擎照妖镜，立在空中"。后悟空被观音所抛的净瓶杨柳所砸，叫二郎神乘机拿了。该书第五十八回又讲述了这样一个故事：六耳猕猴化成悟空作乱，两个悟空真假难分。玉帝急宣托塔李天王，"把'照妖镜'来照这厮谁真谁假，教他假灭真存。"结果镜中呈现出的是两个孙悟空的影子，就连玉帝也分辨不出。在这一表现中，妖怪的巨大魔力，居然抵消了摄魂之镜的神力。

颇可玩味的是，晚近西方出现的现代主义文学作品中，竟然也存在与上述中国镜子故事相类似的表现。譬如，法国新小说派代表人物罗布—格里耶的小说《重现的镜子》中，唯一一处提到镜子的情节，是这样的：白马受惊，科兰特带回一面桃花心木雕花镜框的镜子，那镜面上永远保留着爱妻玛丽满头金发的容貌，并显露出温情脉脉的微笑。如果说，这一表现与《红楼梦》情节相像的话，那么，根据风靡世界的小说《哈利·波特》改编的同名电影中，哈利·波特从魔镜中看见了自己死去的父母，则简直是和《昭君梦》一模一样的翻版了。此足说明，不论中外古今，优秀作家的精神世界和审美灵魂是相通的。

---

① 曹雪芹：《红楼梦（三家评本）》，上海古籍出版社1988年版，第189页注释。
② 同上书，第186页注释。

三　变形之镜

安徒生的著名童话《白雪公主》中讲的第一个故事，名为"一面奇怪的镜子和它的碎片"。故事中的镜子为魔鬼的杰作，它有着这样一个特点，就是颠倒黑白——明明是最美丽的东西，在这面镜子面前一照，就变成了发臭的坏黄瓜；最好的人站在它面前，就变成了最令人讨厌之人，而且还头朝下，脚朝上。这个魔鬼还办了个镜子学校，走到哪儿就宣传到哪儿，结果强盗变成了英雄，妖女变成了美人，丑蛤蟆当上了国王，善良的人被抓起来被说成是罪犯。总之，世界让这个魔鬼的镜子给统统颠倒了。

这里，安徒生为我们讲述的，只是镜中物象变形的简单故事，而到了一些现代小说家手里，镜像变形的叙事则要远为复杂。如张爱玲的小说《金锁记》中曹七巧的镜前体验——

风从窗子里进来，对面挂着的回文雕漆长镜被吹得摇摇晃晃，磕托磕托敲着墙。七巧双手按住了镜子。镜子里反映着的翠竹帘子和一幅金绿山水条屏依旧在风中来回荡漾着，望久了，便有一种晕船的感觉。再定睛看时，翠竹帘子已经褪了色，金绿山水换为一张她丈夫的遗像，镜子里的人也老了十年。

这里的镜子除了承载光阴易逝的意味而外，还具有了明显的变形功能：眨眼工夫，时空骤变，物是人非——时间已越十年，山水条屏换为丈夫遗像，而主人公自己呢，也已由媳妇熬成了婆婆。作者借镜像之变形，巧妙完成了叙事转换，接下来，七巧进入了她的后半生。张爱玲对镜子变形功能的巧妙借用，委实让人惊叹。

如果说，上一例子中镜子的变形功能所体现的只是事物表象的改变，那么，张爱玲另一小说名篇《倾城之恋》中白流苏在照镜之后的变形体验，则属于脱胎换骨的巨大改变。

流苏不由的偏着头，微微飞了个眼风，做了个手势。她对着镜子这一表演，那胡琴听上去便不是胡琴，而是笙箫琴奏着幽沉的庙堂舞曲……她忽然笑了——阴阴的，不怀好意的一笑……外面的胡琴继续拉下去，可是胡琴诉说的是一些辽远的忠孝节义的故事，不与她相干了。

对镜凝眸之后，白流苏已经不再是先前的白流苏，而"变形"成了另外一个人。"不怀好意"的"阴阴"的笑，真真地让人想哭：它使得她那古代美人般的脸蛋，已然变成了阴险可憎的形象。以前忠孝节义的道德规范，瞬间一照而空；对爱情婚姻的认识，也发生了质的变化——她不再视爱情为神圣，而成了一个彻底的"现实主义"者，结婚只为寻求现实经济问题的解决，婚姻只是她谋生的手段。这种灵魂的裂变，流露出的是沦肌浃髓的苍凉。

四　恐怖之镜

变形之镜虽是对镜子的妖魔化处理，但在大多数表现中，其对人和事物的错位反映，却只是一次性的颠倒或改变，它所带来的，是一种戏剧化的惊奇效果。文学作品中还有一类魔幻之镜，却具有比变形之镜更为难解、难料和难以掌握的特点，它带给主人公的是难以消除的巨大恐怖和惊慌："我对上帝及天使的顽固祈求之一，便是保佑我不要梦见镜子。我明白，我一直忐忑不安地防备着它们。有时，我甚至害怕它们会使现实分化，或者使我的脸幻变成古怪的倒霉相。我知道这种恐惧也会奇迹般地出现在现实生活当中。"[①] 这是博尔赫斯《被蒙的镜子》中的表达，虽为小说家言，但"我"的感受和忌怕，绝不是出于离奇的虚构，而是博氏之夫子自道。

可以说，博尔赫斯有着顽固的"镜子恐惧"情结。1967年，博尔赫斯曾对理查德·伯德说，他小时候特别怕见镜子，因为"害怕遭到复制"。1971年，博氏在另一次谈话中说："我小时候房间里有三面大镜子，我特别怕，因为我在朦胧的光线下看到了自己——我看到自己变成了三

[①] [阿]博尔赫斯：《被蒙的镜子》，《博尔赫斯文集·小说卷》，海南国际新闻出版中心1996年版，第571页。

个,一想到那三个形象或许会自行活动就怕得不得了"。这里,对于"镜子恐惧"之因,交代得再也清楚不过了。换言之,博尔赫斯在镜子面前看到自我倍增时,会有一种眩晕和古怪的感觉,而"博尔赫斯厌恶这种感觉,正如他后来厌恶迷失本性的想法一样——不管它是由于迷幻药、醉酒还是性冲动"。与此相关,博尔赫斯在自己的"生活和作品中显示出20世纪艺术家少有的特点:反自我陶醉的原则",而究其根源,正在于他镜子广布的巴勒莫老家。① 尽管这说法有些吊诡,但对于这位敏感而又神秘的作家,谁又敢于否认他言说的真实性?

博尔赫斯还创作了这样一则寓言——

镜子与人类本来是能够和睦相处的两个王国,人们甚至可以自由地在镜中进进出出。但在一天夜里,力大无比的镜中人突袭了地球,给人类造成了极大的祸害。幸运的是,在几场浴血奋战之后,黄帝的魔法占了优势,在把侵略者制服后,他把他们监禁在镜子中,并强加给他们一个任务,要这些镜中人像在梦中那样,重复人的所有动作。久而久之,这些镜中人渐渐丧失了力量,最终幻化为简单的模仿影像。但是,地球人却成天胆颤心惊,担心这些镜中人在未来的某天摆脱这种魔法与眠症,他们本真的形象也彻底苏醒过来。而更让地球人担心的是,他们会打碎玻璃和金属的屏障冲到地面反击人类,而且再也不会被降伏和打败。②

柏拉图在其《智者篇》中,把自然物(包括人)说成是造物主依照理念形态创造的神圣模仿品,影像则是对这些模仿品的模仿。博尔赫斯这则貌似荒诞不经的故事,却彻底颠覆了西方古典哲学中镜子/影像的意义关系,把影像从被动模仿的地位解脱出来,成为和实体世界相颉颃的另一实体世界,达到了形上学的新高度。难怪这一寓言故事对法国现代著名思想家福柯和鲍德里亚产生了重大的影响,尤其是鲍德里亚,他于20世纪90年代出版的重要思想著作《完美的罪行》,就受到了博尔赫斯寓言的启发,其中"镜中人的报复"一章,专门论述了这则寓言故事。

---

① [美]詹姆斯·伍德尔:《博尔赫斯·书镜中人》,中央编译出版社1999年版,第15—16页。

② 孔明安:《博尔赫斯与鲍德里亚:走向虚无之境》,《中华读书报》2003年9月3日。

接下来的问题必然是：古今中外的作家们为什么会如此乐此不疲地在他们的作品中描写镜子意象，另外，镜子在文学作品中又为什么会被赋予如此丰富而又具有显著差异的意义内涵？

我们说，文学是想象的产物。但任何想象都不可能是作家单个人凌空蹈虚的"无稽之谈"，而是人们社会心理意识的特殊反映。应该说，作品中形形色色的镜子意象，是由社会生活中镜子符号之符号具（能指）的含混性和符号义（所指）的多义性所造致。就符号具而言，镜子是社会生活中不可类比、无可替代、功能单一的独特用品，它很简单，简单到只是一块纯度、亮度较高的光滑物体的平面，但它又无比神奇：其一，它可以原原本本地再现位于自身前方的物体，只是实体之物与镜中之物一实一虚，一真一幻，不可置换；其二，它可以强烈反射神圣的太阳和月亮的光芒，并形成明亮的光柱，使人如面对太阳一样，不敢与其对视。其三，两面或数面相对的镜子中间会由于由实到虚、再由虚到虚的一系列复杂的折射作用，产生无数令人难解和不安的幻象。而镜子符号的符号义，却随着人类文明的进程不断地被改变和加添着。也就是说，随着人们科学认知能力的提高，镜子的神秘性以及由这种神秘带来的惊异和恐怖不断地被消解，而在这一符号的"实义"不断被抛弃的同时，其"虚义"却不断地被文学艺术家和其他人文学者尤其是哲学家所创造着。

以上所论的四类镜子意象，即影像之镜、摄魂之镜、变形之镜和恐怖之镜，前二者可归为灵异之镜，后二者可归为魔幻之镜。从文化人类学角度分析，两类镜子意象类型的出现，跟古代社会生活中积衍成习的"镜子崇拜"和"镜子恐惧"有关。

世界范围内多个民族的神话表明，古代社会存在着广泛的"镜子崇拜"心理。在日本神话中，天照大神被敌人追索，逃避隐藏于一处洞穴之中，狡猾的敌人想尽了各种办法，最后用一面镜子将其从洞穴中诱引了出来。而在中美洲阿兹特克神话中，万能而又无敌的大神特斯卡特利波卡的神力则是由他那块冒烟的镜子来象征的：特斯卡特利波卡这个名字就饶有兴味，其意是"冒烟的魔镜"。这面镜子表面朦胧似烟，能预言灾祸，镜子的主人还能用它看到未来，并洞察每个人的内心深处。

中国古代杂占术之一"镜占"，则非常有力地证明了中国古代社会也存在着"镜子崇拜"。据元代伊世珍《琅嬛记》载："镜听咒曰：'并无类俪，终逢协吉。'先觅一古锦，锦囊盛之，独向神灶。勿令人见，双手奉镜，诵咒七遍，出听人言，以听吉凶。又闭目信足走七步，开眼照镜，随其所照，以合人言，无不验也。"传为明代田汝成《熙朝乐事》中也记载了类似民俗：除夕"更深人静，或有祷灶请方，抱镜出门，窥听市人无意之言，以卜来岁休咎"。晋代道教理论家葛洪在其《抱朴子·登涉》篇中认为：世间万物久炼成精者，都能假托人形而迷惑人，"惟不能易镜中真形"。宝镜一出，即能将一切本来面目暴露于光天化日之下。相信此类记述和解释，可以帮助我们理解古代社会何以会明确地存在"镜子崇拜"现象。

而"镜子恐惧"心理的形成，除开由对镜子神奇功能的不明而引起以外，还出于古人对人之"形气合一"论的迷信：古人认为，人体由形和气二者相合而成，形者形体，气者元气，形者生之末，气者生之元，二者守而不可离。王充《论衡·谈天》更明确提出："万物之生，皆禀元气"，因此，人的身体和元气都要护卫。与之相关，民间有一种观念认为，影子是人体魂魄的具像，因此，要尽量少照或忌照镜子，以防摄元气、伤魂魄。而"摔一面镜子会带来七年厄运"之类的俚俗之说，也反映了旧时小民百姓对于镜子的无端恐惧。

概言之，在漫长的社会发展过程中，人们对镜子这件日常生活中极为独特、无可替代的生活用品，产生过惊异、好奇、迷信和恐惧的复杂心理。镜子符号本身的特殊、模糊和含混以及先民们心理原型的差异，决定了古今中外的文学作品对其表现上的分殊，同时也是一些现代性作家乐此不疲地挖掘镜子符号极具包容力与象征性的内涵的实在原因。而作家笔下不同的镜子意象，就像是一块块变幻奇胜的魔方，其所蕴涵的寓言性哲理和丰富的思想意蕴，极大地宣示着文学审美的独特魅力。

文艺批评要面向大众

——市场经济条件下批评的一大选择

社会主义市场经济体制的建立和逐步完善,给文艺创作提出了新的使命,也给文艺批评提出了新的课题。在新的形势面前,文艺批评如果不及时"输血",就无法跟得上人民新的审美要求,无法促进文艺工作的总体发展,无法更好地为社会主义物质文明和精神文明建设服务。

在市场经济条件下,文艺批评必须作出的一大选择是:批评必须面向大众。

大众,在一般人心目中,似乎是一个不需要进行分析就可以作出回答的再也简单不过的概念——它无非指广大的、普通的人民群众。可是,如果要问,"普通的人民群众"指的是哪些人?我们发现,这不是一个能够很容易地予以回答的问题。人们通常说"干部和群众",可见,"群众"是和"干部"相对的一个概念,"干部"是领导者,"群众"是被领导者。人们又说"知识分子和普通群众",可见,"群众"又是一个和"知识分子"相对的概念。据此,是否可以作出如下定义:所谓大众,是指人民中被领导的文化素质相对低下的广大阶层。它占人民的绝大多数。

可以肯定的是,大众的组成主要是农民和市民。传统的中国是一个农业国,而目下中国正处于由农业社会向现代工业社会转型的时期,农民仍然占人口组成中的绝大多数。他们的社会地位最为低下,生活负担最重,文盲最多。在现代经济社会,他们较少受到文化的关注,也不是文化产品的主要消费者。市民,是指生活在城市、城镇的国有和非国有经济成分的主体,人数比农民少得多,但他们是促进市场经济发展的重要力量。由于他们在商品社会中取得了巨大的经济成功,所以,其自我意识不断增强,也成为了文化跟踪和关注的对象，有着巨大的文化消费能力。他们本身形成了既不同于知识分子文化，又不同于农民文化的市民文化，而且在知识分子中有了越来越多的精神代言人。总的说来，随着社会的发展，现代社会大众的文化素质较以前有了明显提高。

文艺要为人民服务，为社会主义服务，首先的更重要的是为占人民绝大多数的大众，而不是为少数的领导者和知识分子服务。在此情况下，文艺批评也应该作出新的应对和选择。

然而，考察一二十年来的文艺批评，可以发现它愈来愈背离大众。其主要表现为：

其一，批评的理论方法愈来愈脱离社会、道德、历史、文化等范畴，而更多地指向了文本自身；其二，批评的文本对象愈来愈单一，对文本对象的要求愈来愈苛刻，往往出现一窝蜂式的一哄而上的批评，也可以叫作"名人批评"或"名作批评"；其三，批评队伍愈来愈专业化、学者化，批评领域的分工愈来愈细；其四，批评操作愈来愈技术化，其所运用的概念术语愈来愈艰涩难解，一些批评甚至成为了独门秘技或行内秘闻；其五，批评刊物愈来愈专门化，愈来愈纯粹，出现了批评刊物与文艺刊物分立甚至对垒的现象。文艺批评的这种状况，自然造成了非常严重的后果，使得其读者越来越少，不少批评甚至堕落成了"圈子读者"的"圈子批评"。因此可以说，批评已经撤进了象牙之塔，到了非"输血"不可的地步了。

造成批评"贫血"的文化根源，是中国知识分子的自我本位意识。传统中国社会是政治、文化、经济三位一体的社会，知识分子既是文化工程师，又是政治领导者，他们有着"先天下之忧而忧，后天下之乐而乐"的先天的"救世主"意识，使命感很强，难免狂妄自大或沾沾自喜。他们认为，自己无可置疑地处于主流文化的中心，其尊贵的地位不容挑战。然而，随着经济本位社会的到来，随着市场经济秩序的建立，知识分子，尤其是人文知识分子被甩出了主流文化的中心，由"全知全能的知识分子"变成了"专业的知识分子"，他们所扮演的社会角色已由社会导师形象转为和律师、医生、记者等相仿的专家形象，他们不再处于作为"文化救世主"因而与世界整体有着普遍性联系的崇高位置，而是处于技术职业的特殊位置。在知识分子走向边缘的同时，市民阶层却在迅速壮大，其地位在迅速上升。在此背景下，知识分子的文艺批评就不应漠视大众的文化品格和审美趣味。如果不是这样，文艺批评就谈不上是为人民服务，为社会主义服务了。

文艺批评之所以必须面向大众，还因为在市场经济条件下，文艺作品出现了新的特点：它不只是人们的精神食粮，还是可以从市场上购得的物化消费品。如此，文艺作品强化了它本有但是长期以来受到忽视的属性：商品价值。文艺作品商品价值的确立，使其能够通过文化市场转化成经济效益，从而使艺术生产者有了物质保障，也为文艺事业储存了持续生存能量。文艺作品商品价值的强化，还使得文艺部门能够通过市场需求对艺术生产进行调节，从而在一定程度上促进艺术生产协调有序地发展。

接下来的问题必然是：面向大众的文艺批评应该具有什么样的特点呢？

第一，批评的文本对象应突破以往狭窄单一的"高雅纯严"模式，把通俗文艺和大众文化纳入批评范围和轨道。没有必要将通俗文艺和"高雅纯严"文艺对立起来。"通俗"是与"高雅"对举的一个概念，它有着难以替代的正当性——此一意义可从"其曲弥高，其和弥寡"一说引发而得。同样，"通俗"也绝非与"严肃"对立。所谓严肃文艺，往往板起一副神圣的面孔，以"助人伦，成教化"为最重要的职能甚至唯一职能。说穿了，严肃文艺注重的是文艺的说教功能，但它往往忽视了文艺之所以为文艺的最要害的功能：审美愉悦功能。所以，从某种程度上说，严肃文艺是对文艺的曲解和偏离。通俗文艺也不应与所谓的纯文艺对立。纯文艺之"纯"，乃纯洁、纯粹之意，如果把通俗文艺与纯文艺对立起来，势必得出如此结论：通俗文艺是不纯洁、不纯粹的，不是武打就是言情，甚至拳头加枕头。这实在是一种曲解。实际上，通俗文艺的真正特点是：适合群众的水平和需要，为群众所喜闻乐见，很容易叫群众理解和接受。而这一点，正是毛泽东文艺思想所倡导的，也是中国现当代文艺的优良传统。回首想想，中国现当代文艺史上的许多好的文艺作品都属于通俗文艺，如赵树理的《李有才板话》、《三里湾》，周立波的《暴风骤雨》、《山乡巨变》，等等。而这些作品，恰恰是反映了那个时代的精神风貌，抒发了人民的理想与追求的最优秀的作品。

第二，应远离以语言、结构、文本为本位的本体批评，充分信赖、依靠和立足于以社会、道德、历史、文化为本位的综合批评或曰整体批评。近年来文艺理论界倡导和盛行的本体批评，是文艺批评脱离大众的重要原因之一。由于大众的文化水准相对较低，所以他们解读文艺作品的钥匙主要是社会、道德、历史、文化，他们眼中的文艺是社会、道德、历史、文化的载体，一般而言，大众无暇、无力对文艺作品去作语言、结构、符码方面的解读。大众方式的解读，有一难以替代的优长之处，便是可以充分发挥文艺"寓教于乐"的功能，从而达到提高大众审美能力，提高大众文化素质的目的。这种将文学艺术与人生现实紧密结合在一起的批评，其典型范例是鲁迅的文化评论和龙应台的杂文体评论。前些年，龙应台的文学—文化批评在祖国大陆刮起一股不小的"龙卷风"，给了我们很多启迪。这说明，文艺批评不该气馁，只要本身过硬，它也会出现"消费热"，为读者所喜欢。

第三，批评语言应力求简洁明快、通俗易懂、朴实晓畅，与已成气候的学院派批评分庭抗礼。学院派批评要求批评者具有扎实的文学理论基础和深厚的文化素养，具有娴熟的批评技术，具有明确的批评范式，能够娴熟运用学科范式内的理论概念和批评话语。学院派批评往往有着一副通今博古的面孔，讲究繁琐的论证和抽象的演绎……学院派批评和批评的学院化，是文艺批评背离大众的最主要原因。面向大众的文艺批评，应警惕学院派批评的以上风气，它将抛弃所有权威的批评文本，从批评者的主体认识和审美感悟出发，重视体悟和实证，建立无规范的活泼多姿的不说空话和废话的新式文本。

第四，应让更多的普通群众参与到评论行列，改变专家学者把持评坛，不容他人插足的垄断性局面，让群众有发表意见的园地。当然，比之于专家学者，一般群众的认识和见解难免失之感性，但透过他们的心声，起码可以掌握文艺产品的市场反映；再说，由于大众处身于社会底层，有着最为朴实真切的思想感情，是经济社会最真切的推动者，所以，他们往往也是有真知灼见的，他们的看法往往具有很强的真理性。

第五，应改变文艺作品刊物和文艺批评刊物分立甚至对立的状况。作品刊物和批评刊物的分立，使得阅读作品的普通群众无法看到对文艺作品的直接评论，使文艺批评成了"圈子批评"，也使得批评刊物订数急剧下降,其编辑部门难以为继。实话说,如果不是文艺主管部门注资,许多批评刊物就会面临灭顶之灾。批评刊物的尴尬,也是文艺批评急需面向大众的直接动因。为此,除了批评语式的改变而外,还应在报纸、电台、电视等传媒开辟更多的批评园地,设置更多的文艺批评专栏,或由文艺批评家主持专栏节目,从而以集中、定期、快速的方式沟通图书与市场、市场与群众之间的联系渠道。

总之,文艺批评的繁荣,应该在它自身下功夫。只要真正做到了面向大众,那么,它就可以及时地总结和指导市场经济条件下的文艺创作,引导读者对文艺产品的合理健康消费,从而为社会主义精神文明建设更好地服务。最后,需要申明的是,这里对大众批评的大力提倡,并不是主张取消以学院为据点的学院派批评或知识分子批评,而是主张文艺批评的语式分层和多元发展,否则,以上全部论述就有矫枉过正之嫌了。

真正捏到了文学的疼处

——读谢有顺文学评论集《话语的德性》

法国当代大思想家米歇尔·福柯曾说："我忍不住梦想一种批评，这种批评不会努力去评判，而是给一部作品、一本书、一个句子、一种思想带来生命。"这里，福柯"梦想"的批评指的是那种号准了批评对象的命脉、捏到了批评对象的疼处的批评。然而，在今天的当代文学批评领域，这种让人心生敬仰的批评实在是太少了——扑面而来的是应酬式批评、跟风式批评、印象式批评、学院式的为批评而批评、学阀式的捧杀与棒杀的批评——真正能让读者的心智受到引导和开启，尤其能指出作品的症结，从而让作品的创作者和读者心悦诚服并明显地受到教益的批评家，那就更是凤毛麟角了。在今天，当代文学批评已远远地落在了创作的后面，明显失去了生机勃勃的生命活性，大面积地失去了读者，日益成为"小众"圈子中互相挠痒的可心如意，难怪有许多的作家轻蔑地宣称自己从来不看文学批评。种种惨淡的景象，不禁让人心生怀疑：当代文学批评还能不能有所作为？

然而，读了谢有顺《话语的德性》[①]一著之后，笔者得到了空前的满足和安慰：我想，这就是我一直"梦想"着的文学批评了。非但是我，就连著名作家贾平凹，也称自己"为谢有顺的出现而激动"（《话语的德性·序》）。

《话语的德性》共分"作家们"和"现象学"两辑，前者是对余华、贾平凹、莫言等十一位作家作品的释读和研究；后者是对"女性写作"、

---

① 海南出版社 2002 年版。

"大历史散文"、"下半身写作"等文学现象的解析与评判。这些文章之所以能成为福柯意义上的"梦想的批评",是由于有着以下一些突出的特点与优长:

第一,把批评还给评论。在西方文学传统中,批评常常是评论得以成立的前提,没有批评,就没有评论,所以,文学评论家又叫文学批评家。然而,在今天这样一个市场经济时代,当代文学批评日益明显地具有了媒体消费和商品化特征,带上了推销、炒作的意味,作家和批评家,常常有着一种"投我以木瓜,报之以琼琚"、"投我以木桃,报之以琼瑶"式的相互期待和报偿心理,所以,大量批评是票友式、跟风式、热炒式的批评,真正愿意指出症结、成为作家的诤友和畏友的批评家愈来愈罕见了,更为严重的问题是,一些批评家渐渐丧失了批评能力。

明乎此,就不难理解谢有顺的出现带给读者的欣悦之情了。他是以真正的"批评"家的面目出现在人们的期待视野中的。而要进入他的批评视野,首先你得是一个非同凡俗的作家,用他自己的话说,一个真正具有"作为一个作家的重要性"的作家,一个给文学写作提供了一种新的可能性的作家。然而,谢有顺所言的这一类作家,大多已成了文坛的"大师"或"准大师",成为图书出版界和读者共仰、共尊、共奉的重量级人物,他们已受到了普遍的喝彩,怎么看待他们,似已形成了某种"不易之论"。谢有顺却能够在充分肯定这些作家业已达到的高度和业已呈现出的价值的基础上,更自觉地着意于对他们创作的"瓶颈"或"大限"的指陈,非常执意地要把作家劝回到各自写作的"难度"之中。

譬如,余华是中国当代先锋文学最著名的代表人物,也是一位有着宏阔的文学视野和自觉的创作追求的智慧型作家,其《活着》和《许三观卖血记》标志着他小说创作的重大转型,并受到了广泛的好评。然而,谢有顺却非常尖锐地指出,两部作品没有了"在此之前的小说那种内在的心灵力度,他似乎也不再把心灵话语当成写作的首要目标,而且比任何时候都注重人物的遭遇",作品对苦难毫无节制的大肆铺陈,"在使余华成为高尚的作家的同时,也把他精神中的软弱性和屈服性暴露了出来。"据此,他毫不留情地指出:余华身上"已经有了一种不易觉察的精神暮气"(《余华:活着及其待解的问题》)。

而对于贾平凹的长篇力作《高老庄》,谢有顺认为,贾平凹是一位有着无与伦比的写实功夫的作家，但其作品中又构置了许多"务虚的意象"，如飞蝶、白云湫、石头的怪画等等，虽说这些寄寓了"言外之意"的意象扩伸了作品的精神空间，但却过于突兀和生涩，所以造成了作品极大的不谐与遗憾："贾平凹进入了大实的境界，而在虚的方面，他还是没有逃脱用意象来象征的思路，把虚符号化了，没有从作品的深处生长出大虚来"（《贾平凹：徘徊在虚实之间》）。此论可谓一语中的，深得个中滋味。评论家本应是作家的益友甚至良师，然而，大多数评论家离这一要求却非常遥远。作家为什么不愿意去读评论文章？因为他们觉得许多文章只是评论者在自说自话，一些评论文字更是不着边际，类同于"天方夜谭"。谢有顺却是能用自己心灵的力量去"打击"作家，让作家受到拷问并开始忏思的。

在众语喧嚣的批评界，谢有顺的特别之处在于，在别人习以为常的地方，他惊异；在别人噤声的地方，他开始。《十部作品，五个问题》就是这样一篇文章。在20世纪末，上海作家协会组织全国百名批评家推荐90年代最有影响的中国（大陆）作家作品，结果上榜的是《长恨歌》、《白鹿原》等十部作品。消息一经传出，盈耳都是充满和气的溢美之词，然而谢有顺却看出了问题。他觉得批评家与普通读者之间已经形成了两套截然不同的评价系统和解释系统；上榜作品大多属上海作家或在上海的期刊和出版社发表、出版的作品，呈现出明显的地方沙文主义倾向；上榜作品的文学灵魂几乎无一例外地停留在80年代；诗歌作品的大面积出缺表露了批评家对文学发展事实的隔膜，等等。

第二，通过对作家作品和文学现象的研究和分析，指出当代文学提高和力求健康发展的路径。谢有顺的批评，决不只是简单的为批评而批评，为批评而批评的评论者，常常仅止于把别人的作品当成自己随意处理的一种"写作"素材，让作家成为自己评论家的帽子能够踏踏实实继续戴在头上的理由。因此，这样的批评常常只是个案批评，不是"头痛医头，脚痛医脚"，就是"捡了芝麻，丢了西瓜"。然而，批评之后怎么办？这是许多批评未能问询和深思的。谢有顺之所以显得重要，却在于他能于"个相"的批评之中，找出一些具有"共相"特征的写作规律来，从而大大凸显了文学批评本应具有的神圣的使命感。

譬如，在《大历史散文内部的陷阱》一文中，谢有顺在余秋雨、王充闾等于文学市场取得极大成功的"大历史散文"的荣耀背后,十分警惕地提醒人们注意提防当代散文"内部的陷阱"。他指出:"散文是人类精神与心灵秘密最自由的显现方式。它在世纪末的中国……惟独缺乏对有尊严的心灵品质的吁求,以及对有风度的自由心性的训练。它回应了九十年代日渐琐碎、庸常、屈辱的现实。散文精神的匮乏是如此的尖锐,它使得散文数量的高度膨胀成了一种耻辱,因为这种数量表明的不过是现代人在使用语言能力上的退化,而在散文本应有所作为的领域——提供准确的时代证词,开创一种新的发现方式,或者在心灵奇迹的制造上,却是一事无成。"而后,他又以东北女散文家素素的散文集《独语东北》为例,探讨了散文陷阱的跳脱之道。

身体和爱情,是世纪之交热炒起来的文学主题,身体崇拜和爱情欲望化,甚至被一些前卫的文学人士视作新时代的形而上学。谢有顺在欢呼中国作家们终于"从身体中醒来"的同时,又对"肉体乌托邦"们鼓吹的"下半身写作"给予了坚决回击,要求他们"拉住灵魂的衣角":"在身体的肉体性泛滥的今天,强调身体是灵魂的物质化这一点便显得非常重要,否则,写作在否定了外在意义的同时,也将使自己的身体变成一堆毫无意义的肉。写作中的身体决不是纯粹物质意义上的肉体——肉体只有经过了诗学转换,走向了身体的伦理性,它才最终成为真正的文学身体。"(《文学身体学》)而针对愈演愈烈的爱情欲望化潮流,谢有顺感觉到"重铸爱情信念、回到有情世界是现代人精神生活中刻不容缓的大事",并希望"从中国当代的青年作家中,找出几位真正深入爱情内部的人,把他们在其中的挣扎、陷落或者反抗、觉醒,用个人的方式书写出来,以达到对一代人在情爱体验上的深刻变化有一种全新的理解"(《这一代的爱情美学》)。

第三,重建神圣的文学理想。综观新时期的文学批评,我们会发现大多数评论家一直被作家牵着鼻子走,很大程度上失去了立场和操守,更谈不上有扎实深固的哲学和美学观念,总在乐此不疲地盲目追新,相当程度上成了"文学达尔文主义者"。这样一些评论家的文章,是没有文学这颗灵魂的。谢有顺却是一个罕见的少数人:他是一个批评家,也是一个文学思想家——一个批评家先得是一个思想家,这本是常理,但在我们的时代却变得如此陌生。我们可以毫不怀疑地说,谢有顺进行批评的动因和目的所在，便是替健康的文学招魂。谢有顺的文章，有着神圣庄严的品相，读他的文章，给人一种凛然不可侵犯的感觉。他的文章是批评，也是布施。

在笔者看来，谢有顺批评神性的获得，一是靠了一个优秀批评家本应具有的哲学家素质，二是靠了替时代分忧时"我不入地狱，谁入地狱"那般的基督徒似的良心。谢有顺虽毕业于大学中文系，受过系统的文学理论训练，然而，他的批评话语，却基本上来自于文学批评体制之外。他有着相当深厚的哲学素养，对自古希腊以降的西方哲学思想相当熟稔，尤其是现代存在主义哲学思想，更成为了批评武库中的珍藏秘籍。哲学视野的获得，使谢有顺的批评具有了扎实深固的"人学"立场。从对人与世界的终极关怀的原点出发去透视文学，牢牢抓住文学的命脉，这便是谢有顺的文章每每显得高人一筹的奥秘所在。譬如，在探讨余华的名作《活着》和《许三观卖血记》的得失时，谢有顺用大量篇幅剖析了人物"遭遇"与人的"存在"本相的区别，并指出，余华只是在展示"遭遇"，或者说，余华对人的生存的关怀，只是到"遭遇"为止，这是对"苦难"的缓解方式："在苦难面前，选择消解的轻，拒绝受难的重"，并进而指出，这不仅是余华的局限，也是中国大多数作家的局限。在谢有顺的文章中，类似这样沦肌浃髓的深致精绝之论，是不胜枚举的。

也许，比哲学意味的终极关怀更重要的，是谢有顺"当下关注"的普通情怀。他的批评并不凌空蹈虚，而是有着带着痛感的急迫和深远的现实意义。文学的终极目标是要占领整个人类精神生活的最后高地，但这与呼唤公众的精神良知、引导健康的时代生活并不矛盾。事实上，离开了后者，前者也就成了无的之矢。在我们的社会处在深刻的转型过程之中，精神的河床上泥沙俱下，精神发展失去了神性维度的严峻时刻，一种具有普通良知的批评正是我们所亟需的。听听谢有顺那些平实的劝慰之辞吧："假如一个作家对他现在置身其中的日常生活本身没有切肤之痛，那么，他的任何记忆和梦想都是可疑的。或者说，一个作家如果对现在没有愤怒，那么他对过去肯定没有记忆，对未来也不会有恰当的想像……那些对当下生活敏感、并乐于与卑微的日常细节相结盟的作家更让人尊敬，因为他们至少是诚实的，谦卑的。"（《这一代的爱情美学》）

在带着仰望的头颅捧上了这么多的"溢美之词"后，当然也得指出谢有顺批评的一些瑕疵。他的批评文章，建基于历史、社会、伦理、道德维度的"总体批评"的痕迹明显了些，而建基于结构、文本的细密解读的"本体批评"的特点则不够突出。另外，其诗歌批评的文字有"执于一面"之嫌，譬如他对于于坚诗歌的强力推崇，就不见得令人信服——当然，要求文章十全十美，也可能会使之失去血气之勇和锐利锋芒，从而使批评的社会作用大打折扣。

　　谢有顺还正年轻，他已赢得了方方面面读者的普遍尊敬：他是广大读者的批评家，作家们的批评家，也是我们这个时代的批评家。

"伟大的捕风"

——评李静《捕风记：九评中国作家》

2012 年 4 月，以独立性和公正性见称的华语文学传媒大奖在它整整十岁之时，将 2011 年"年度文学评论家奖"授予了北京自由批评家、《捕风记：九评中国作家》（以下简称《捕风记》）的作者李静。

荣誉的获得，归因于李静独立不移的批评姿态，突入作品文本世界核心时的耐心、坚执和勇气，以批评为媒介跟自我、作品创造者、个体性文学所由诞生的总体精神现实以及远远超乎某个具体作家之上的"最伟大的创造者"对话的风格。"李静是一个散淡的写作者，也是一个对文字怀着敬意与洁癖的批评家。她对不同文学经验的分享，旨在解析心灵的复杂面貌，重建批评的内在信念，并不时流露出自己对意义的焦虑、自由的渴望……她出版于 2011 年的《捕风记：九评中国作家》，正是这一批评风格的演示：远离喧嚣，但不孤冷；语锋逼人，可不乏善意；看似独语，精神上却洋溢着沛然之气；无意逢迎，然而也不诛心。李静以自己的公正、理性、诚实和清澈，重识了中国作家的优长与简陋。"[①] 由中山大学中文系教授谢有顺执笔的"授奖辞"如是说。

李静学养精神的根基本来自于体制。1996 年，李静毕业于北京师范大学中文系，从本科生到研究生的不同学习阶段，她受到了刘锡庆、任洪渊等前辈的启示、宽纵与垂范，从他们身上，她学到了直见心性的诗意解读方法和自由精神。走向社会后，她即与当今体制中大多数研究者易于坠入的学院派批评分道扬镳——她敏锐地觉察到，在学术体制化的道路上，

---

① 见《南方都市报》2012 年 4 月 14 日。

文学正在变成一种知识，一个物，而非一个生命。文学作品的"形式真实"和"精神本体"不再被放在"注视"的中心位置，建基于自由哲学的审美判断，已逐渐被整体性的社会学方法所取代。① "当此时代，批评何为？"彷徨之际，李静听从了"内心深处的意义焦虑的驱使"，"怀着参与和介入精神现实的目的"，开始了"不知深浅"、"没有眼色"的言说之旅（《后记》）。

一　且看创造力有何秘密

"一位学者对研究对象的选择，必隐含着他对自身内在需要和时代真实需求的双重回应，也隐含着他的行动方向和价值观。"② 李静如是说。《捕风记》所涉的九位作家、导演和文论家，或位居"主流文坛"的制高点，如王安忆、贾平凹；或显示了过人的创造力，也赢得了相当的声誉，但还未能成为受到文坛内外普遍欢迎和尊重的"经典化"作家，如莫言、林白；或被称为"非主流"、"异数"、"文坛外高手"，如木心、王小波、过士行、林兆华。但于李静而言，"他们都意味着当代中国心灵的不同侧面"，李静以他们为批评研究对象，显然是看中了他们的艺术天赋和创造力，是为了"探讨他们与社会—历史和最高之'在'的关系与距离，及其创造力的方式与深度"（《后记》）。至于为何要将这本评论集命名为《捕风记》，李静如是说，当年周作人说过一句话："虚空尽由他虚空，知道他是虚空，而又偏去追迹，去察明，那么这是很有意义的，这实在可以当得起说是伟大的捕风。"③ 显然，"捕风"这一诗意幻象魅惑了李静，尤其是，这一幻象中伏藏的"察明"镜花水月般"虚空"难辨的精神存在这样一种"刚健的精神态度"，激励了李静。"查明"文学作品"虚空"中的核心之"在"，即是要揭示创造力的秘密。

为了揭示这些批评对象所呈示出来的"创造力的秘密"，李静放弃了中西文学批评中常见的总是从自身理论方法出发，对阅读对象进行随心所

---

① 李静：《获奖感言》，《南方都市报》2012年4月14日。
② 李静：《当此时代，批评何为？——郭宏安的〈从阅读到批评〉及其他》，《捕风记：九评中国作家》，浙江大学出版社2011年版，第127页。
③ 周作人：《伟大的捕风》，《周作人散文》，人民文学出版社2005年版，第158页。

欲的"六经注我"式的"取证"与"审判"的"审讯式批评"模式，而采用了瑞士文学批评家马塞尔·雷蒙所提倡的"体验"方法，即把文学作品当作一个生命来看待，"试着与它生活在一起，在自己身上体验它"（郭宏安语）。

　　李静的王安忆研究，便是试着与自己的研究对象"生活在一起"，"在自己身上体验它"的一个典型个案。李静自陈，当初动念评论王安忆，是在北师大读当代文学研究生的时期。她在阅读了王安忆的《小鲍庄》、"三恋"和《长恨歌》等作品后，深感兴趣并决意以之为研究对象，但当时并没有打算专门剖析作家的"困境"。但在通读了王安忆的所有作品之后，觉得有种致命的封闭之感，为了寻索文学上的脉向与根源，便于1996年写出了最初的一稿《失名的漫游者》。及至走上社会，有了一定的生活体验，也阅读了当代作家更多的作品后，她深切地感觉到了原创文学在社会—历史面前普遍失声的状态，需要认真地从文学伦理上进行清理。于是，她便开始了对王安忆作品更深入的阅读和探究，并着手对《失名的漫游者》进行修改加工，最终于2002年10月完成定稿，前后共经历了六年工夫。① 应该说，王安忆是一位著作等身的高产作家，其创作速度与产量在当代作家队伍中很少有人能与比肩，其小说作品，大概在一千万字左右，而李静该篇文章的写作，竟是在通读作家已发表的全部小说作品的基础上完成的。可以推测，多年之中，研究者一直是与文本、人物、作家思想感情"生活在一起"的，某种程度上说，作家作品成了她的呼吸——似此轮扁斫轮式的研究态度，基本已在功利的文学研究领域绝迹。

　　先于我们而逝的著名诗人海子的诗学体系中，有一个非常重要的精神概念，那就是"人类秘密"。此一概念系受德国诗哲荷尔德林的启悟而得。海子写道："这诗歌的全部意思是什么？做一个热爱'人类秘密'的诗人。这秘密既包括人兽之间的秘密，也包括人神、天地之间的秘密。你必须答应热爱时间的秘密。做一个诗人，你必须热爱人类的秘密，在神圣的黑夜中走遍大地，热爱人类的痛苦和幸福，忍受那些必须忍受的，歌唱

---

① 邵聪：《李静：评论家和作家最理想的应是对手关系》，《南方都市报》2012年4月14日。

那些应该歌唱的。"① 在海子看来，诗人无非这样一类人：他是人类秘密的守护者，人类秘密的言说者，人类秘密的道破者。借着这一逻辑，我们可以说，评论家不是别的，他无非是"创造力的秘密"即作家文本秘密和精神隐秘的言说者和道破者。诗学领域的海子和评论领域的李静，正是这样一类稀见之人，他们出场时，俨然诵念着当年凯撒大帝那句豪迈的宣言："我来了！我看见！我说出！"为了"揭示创造力的秘密"，他们摒弃了被大多数同行作为治学的逻辑起点和行文的主要技术方式的论文阅读、引证和参考，四顾无人地开始了自己的言说和歌唱。他们追求的是类似佛家的以性命相搏、明心见性的亲证体悟方式。他们总是把自己视作以文学与人类最高精神对话的唯一承当者和发言人，并力图成为文学之"光"的第一个发现者。

譬如，作者对于莫言小说的评论，就是揭开"创造力的秘密"的最佳范本。在《不驯的疆土——论莫言的小说》一文中，李静借着对《拇指铐》、《红高粱家族》、《天堂蒜薹之歌》、《酒国》、《檀香刑》、《丰乳肥臀》、《生死疲劳》等作品的分析，揭示了莫言小说"隐秘的写作伦理"和文体特征。写作伦理即作家创作时精神诉求的核心，也是作品的秘密之光得以透射而出的孔道。作者在分析了短篇小说《拇指铐》后，指出主人公"赭红色的孩子""或可看作莫言作品中'诗学正义'的化身——面对强权主宰、罪谬遍地的国，莫言的写作即是以这孩子的逻辑，在虚构世界里呈现、诅咒、嘲讽和颠倒'强权之意志'，将沦落于现实和历史之外的公平、诚实、温柔与自由，一一收拢和包裹在月光里"。进而指出，"以否定的形式撕破这龃龉的荒诞，撕破纯文学在生活与政治面前贫瘠苍白的轻，彰显人性之中难以实现却不可征服的善——此种精神欲求，乃是小说家莫言隐秘的写作伦理"。虽然作者没有提及，但熟悉莫言作品的读者不会联想不到，莫言早期的中篇小说《红高粱》中有着"粉红的屁股"的小豆官（"我父亲"）和《透明的红萝卜》中总是"光背赤脚"的黑孩，就俨然是另一个"赭红色的孩子"。于此，我们由不得要惊奇李静敏锐的嗅觉和捕捉概括能力。至于莫言作品的文体特征或曰"形式的秘

---

① 海子：《我热爱的诗人——荷尔德林》，《海子诗全编》，西川编，上海三联书店1997年版，第916页。

密",李静在肯定了莫言是感官和想象力的天才的基础上,指出,"将主体判断反讽性地形诸感官化和意象化的叙事"、"诙谐修辞"和"怪诞叙事",乃是"莫言展开其个体神话、外化其想象力的重要方式"。正是在上述分析的基础之上,作者得出了最后判断和结论:"这位创造力卓著的作家,以汪洋之作表达着他对无限世界的尖锐意识,对复杂形式的本能狂热,对现实悖谬的冷峻洞察,对民间袤野的忠直之爱。莫言的小说世界,乃是自由意志所垦殖的不驯的疆土"。至此,作家"创造力的秘密"已然向读者全部敞开。

不难看出李静对莫言的喜爱、尊崇和赞美。有必要特别指出的是,这篇文章写毕于2006年,其时距莫言荣获诺贝尔文学奖的2012年还有好些年,其时,莫言的获奖之作还远未构思,因此,完全可以把李静的研究看成莫言获得诺奖的最为响亮的信号。当莫言获奖之后整个批评界一拥而上,更有人为没能早一点跟踪研究莫言而扼腕,很少有人发现,莫言研究方面元气淋漓的磅礴之文早于数年前即已出现。

说出作家"创造力的秘密"自然十分不易,这好比要说出鸟鸣之所以动听,好比要说出鲜花之所以芬芳。欲达此目的,抽丝剥茧的分析、细针密线的行文固然不可少,但道破玄机的判断和命名更难得。我们看到,李静之文中便每有一语中的、如醍醐灌顶的判断和命名,并习惯于让它十分醒目地出现在文章标题之中。她称木心为"含苞欲放的哲学家",称贾平凹为"未曾离家的怀乡人";她用一句话概括王小波杂文的精神核心,即"反对哲人王",而过士行众声喧哗、光怪陆离的剧作世界,一言以蔽之即"悖谬世界的怪诞对话";她觉得莫言之为莫言,盖因其开垦的是"不驯的疆土",而王安忆的写作困境,由来于其一直走在一条"不冒险的旅程"上;她总结林兆华的导演理念是"自由的美学,或对一种绝对的开放",而郭宏安对"日内瓦批评学派"的研究,在她看来间接地回答了今天文学研究和评论家们的普遍困惑:"当此时代,批评何为?"而在文章具体展开过程中,李静则拒绝依附于任何理论和方法,怀抱着"一种穿透性的同情"(马塞尔·雷蒙语),在"综合的直觉"中全面"接受"作品,寻求与创作主体的意识遇合,最后,揭开作品形式的秘密,并致力于达到对文学艺术的哲学的理解。

二 找到文学的"公分母"

李静是一个有着宏大的批评理想的批评家。文学批评家"应以揭示创造力的隐秘,绘制其美景,激发生命力的闪电,投身精神的冒险,来对当代社会的功利偏颇提出异议、发出警告,并'探寻能够超越一时之社会需求及特定成见的某种价值观'"[①]。李静如此阐述自己的批评理想。从她后来不同文章和谈话对这段话的多次引用看,内中价值为她所激赏。

"探寻能够超越一时之社会需求及特定成见的某种价值观",这是美国著名文学研究者哈罗德·布鲁姆的批评识见。布鲁姆所言,用一句简洁而俏皮的表达,即是要通过个体性文学批评,找到文学的"公分母",即伏藏在所有作家作品背后,决定其品位高下和价值向度的恒远精神。

譬如,李静对于过士行剧作的研究,即是上述"理想样态"的文学研究的成功范例。李静认为,过士行剧作的"独得之秘"在于,他在"草根的正义"与"官方的道德"、"先锋戏剧的形式快感"与"现实主义的生活气息",亦即"边缘"与"中心"之间,找到了微妙平衡——"他的戏剧人物与场景是极其边缘的,然而内涵所涉却触及到了公众关注的精神核心;所涉是公众关注的精神核心,然而观照方式和表达姿态却是自我边缘化的,即不采取黑白分明的'道德冲突'与'真理激辩'模式(就像阿瑟·米勒所作的那样),而是在是非不明的灰色地带进行'多重真理'的含混多义而机锋迭出的立体呈现"。要而言之,过士行这种对"官方的道德"既"冒犯"又"对话",既"非礼"而又不"越界"的姿态,大大扩展了严肃文学的审美阈限,使严肃文学的享受成为可能。

李静的这篇研究文章,名为《悖谬世界的怪诞对话——从过士行剧作看严肃文学共享性的扩展》,从副标题的拟制看,探讨严肃文学的共享性问题,是该篇文章的题旨所在。而"共享性"是李静创造出来的一个概念——她干脆将这种创造称之为"杜撰"。李静如是说:"我杜撰了'共享性'这一概念,用以指涉严肃文学的美好特质与接受者的精神能力

[①] 李静:《当此时代,批评何为?——郭宏安的〈从阅读到批评〉及其他》,《捕风记:九评中国作家》,浙江大学出版社2011年版,第129页。

之间的积极关系——也就是'作者'可共通的精神创造性通过'作品'在'读者'那里激发的精神愉悦，以及此种精神愉悦在文学创作—接受领域中的互动与扩展，简言之，就是创作者和接受者对共通的创造性智慧的接近、抵达与欣赏。"

其实，严肃文学的共享性特质问题，是不少作家评论家早就注意到的，甚至可说是自文学诞生以来就一直存在的老问题。譬如中国古代文论所谓"寓教于乐"，即可归结为严肃文学的共享性特质问题。关于这一问题，自由作家王小波是这样描述的："从某种意义上说，严肃文学是一种游戏，它必须公平。对于作者来说，公平就是：作品可以艰涩（我觉得自己没有这种毛病），可以荒诞古怪，激怒古板的作者（我承认自己有这种毛病），还可以有种种使读者难以适应的特点。对于读者来说，公平就是在作品的毛病背后，必须隐藏了什么，以保障有诚意的读者最终会有所得。考虑到是读者掏钱买书，我认为这个天平要偏读者一些，但是这种游戏决不能单方面进行。尤其重要的是：作者不能太笨，读者也不能太笨。最好双方大致是同一水平。假如我没搞错的话，现在读者觉得中国的作者偏笨了一些"[1]。

李静"严肃文学共享性"概念的提出，其意义至少有：其一，否决了作家至高无上的宣教权利；其二，重申了读者精神享受的自由权利。我们说，一个新概念的创生，可能会像一道闪电，一下子照亮意义黑暗而虚无的天空。李静"杜撰"出来的这一概念，贯穿性地穿过了过士行剧作的精神天空，使读者分享"作家创造力的秘密"成为可能。而其更大意义在于，在今天这样一个意识形态相对紧张，反智主义和反趣味主义已然宣布了严肃文学的死刑的时刻，它无疑是对文学伦理的一次新的申示，使严肃文学的"复活"成为可能。

如果说，"严肃文学共享性"原则是李静找到的一个文学"公分母"的话，那么，文学的"益智原则"则是她反复申说的另一个"公分母"。我猜想，李静对这一文学原则的高扬，是受到了王小波的精神启示和影响。她分析王小波杂文的文章命名为《反对哲人王》，在此语境中，"哲

---

[1] 王小波：《〈怀疑三部曲〉后记》，《王小波文集》第4卷，中国青年出版社1999年版，第336页。

人王"是"辅助权力统治、营造精神牢笼、专事道德判断"的可恶角色,具有十足的贬义性质。简言之,"哲人王"是启蒙和智慧的死敌。李静认为,王小波杂文写作的本质在于启蒙,但"他几乎不用这一居高临下的词语,而是以中性的'智慧'一词代替"。她进一步下结论说,"'智慧'作为蒙昧之敌,在王小波的作品里受到了无以复加的拥戴——它成为道德的前提,更是道德本身,而与道德灌输势不两立"。

与此相关,在研究过士行剧作的文章中,李静引述了法国作家玛格丽特·尤瑟纳尔说过的一段话:"对智慧问题的关注在当代文学中只扮演着一个很小的角色。在我们这个时代最敏锐的那些人中,大多数只停留于描写混乱状态,超越这一状态以期达到某种智慧,一般来说已不再是现代人的做法。"李静分析道,这段话"挪用到我们的当下文学上来,也依旧合适。"她还说,由于"中国文化的反智传统在文学领域里的泛滥","'智慧'和'有趣'仍然是最稀有之物"。

而在《"你是含苞欲放的哲学家"——木心散论》一文中,李静如是看待木心的总体创作:"木心的作品远奥精约,是'五四'精神传统充分'个人化'之后,在现代汉语的审美领域留下的意外结晶,却与当代中国写作的普遍套路毫无瓜葛。纵观木心的写作,可以看到他文学传承的一条完整线索,那是一份融合着中国狂士精神和西方人文主义传统的清单"。而成就的取得,主要在于"'智慧'在木心的作品里演绎着纷纷剧情"。在此基础上,李静还穷追猛打,探究了"智慧"的文明价值。她意味深长地总结道:"'智慧至上'是西方文明的价值基石。'道德至上'是中国文明的价值基石,这一基石之在今日中国,演变为官方和民间知识分子的泛道德化意识形态,前者导致道德的崩解,后者使知识分子把一切中国问题归于'道德问题',所有争论终以知识分子相互攻讦'道德堕落'而收场,这种'道德至上'并未增长我们对世界的认知和建设。"

三 勇于说出"大家"的"大限"

在今天这样一个市场化文学时代,文学评论的功利主义倾向也愈来愈明显。在不少评论者那里,评论已然成了一种订单作业,"来料"的性质即作家之名气和作品的"新鲜"程度俨然成了评论文章能否顺利发表并产生相关效应的主要因素。不知不觉地，批评家被规训成了文学—市场体系中的快枪手角色，他们想成为名家作品的第一批甚至第一个发言者，此种评论也容易沦为一种印象评点式批评，其结果往往是，评论成了作品上市的广告词，难以呈现批评家超乎某个作家作品之上的看法、智慧和经验，更难以成为堪为众多读者和作家所共享的精神资源。除此而外，还有为数不少的具有"犬儒"倾向的评论者，寄望于通过名家的脸面、招呼、荐拔和提携改善自己在整个文学界的人气状况，提高在文学圈内的人际交涉能力，因此，即使也能看出点名家名作的不足或短板，却怯于对方在整个文坛的声誉和影响力，只愿"好处说好"，不愿"坏处说坏"，只习惯于"锦上添花"，不习惯"炭中泼水"，就更别指望他们准确地指呈出名家作品的瓶颈或大限，以一种类乎当头棒喝的方式点醒习焉不察执迷不悟的名家，帮着他们做出改变了。一句话，真正优秀的文学评论，需要批评家的学养和识见，也需要他们的良知和勇气——在今天这样一个泥沙俱下、美丑杂陈的文学时代，后者之于评论和批评家的重要性恐怕要更甚于前者。

　　由此，我们就更容易看清李静的文学批评凸现而出的意义锋芒了：她是那种敢于太岁头上动土，勇于说出"大家"的"大限"的批评家。《捕风记》中的九篇评论，俱是扎实厚重、新见迭出的上善之文，但让人最为服膺赞叹、拍案惊奇的，笔者以为，却是两篇专门"炭中泼水"的文章。

　　李静的《未曾离家的怀乡人——一个文学爱好者对贾平凹的不规则看法》一文，以一种类似于古代诗文评的点评方式，直接道出了自己对于贾平凹这位在知识界和民间都赢得了巨大声名的大家之作的否定性看法。譬如说，通过对《高老庄》中醒目的象征物"颓败的石碑"的分析，她归结出贾氏小说"当下情怀中缺少未来意识"；譬如说，她认为《秦腔》"在判断和反映'真实'的同时，却泯灭了'意愿'——那是主体意志虚无化的自我取消。它的文学结果，便是一种物质化语言观的形成——作品的语言只为'还原真实'而生，每一字句自身未能获得自主性，未能分享源自作者'精神自我'的灵性、直接性和对于心魂的触动力……它们疲惫，灰暗，尘满面，似乎已走到了可能性的尽头。"

　　更为难得的是，在对贾平凹个体作品分析的基础上，她还尖锐地指出了作家整体创作的美学局限：其一，作家走入了"真实性"的误区。李静认为，在大多数作品中，"贾平凹的确抵达了真实"，但"那是'社会'的现实层面的真实,以及'人心'的社会层面的真实。那是'物质性写作'抵达的'世相'真实。在这种'真实'面前,贾平凹的写作显现出完全的精神被动性"。其二,过于强大的否定性思维和与此关联的作家自我主体意志的黯然隐退。李静认为,"强大的否定性思维赋予了贾平凹洞见现实黑暗的清醒力量,但是,也取消了他对抗黑暗、自我拯救的主体意志。绝对的'否定性',这意识世界的靡菲斯特,它杜绝虚伪的幻念,但也否定上帝的真实。"一句话,"贾平凹需要唤醒他心中软弱的上帝"。至于说这一问题之所以重要,是因为"'上帝',这个比喻的说法,它的又一名称叫作'存在本身',乃是一切存在物赖以存在、赖以获得意义和价值的源泉。"

应当说,李静对贾平凹的批评属于一种高屋建瓴的归纳,对其作品的深刻局限也只是要言不凡地概括指陈。但她对于王安忆的研究批评,则远为扎实细密,可以说,涉及到这位名作家小说创作的写作伦理、文本技术、文化视角、精神底质与哲学归宿等方方面面。为了论述的方便,这里不避剖切割补之嫌,将李静《不冒险的旅程——论王安忆的写作困境》一文中的批评观点,概括为下列几个大的方面:

其一,小说应有的相对性空间的毁坏。李静认为,这是王安忆小说在艺术上最为明显的缺陷。李静赋予"小说的相对性空间"这一概念的义涵是:"思想的不确定性、疑问性或潜隐性;作品的情节逻辑与精神隐喻的二元化;叙述的张力和空白;等等。""相对性空间"显然应为一切上乘小说所共有的特点,遗憾的是,王安忆小说中却缺乏这样一个空间:"她的作品总是呈现为一个个闭合的空间,它们常常只发散出单一的意义,而这意义则是以一种特殊的(而非普遍存在的)、确定无疑的、不再发展的姿态存在着"。至于王安忆作品意义空间闭合之因,李静说得再明白不过:"她的大部分小说几乎都是她的世界观的阐释"。

其二,对日常生活逻辑的迷恋与对现实"合理性"的遵从。李静认为,王安忆不是没有超越性冲动,但是,她每每向着精神腹地掘进之时,便会产生"焦灼不安的虚无之感",因此,她只有更深入地沉浸在世俗生活的表象之中,"津津乐道于张长李短市民琐事"。换言之,在许多作品中,王安忆将超越的欲望"直接诉诸令人不满的现实本身"。

其三,固化的社会生物学视角。李静指出,"王安忆选择了一种社会生物学的视角来构造她眼中的世俗世界,世俗世界则以她的社会生物学逻辑来展开。"那么,"社会生物学"该作何理解呢?李静解释说,这是一个比喻的说法,"是指作家在描述个人时采取离析具体历史情境对个人的影响的办法,而只表现其人与历史无关的稳定特性。"换言之,王安忆的世俗叙事"无意之间表现了民间个人在历史中的失名状态",由此可以得出如下结论,"王安忆是一位虚无的乐观主义者,她把个人对历史的忍耐力——而不是个人在历史中的创造力——看成人的最高实现。"

其四,小说精神世界的贫乏。李静指出,在王安忆的大多数小说中,"人物的经历只构成情节上的因果链,并不具有精神隐喻意义。作者太专注于她的情节逻辑了,致使她那严密的逻辑推动力除了担当小说的物质功能(情节)以外,无力担当小说的精神功能,从而使小说的精神世界趋于贫乏"。依李静之见,小说说到底无非精神格局的外化,因此,小说精神世界的贫乏,和作家精神资源的贫乏有关:"……她的精神思考和价值体系却仍是一个单线条的、非纵深和缺少精微层次与深刻悖论的存在"。

非常明显,李静这篇严谨剀切的批评文章,锋芒毕露,火力凶猛,具有极大的杀伤力。如果说,李静对于贾平凹的批评,虽然也很激烈,但并未否定他作为一个著名作家的重要性,尤其未伤及创作者的写作伦理的话,那么,对于王安忆的批评,则不仅是对一个著名作家写作水平的怀疑,甚至是对她大部分作品写作价值的全面否定了。换句话说,李静对于贾平凹的批评只是扫了作家的兴,而她对于王安忆的批评则是灭了作家的志气,杀伤了作家的颜面了。

行文至此,到了该收束的时候了。在阐述剧场导演林兆华的导演艺术时,李静写下了这样的文字:"这种源头活水般的创造力,得之于他的心灵对一种绝对的开放——那是一种对'自由的美学'的开放,只把局限和定法挡在门外。这样的心灵不受训诫,亦不施训诫,而直接近于'太初之道'"[①]。在我看来,这简直是她的"夫子"自道之辞了。对于李静这样的批评家,我们唯一的请求是,希望她评论的对象更广泛一些,希望她的评论生涯更长久一些。我们寄望于出现更多的李静这样的批评家。

[①] 李静:《自由的美学,或对一种绝对的开放——剧场导演林兆华管窥》,《捕风记:九评中国作家》,浙江大学出版社2011年版,第189页。

为意识形态风暴所掩盖的批评语式的对立
——对20世纪50年代《红楼梦》研究和胡风文艺思想批判的文论学反思

  1954年掀起的对俞平伯《红楼梦》研究的批判和始于1952年、终于1955年的对胡风文艺思想的批判，是20世纪50年代初期中国文艺思想界掀起的两场重大的理论论争，也是震动意识形态和政治领域的两大事件。新时期以来，对这两大事件尤其是对胡风冤案和胡风文艺思想所作的回顾、研究和反思可谓汗牛充栋，其中，有对于事件起因和经过的深细回顾，更有对在当时文艺为政治服务的大前提下极"左"文艺思想泛滥的教训的总结与汲取，其中不乏严谨而深刻的学术思辨之作，然而，很少有人能从批评本体出发，即以论辩双方的批评语式和文论立场为视点对批判事件作出全新的审视。

  当年，对俞平伯《红楼梦》研究的批判，被认为是"一场严重的思想斗争"，是"马克思列宁主义思想与资产阶级唯心论思想的斗争"①；而胡风的文艺思想则被认为是"资产阶级、小资产阶级的个人主义的文艺思想"②，甚而被定性为"反马克思主义"和"反现实主义"的。③ 两场讨论批判甫一展开，迅即掀起了让事件初期的论争双方都始

---

  ① 1954年11月8日，郭沫若以中国科学院院长身份，向《光明日报》记者的谈话。转引自朱寨《中国当代文学思潮史》，人民文学出版社1987年版，第 页。
  ② 见1952年6月8日《人民日报》转载舒芜《从头学习〈在延安文艺座谈会上的讲话〉》时所加的编者按。
  ③ 1953年《文艺报》第2期、第3期先后发表了林默涵《胡风的反马克思主义的文艺思想》和何其芳《现实主义的路，还是反现实主义的路》两篇文章。

料未及的意识形态风暴，然而，依笔者之见，导致风暴陡然降临的深层次原因，并不是意识形态方面的直接对垒或冲突，而是论辩双方不自觉地抱持的批评语式的严重对立，也可以说，是由"语言蝴蝶"的振翅效应所引发的。

"这是两个在不同领域追捕不同猎物的猎手之间的对话，因此他俩不会发生冲突。"① 20世纪70年代，多次倾听博尔赫斯和萨瓦托这两位阿根廷文学大师对话的巴罗内，十分俏皮地写下了这样的印象。其实，当年俞平伯、胡风与他们各自的论辩对手的对话，正是如上所说的"在不同领域追捕不同猎物的猎手之间的对话"，然而，俞、胡却分别与各自的对手发生了尖锐的"冲突"。打比方说，他们就像两个分别被对手逼到死角的拳击运动员，他们与各自的对手双拳挥舞打得热火朝天，观众也紧张得手心冒汗，两人没怎么还手就宣告了失败，然而得胜的一方却很少击打到清晰有效的部位，并没有真正得到多少清晰有效的制胜分。

一　《红楼梦》研究事件：古典批评语式与白话批评语式的对垒

这里，先来省思对俞平伯《红楼梦》研究的批判。当时，批判者论锋所及，主要指向了俞平伯红学研究中的这样几个观点："钗黛合一"说、"怨而不怒"说、"色空"说和承袭经典说。那么，当时俞平伯是怎样具体地提出和论述上述观点和看法的，他们的对手又是如何展开批判的呢？

关于"钗黛合一"说。

俞平伯在《"寿怡红群芳开夜宴"图说》（《〈红楼梦〉研究》）一文推衍"两美合一"之说，认为："《红楼》一书中，薛林雅调称为双绝，虽作者才高殊难分其高下，公子情多亦曰'还要斟酌'，岂以独钟之情遂移并秀之实乎。故叙述之际，每每移步换形，忽彼忽此，都令兰菊竞芬，燕环角艳，殆从盲左晋楚争长脱化出来。"②

---

① ［阿根廷］奥尔兰多·巴罗内：《博尔赫斯与萨瓦托对话》，云南人民出版社1999年版，第48页。

② 转引自《俞平伯论〈红楼梦〉》，上海古籍出版社、三联书店（香港）有限公司1988年版，第568页。

穷因究源，俞氏此论本非他首创，盖起于脂评。庚辰本《红楼梦》第四十二回脂砚斋总评有："钗玉名虽二个，人却一身，此幻笔也。今书至三十八回时已过三分之一有余。故写是回使二人合二为一。请看代（黛）玉逝后宝钗之文字，便知余言不谬矣。"① 俞平伯在《后三十回的〈红楼梦〉》（《〈红楼梦〉研究》）一文中征引了此评，并作了如是感发："这对读《红楼梦》的是一个新观点。钗黛在两百年来成为情场著名的冤家，众口一词牢不可破，却不料被作者要把两美合而为一，脂砚先生引后文作证，想必黛玉逝后，宝钗伤感得了不得。他说'便知余言不谬'，可见确是作者之意。"②

值得重视的是，在脂评之外，作者还另有新的阐发。在《"寿怡红群芳开夜宴"图说》中，俞平伯分析道："第五回太虚幻境的册子，名为十二册正册，却只有十一幅图，十一首诗，黛钗合为一图，合咏为一诗。这两个人难道不够重要，不让每人独占一幅画儿一首诗么？然而不然者，作者的意思非常显明，就是想回避这先后的问题。"③

综上所述，可见"钗黛合一"论的提出是俞平伯在发现了《红楼梦》中作者意图传达方面的"草蛇灰线"，并分析了庚辰本中黛钗二人之间的"姊妹情谊"后所作出的审美判断，然而，当时许多批判者却不顾作者推原阐说的具体情形，展开了笼而统之的批判。例如李希凡、蓝翎的文章就讨伐道："以这种形式主义的琐细的考证方法，抽掉了黛、钗两个典型人物所体现的社会内容，最后达到了否定她们本质差别的'二美合一'的结论。从而就抹杀了红楼梦悲剧冲突所体现的社会历史现象的本质。"并称这是一种"反动的唯心论美学观点"④。

关于"怨而不怒"说。

俞平伯在《〈红楼梦〉底风格》（《〈红楼梦〉研究》）中说："红楼梦底风格偏于温厚"，"怨而不怒"，"拥护赞美的意思原很少，暴露批判

---

① 《脂砚斋重评石头记》（庚辰本），第955页。
② 转引自《俞平伯论红楼梦》，上海古籍出版社、三联书店（香港）有限公司1988年版，第550页。
③ 李希凡、蓝翎：《红楼梦中两个对立的典型——林黛玉和薛宝钗》，《新观察》1954年第23期。
④ 同上。

又觉不够","虽褒,他几时当真歌颂。虽贬,他何尝无情暴露"①。批判者以为,"这显然是对《红楼梦》风格的曲解,抹杀了《红楼梦》强烈的反封建的倾向性。"②

事实上,"怨而不怒"说的提出主要是在将《红楼梦》与《水浒传》和《儒林外史》进行比较之后得出的。俞平伯认为"水浒是一部怒书","有些过火";而拿《儒林外史》与《水浒传》比较,"作者虽愤激之情稍减于耐庵,但牢骚则或过之"。因而赞叹说:"怨而不怒的书,以前的小说界上仅有一部《红楼梦》。怎样的名贵啊!"③而批判者的普遍看法是,这样就否定了《红楼梦》强烈的反封建的倾向性,削弱了这部伟大的现实主义作品的社会批判力量。

关于"色空"说。

在《〈红楼梦〉简论》中,俞平伯认为,《红楼梦》的"基本观念"是"色""空",并以色为反,以空为正。非常明显,俞平伯此说承袭了前人。如清护花主人王希廉就曾于《红楼梦》第十二回评曰:"背面是骷髅,正面是凤姐,美人即骷髅,骷髅即美人,所谓'色即是空,空即是色'也。"④ 批判者认为,俞平伯的此一观念,给贾宝玉加上了一顶"表现消极遁入空门的现实逃避者的帽子","生硬要"从贾宝玉身上"抽取他战斗的一面,抹去他本质上的光辉"⑤。

由如上所引论争双方的文学批评话语来看,与其说是观点在打架,还不如说是亮明各自观点的话语方式即批评语式在打架。俞平伯是一位国学功底非常深厚的老派文人兼学人,其所秉持的文论传统,是古典诗文评传统,即由毛宗岗、张竹坡、金圣叹、脂砚斋等人所示范和代表的文论传统。在古代,文学批评还没有从文学创作中独立出来成为专门的职业,批评受众和创作受众的一体化,批评话语的文言化,毛笔书写的不方便和出版业的不发达,导致了批评文体的片断化、极简化特征。这些评论文字大体分点评、旁注和眉批,夹杂在作品的字里行间或天头地尾。其特点是以

---

① 转引自马加《谈谈〈红楼梦〉的现实主义》,《辽宁日报》1954年11月27日。
② 朱寨:《中国当代文学思潮史》,人民文学出版社1987年版,第171页。
③ 同上。
④ 曹雪芹:《红楼梦(三家评本)》,上海古籍出版社1988年版,第189页。
⑤ 鞠盛:《贾宝玉是"现实逃避"者吗?》,《光明日报》1954年12月4日。

片断评语，疏疑解难，又以织补手法，签注古籍，大学小学，比翼双飞，点到为止，不作分析，仅涉要害，不及其余。作为批判运动导火索的《〈红楼梦〉研究》和《〈红楼梦〉简论》中的大部分文字本写成了解放前，其中《〈红楼梦〉研究》的前本《〈红楼梦〉辨》甚至出版于新文化运动展开未久的1923年，当时白话文运动才刚起步，还未能对包括学术研究和批评在内的整个汉语写作造成重大影响，是故文言化特征就更加明显。也正是因了对于古典文化的挚爱和对古典诗文评传统的浸淫和承传，俞平伯在新中国成立后一直没有放弃半文半白的文论语体。

那么，俞平伯的论辩对手们，他们采用的是何种批评语式呢？我们看到，他们的批评从语体方式来说，无一不是彻头彻尾的白话文。而他们批评方法的规范，本应是"五四"以来以鲁迅、茅盾等人为代表的传统现实主义文艺批评。值得指出的是，由于1942年毛泽东《在延安文艺座谈会上的讲话》所确立的"政治标准第一、艺术标准第二"的巨大影响，新中国成立后以马克思主义和毛泽东文艺思想的坚持者自居的文艺批评家们，很大程度上偏离了真正意义上的现实主义文艺批评的轨道，发展成了一种庸俗社会学的社论式批评。而正是以上两种批评语式的严重对立，导致了红楼梦研究事件的扩大和升级。

不难发现俞平伯的论辩对手们批判过程中的漏洞所在。

即以批判者大加挞伐的所谓"钗黛合一"论来说，事实上，常见于俞文的表述是"两美合一"、"双姝并秀"，相关论述中，俞平伯着重向读者指出的是宝黛二人作为贵族小姐女性美的不同表现，黛玉个性的缺陷，宝黛二人相依相惜的"姊妹情谊"，俞平伯借自己在作品中的一些独到发现（如十二钗中唯钗黛二人合图合诗）和《红楼梦》对于宝钗涵养和女性美的充分描写，推测了曹雪芹对于宝钗的复杂情感态度，但绝非是要抹杀宝黛二人形象差别，更不是如李希凡、蓝翎所说的"想抹杀这两个人物形象所体现的对立的矛盾和冲突的目的"。

另如对"色空"说的批判。"色空"本是佛教概念，俞平伯借用此说，并无多余的阐发。在有关佛教思想中，"色"还有一个同义的概念表述即"法"，本指大千世界中各种事物和现象，说得感性一些，即指繁华的世情色相；而"空"与之相对，是指人生的虚无本相或悲剧实质。我们完全可以说，《红楼梦》的表现，有"色"有"空"，前"色"后

"空",就主题归宿而言,与佛教"苦集灭道四圣谛"学说以及叔本华"人生从整体来看是一场悲剧"的观念颇为相通。而批判者呢,极其片面和简单地理解字义,像是在批判着自己的妄念。他们将"色"看成"情"即热烈爱情的对立面,又将"空"的思想表现和作品中的现实主义批判精神对立起来,真可谓风马牛不相及。

最后,再来谈谈对承继经典说的批判。俞平伯提出,《红楼梦》"源本西厢","脱胎于金瓶","以水浒传为蓝本","得力于庄骚",他想让读者注意的是,《红楼梦》和《西厢记》等多部文学经典有着多方面多角度的影响关系和精神联系,"源本"、"脱胎"、"蓝本",语虽武断,但却并非要否定《红楼梦》的伟大创造性。杜甫《戏为六绝句》有云:"别裁伪体亲风雅,转益多师是汝师",其实,无所不师,故能兼取众长,无"定师",不囿于一家,虽有所继承、借鉴,就不会影响自己的创造性。师"多师"为"我师",化影响于无形,可能正是一个真正伟大的作家的成功之因和表征。

其实,在当年的讨论批判中,已经有人注意到了俞平伯批评语体的特点。如吴组缃在中国作协《红楼梦》研究座谈会的发言中指出:俞平伯"总是从'笔法'、'章法'、'穿插'、'伏脉'等去看,从一句诗一句话的暗示去猜,讲什么文笔曲折,文情摇荡,文章变化","有无'趣味'或'风趣',是否'煞风景',就是他评论的标准"[①]。这里,吴组缃抓住的所谓缺点,恰恰是当时的批判者普遍缺失的文本分析和美学感受,应正是俞平伯红学批评的特点和优势所在,俞平伯的被批判,正是他坚持自己的批评特点和优势所付出的代价。对此,有研究者总结得非常好:"俞平伯红学研究的表述,不重视严密的逻辑推理,而侧重于对于《红楼梦》文本的细腻的分析和比较,侧重于一些敏锐的审美感受,与其本人诗人、散文家的身份相合。在他如行云流水般的叙述中,不时会迸出思想的火花,可以启迪你的心智,引起你的思索。但是,这种表达方式的缺陷在于说理不严密,必然授人以柄。"[②]

---

① 朱寨:《中国当代文学思潮史》,人民文学出版社 1987 年版,第 174 页。
② 刘云春等:《百年红学:从王国维到刘心武》,四川人民出版社 2008 年版,第 104 页。

二 胡风文艺思想批判：心性批评语式与社论批评语式的对垒

比之于俞平伯红楼梦研究的被批判，胡风文艺思想的被批判，要复杂得多。其一，胡风的文艺思想由其文艺理论、文学批评、文学论辩等方面构成，表现形式多样，内容极为庞杂，有逻辑严密、论述深细的文艺论著；有简括有力、感性风发的文艺短论；有心口无二、痛快淋漓的文艺论辩和会议发言。其二，有关胡风文艺思想的争论从解放前即已开始，批判和反批判前后持续了十数年，激烈的文艺思想对垒也持续了七八年，导致新一轮的交锋难免带上强烈的情感好恶与个人恩怨色彩。其三，胡风是一个卓有建树的文艺理论家，在错误地把胡风文艺思想问题当作政治问题对待以前，即使林默涵、何其芳两人所写的那种措词非常严厉的批判文章，也都首先肯定胡风一直站在进步政治立场上，在同反动文化的斗争中作出了贡献，也并没有完全否定他的文艺思想。这里，我们剥离掉导致文艺斗争一变而为政治斗争的政治威权和意识形态因素，在浩繁的论争与批判材料中，拣择论辩双方例举过的材料，来透察当年这场文艺论争与批判的文论学实质。

第一，关于胡风反对作家建立进步世界观和改造思想的批判。

胡风在20世纪30年代所写的《略论文学无门》一文中，说过这么一段话："如果一个作家忠实于艺术，呕心镂骨地努力寻求最无伪的、最有生命的、最能够说出他所要把捉的生活内容的表现形式，那么，即使他像志贺似地没有经过大的生活波涛，他的作品也能够达到高度的艺术的真实。因为，作者苦心孤诣地追求着和自己底身心底感应融然无间的表现的时候，同时也就是追求人生，这追求的结果是作者和人生的拥合，同时也就是人生和艺术的拥合了。这就是作家的本质的态度问题，绝对不是锤字炼句的工夫所能够达到的。如果用抽象的话说，那就是，真实的现实主义的创作方法，能够补足作家底生活经验上的不足和世界观上的缺陷。"[①]

[①] 林默涵：《胡风的反马克思主义的文艺思想》，《胡风文艺思想批判论文汇集》（二集），作家出版社1955年版，第52页。

对于这一表达，林默涵和何其芳分别在各自的批判文章中进行了分析和指斥。林默涵写道："在这里，胡风把所谓忠实于艺术看成是绝对的东西，认为作家只要忠实于艺术，就'能够达到高度的艺术的真实'，既不问作家的阶级立场，也不问他是忠实于什么阶级的艺术。胡风完全忽视了作家的阶级立场对于他的艺术创作的影响。他认为作家只要忠实于艺术，不需要有什么进步的政治思想和进步的世界观。这正是资产阶级的虚伪的艺术理论。"① 何其芳则作了这样的分析："现实主义的基础只能是生活，但胡风同志却说是创作态度。在这段话里，他还有一个奇怪的论点。他把作家的创作生活和作家的全部生活等同起来，因此达到了这样的结论：忠实于艺术就是忠实于人生……如果一个作家只在写作中去'追求人生'，那是'追求'不出多少东西来的。"②

第二，关于胡风反对作家深入生活的批判。

何其芳在其批判文章中，不厌其烦地引用了胡风写于1946—1948年的文艺随笔集《为了明天》中的几处文字：

> 在前进的人民里面，并不一定是走在前进的人民中间了以后才有诗，前进的人民和任何具体的环境也不能够是绝缘体，而是要有深沉地把握这个前进，真诚地信仰这个前进，坚决地争取这个前进的心。
>
> 因为，历史是统一的，任谁的生活环境都是历史底一面，这一面连着另一面，那就任谁都有可能走进历史底深处。因为，历史是统一而又矛盾的，另一面向这一面伸入，这一面向另一面发展，那就任谁都有可能走进历史底前面。哪里有人民，哪里就有历史。哪里有生活，哪里就有斗争，有生活有斗争的地方，就应该也能够有诗。
>
> 人民在哪里？在你底周围。诗人底前进和历史底前进是彼此相成的。起点在哪里？在你底脚下。哪里有生活，哪里就有斗争，斗争总要从此时此地前进。

---

① 林默涵：《胡风的反马克思主义的文艺思想》，《胡风文艺思想批判论文汇集》（二集），作家出版社1955年版，第52页。

② 何其芳：《现实主义的路，还是反现实主义的路？》，《胡风文艺思想批判论文汇集》（二集），作家出版社1955年版，第72页。

甫一引用，他马上总结道："这更是直截了当地否认了革命作家必须到人民群众中间去，必须参加人民群众的斗争……"①

而针对胡风如上诗意盎然的表达，林默涵则作出了更为可怕的结论："在当时国民党的统治区域，作家要联系劳动人民是有某些困难的，但并不是不可能做，更不能否认作家有这样做的必要。但胡风的看法不同，他说：'并不一定是走在前进的人民中间了以后才有诗，前进的人民和任何具体的环境也不能够是绝缘体'（《为了明天》第138页）。不管胡风当时说这些话的动机如何，这种理论，实际上是使那些小资产阶级作家安于原来狭小的生活圈子，而不是争取各种可能深入到工农群众中去"②

第三，关于胡风否认阶级和阶级斗争的批判。

针对着当时不少创作者抽象地理解和表达"阶级内容"的创作弊病，胡风在写于1948年的文艺理论长文《论现实主义的路》中有一番形象的论述："阶级是在活的个别的阶级成员里面，或通过他而存在的；离开了具体的活的阶级成员就没有阶级。阶级内容是以具体的活的诸成员为内容的，仅仅近似地表现着他们每一个个体，每一个阶级成员是在这一或另一路径里的阶级内容。每一个人是一个性格，一个'感性的活动'，'社会关系底总体'。'从一粒砂里看世界'，是不但可能，而且非如此不可的。问题是能不能真正把握到这一路径或另一路径的这'一粒砂'底本质内容，在一个视点上去把'世界'表现出来"③。

对于上述内容，邵荃麟在其文章中进行了局部引用，然后分析道："就这样，个别的人和阶级就被他等同起来……了。我们知道，阶级社会的人生活在阶级中间，不能离开阶级而独立。人的意识受他的阶级生活所支配，所以要理解人，必须从他所处的社会关系中去认识。而胡风却说是阶级活在个别的人身上，说是只能从个人去看社会，而不可能从社会去看个人……目的无非是要证明阶级斗争只是在每个人的心里进行着。这实际上是否定了阶级的意义，把阶级斗争还原为个人精神世界中的斗争，把社

---

① 何其芳：《现实主义的路，还是反现实主义的路?》，《胡风文艺思想批判论文汇集》（第二集），作家出版社1955年版，第77页。

② 林默涵：《胡风的反马克思主义的文艺思想》，《胡风文艺思想批判论文汇集》（第二集），作家出版社1955年版，第61页。

③ 胡风：《胡风评论集·下》，人民文学出版社1985年版，第344—345页。

会的人还原为个别的人了。"①

另举一例。胡风在《冬夜短想》里说:"希望未来比过去好,希望自己的生活总有变得幸福的一天。这也是卑微的感情,然而,尽管是卑微的感情吧,人类是靠它繁衍下来的,历史是靠它发展下来的,说得夸张一点,一切轰轰烈烈的社会改革的大斗争,也是靠它生发起来的。"②

胡风在答复别人对这段话的批评时解释说,他这段话谈的是阶级斗争的动力。邵荃麟反驳道:"但是阶级斗争并不是以'希望未来比过去好'为动力的,因为在社会主义社会人们更希望未来比过去好,却并不发生阶级斗争,可见这动力只能是阶级和阶级矛盾的客观存在。"③

第四,关于胡风唯心主义世界观的批判。

这里仅举一例。胡风在《论现实主义的路》里说:"人创造了历史,但这个被人创造了而且还在创造着的历史,却是运动在被人所创造出的物质关系的限制性即规律性里面……人就活在这个物质关系里面,斗争着,产生了那规律性也发展那规律性,在那规律性底限制下面继续地创造着历史的。历史唯物论所要说明的就是这个问题。"④

针对着这番论述,邵荃麟十分尖锐地指出:"……他的目的却是明了的,否认物质关系或物质关系的规律性的客观性质。他既然认为人是可以产生和发展历史的客观规律,那也就是说,人的主观意识决定着客观存在的发展,而并不是被决定于客观存在的发展。这样就从根本上破坏了唯物主义的基本原则。他用这种反唯物主义的观点去认识历史和人民,因而不能不陷入于一系列的根本错误"⑤。

这里,我们只从林默涵、何其芳、邵荃麟几位文艺宣传领域的领导人兼著名评论家的论辩批判文章中择取了部分内容,对于我们分析当年论辩双方的文论语式,应是很有说服力的。我们发现,他们在批判文章中所举到的例子,也并不是很多,其中好几个例子是被不同的批判者反复引用过的。林默涵和何其芳的文章,则重复了好几处,这也间接证明了他们辩论

---

① 邵荃麟:《胡风的唯心主义世界观》,《人民日报》1955年3月20日。
② 同上。
③ 同上。
④ 同上。
⑤ 同上。

思维的同质性和寻找"问题"的艰难。

不难发现当年批判者文论语式的严重偏失与局限：

第一，孤立引用，断章取义。

胡风给党中央的《关于解放以来文艺实践情况的报告》[①]中指出："林默涵、何其芳同志引用对方的文字，确定问题的时候，没有一次把他们引用的文字片段和整篇内容联系起来考虑过，只是鲜血淋漓地割了下来，绝对地脱离了问题本身的实际内容，没有起码的责任感"[②]。事实上，这种文风特点，是当时其他批判者共同具有的，也是让胡风感到有口难辩、苦不堪言的。

第二，上纲上线，扣大帽子。

不难从前文所列的四个方面问题的批判文字中发现这样一种普遍性的特点。为了更深切地说明问题，兹再举一例：

> 发现并反映这个自发性，正是不幸置身在只有依据它才能开辟生路的大"泥沼"里面的作家们的庄严的任务。如果能够在历史的总的冲动力的照明下面把握到它的活的真实的内容，如果暗示出它的通过千千万万的脉络和色度或者正向地、或者反向地、或者复杂曲折地和反封建的大斗争联系着的动向，如果不给以歪曲的出路或虚伪的胜利，那么，即使所反映出来的是"没有出路"和"失败"，但却正是为了真正的出路和胜利，而且，它已经是真正的出路和胜利，在这一或另一路径上通向了真正的出路和胜利，这就叫做由"物自体"变成"为我们之物"的过程，这就是要把"群众愤怒情绪的一切水滴和细流收集，将其汇集成为一条巨流"（《做什么》）的、为"一般性的原则"人所不屑做的工作。[③]

这是胡风《论现实主义的路》中的一段文字，后在《三十万言书》

[①] 俗称《三十万言书》，其主体内容即后来中国作协主席团印行的《胡风对文艺问题的意见》。

[②] 胡风：《三十万言书》，湖北人民出版社2003年版，第233页。

[③] 同上书，第207页。

中作了引用。这里,胡风所论述的"自发性",指的是人民群众尤其是底层民众"自发性的反抗要求"和与之相关的实践斗争。尽管这里的论述不够学理化,文字也呈艰深滞涩之状,但总体上表达了对"自发性"的肯定。而何其芳在他那篇著名的批判文章中,仅仅割下开头的一句,而且在"只有依据它才能开辟生路"旁边打上重点符号,说这是"对于中国革命斗争的侮辱",说胡风是主张国民党统治区的人民的解放只有依靠"什么自发性斗争",而不要"依靠高度地有组织有领导的革命战争以及其他革命斗争",说胡风"完全是抹杀了中国共产党的领导作用"。这里,何其芳文章在学理上的失据和用心之阴狠,自不待言说。当年陈寅恪先生讲到过做学问的一种根本方法,即"了解之同情",写学术批判文章也应抱持此种态度。明显地,何其芳在这里的言辞,连起码的"了解"之心都不具有,更谈不上"同情"之态度了。

拿今天的话来说,林、何等批判者们是一些典型的"大词癖",他们唯恐笔下的词语不够宏大,提出的问题缺乏高度,似乎联系不到立场、觉悟、原则和党性等事关大是大非甚至"你死我活"的方面,就不足显示出他们的水平似的。

第三,攻其一点,不及其余。

据胡风自陈,周扬同志一再这样严厉地警告他:"你说的话就是九十九处都说对了,但如果在致命的地方上说错了一处,那就全部推翻,全部都错了"[①]。事实上,林默涵、何其芳等正是按照这一"方法论"去进行批判,并硬生生把胡风"做"成了一个不能翻身的罪人的。

而与之相较,胡风的文艺评论和论辩文章的特点却在于:

首先,层层深入,尽可能深细地表达出对于文学的"复杂"理解。

> 对于一个忠实于现实的作家,现实主义的作家,他的从生活得来的经验材料(素材),他的对于它的理解(思想)和感情态度,要在创作过程中进行一场相生相克的决死的斗争。在这个斗争过程中间,经验材料通过作家底血肉追求而显示出了它的潜伏的内在逻辑,作家的理解和感情态度(主观世界)又被那内在逻辑带来了新的内容或

[①] 胡风:《三十万言书》,湖北人民出版社2003年版,第151页。

变化，这才达到了主观和客观的统一，产生了作品。①

应该说，这是一段逻辑周详，论理严密的文字，为了使表述可能地准确，作者不惜以文句的流畅为代价，在几个关键性的概念用语后面加了括号进行特别说明。在胡风的文艺理论表达中，这本是一段再也平常不过的文字，结果还是遭人诟病。譬如，茅盾在他的批判文章中就以为，这段话"有胡风的一贯文风：作艰深状。"认为是"转弯抹角的词句"②。

第二，气韵生动，充满"血肉"感觉的弹性文字。

为人生，一方面须得有"为"人生的真诚的心愿，另一方面须得有对于被"为"的人生的深入的认识。所"采"者，所"揭发"者，须得是人生的真实，那"采"者"揭发"者本人就要有痛痒相关地感受得到"病态社会"的"病态"和"不幸的人们"的"不幸"的胸怀，这种主观精神和客观真理的结合或融合，就产生了新文艺的战斗的生命，我们把那叫做现实主义。③

这是一段非常著名的文字，是胡风对自己理解的现实主义文艺核心精神的描述性概括，为了极力贴近自己的理解，用了许多非理论形态的感性的词语。应该说，这种语体特点的文字在他的文章中俯拾皆是。正如与他患难与共的同道者路翎曾谈到的，胡风总习惯于"用一种贴近创作过程、充满创作体验的、有'血肉'感觉的、富有弹力的文字来表达他的见解"。④

第三，痛快直陈，易于激怒论辩对手的讽刺。

"游泳须在水里"（躺在沙上的理论家一定要把这说法解释为应该躺在沙上游泳，那也只好听便了），而且，只要主观上有游泳的思

---

① 胡风：《胡风对文艺问题的意见》，1955年《文艺报》附册，第58页。
② 茅盾：《必须彻底地全面地展开对胡风文艺思想的批判》，《文艺报》1955年5月。
③ 胡风：《三十万言书》，湖北人民出版社2003年版，第121页。
④ 路翎：《一起共患难的友人和导师》，《我与胡风》，宁夏人民出版社1993年版，第489页。

想要求，原来就是身在水（"灰色战场"）里的。但还要重复说一次："在水里并不就等于游泳！"——这回是对那些躺在沙上的理论家们说的。①

这是一段俏皮鹄落，灵慧过人的文字，但又显得才情过露，如"躺在沙上的理论家们"要对号入座，那是要气得血脉贲张的。

第四，激情洋溢，用语奇突乖张，作为一位"诗人评论家"难免的偏颇和"马脚"。

但另一方面，又歪曲了在最大限度上团结一切作家的政治要求，对于要求进步的作家用庸俗的敷衍手段或拉拢手段代替了相应的思想工作，不帮助这样的作家在思想实质上靠近革命一步，还公开地鼓励这样的作家应该停留在对革命对人民的旁观的态度上面；甚至"进"一步以敌代友，向那种不但在艺术上原来是堕落的、而且在政治上多年来积极反动的"老作家"词意恳切地劝他恢复创作生活……②

这是胡风"清理出来"的"以周扬同志为中心的宗派主义统治若干重要方式"③之一。如果只是孤零零地读到这一段文字，绝大多数读者也许会以为是出自于胡风的论战对手之手呢。就是说，在新中国成立前后的多次论战中，尤其是在林默涵、何其芳把他逼上绝路以后，胡风也开始了以暴制暴、以牙还牙，其睚眦必报和"一意要制他的死命"（鲁迅语）的不妥协态度，恰恰把他送上了绝路。

著名学人刘小枫以为，"爱智行为——名为'哲'——自古有两种语式：柏拉图式和亚里士多德式；前者在个体言说中直显心性，后者则言说言说的知识。"他还指出，"四十年来，汉语哲学的大陆语域发生过一场语式——当然首先是思式革命。纯粹心性式和纯粹学术式的哲学言路被贴上阶级的标签予以消除，取而代之的是一种姑且名之为'社论'式的哲

---

① 胡风：《论现实主义的路》，《胡风评论集》下，人民文学出版社 1985 年版，第 296—297 页。
② 胡风：《三十万言书》，湖北人民出版社 2003 年版，第 41—42 页。
③ 同上书，第 39 页。

学言述。'社论'语式在大陆汉语域中成功地颠覆了传统的种种自在语式并进而独占全语域，在汉语域中逐渐泛化（全权化）"[1]。这里，刘小枫的归纳虽是出于对哲学表达的透察，但同样地适用于整个文学批评和文学研究领域。

  总之，胡风当年的被批判，正源于两种文论语式的严重对立，即心性语式和社论语式的严重对立。以林默涵、何其芳、邵荃麟为代表的文学批评家们，首先以马克思主义理论家自居，觉得自己站在了绝对正确的政治立场和原则方面，习惯于以极端怀疑、极端仇视和极端挑剔的眼光去打量和审视论辩对手，带有比学院派追求的知识性言说远为可怕的某种强权性；而胡风则是带着一颗向党交心，希求让党做一个公正的裁判员的态度，将自己的全部文艺理论见解和看法和盘托出的。胡风在"身心"与"知言"的张力中，明显地更加重视前者，即人格的真诚和心口的统一。应该说，胡风是新中国成立前后几十年中出现的一位卓异的有着自己独特的个性化文体和创造性精神的批评家，他的批评实践，是朱光潜先生在《西方美学史》中所提倡的"创造式批评"的最佳模板，其对文艺理论和批评事业的影响和贡献，是罕有其匹的。

---

[1] 刘小枫：《我在的呢喃——张志扬的〈门〉与当代汉语哲学的言路》，《我们这一代人的怕和爱》，读书·生活·新知三联书店1996年版，第　页。

"西部文学"之旗,不扛也罢

　　大约是在 1983 年前后,文学批评界提出了"西部文学"概念。这一概念提出以后,在文学界时冷时热,时起时伏,其首倡者肯定难以想象,距离概念提出已接近三十年的今天,"西部文学"仍然能够成为挂在评论家嘴边的话题。比如,2010 年 4 月,陕西师大举办了"中西部当代文学高层论坛","西部文学"成为核心论题;同年 7 月,甘肃民族师范学院召开了以"关于西部文学的思考"为主题的省当代文学年会。笔者曾在 21 世纪初西部大开发热潮方兴未艾之际,发表名为《重振中国西部文学》①的文章,为"西部文学"鼓与呼,然而,今天笔者的看法有了很大改变:我要说,"西部文学"论争,可以休矣;"西部文学"之旗,不扛也罢。

　　"西部文学"提出的 20 世纪 80 年代,文学尚在执文化思潮牛耳,也总是能够激起广泛强烈的轰动效应。其时,文坛上思潮纷起,理论家们唯"新"是举,作家们望"风"而拜,再加上位处西部经济欠发达地区的理论家们,有一种文化上不甘人后的扬威冲动,于是祭起"西部文学"大旗,打下一针自我强心剂。

　　不能说"西部文学"的标举对文学发展没有产生积极影响和推动作用。然而直到今天,"西部文学"仍然是一个非常含混的概念。首先,西部本身即会让人争执不休:按照常理,西部无疑是一个地理概念,指中国版图的西部,但接下来新问题又产生了:西部到底是和东部对举,还是和中部、东部对举?理解的不同,导致的后果是西部范围认定的极大差异。事实上,"西部文学"只是西北少数理论家热衷的理论操作,也只是得到

---

① 载《中国青年报》2001 年 3 月 6 日。

了以陕、甘、新、青为主的西北地区部分作家的回应。就影响效应而言,"西部文学"充其量是"西北部文学",地处西部的经济欠发达地区西藏、云南、贵州和经济发展速度较快的四川、重庆,对"西部文学"理论口号几无热情。后来,如火如荼的西部大开发运动,使得许多省区加入到"西部"行列,但是,就文化层面而言,西北部和大西南地区以及中部偏西地区,又有多少文化共同体的真诚认同感?别的不说,就以民族构成而言,大西南和大西北的差异就形同天壤。

有人觉得,以地理上的西部来框定"西部文学"是十分荒唐的,"西部文学"本来就是一文学精神概念,它凸显的是以西部本土居民移成民的挣扎求生、艰苦恶劣的自然环境、广袤壮阔的山河地貌为底质的忧患意识和以自然生态意识为核心的特殊现代意识。此种鼓呼,对于当年极力谋求个性化发展和全面复兴的20世纪80年代文学而言,当然是十分有意义的,但是,如果今天西部地域的作家还在大力构建这么一种总体性文学精神,不要说不符合文学多元化发展的要求,即以西部作家的创作这个文学发展的子系统而言,势必造成前后辈作家们的想象枯竭和精神重复。

如果将西部地区文学与中东部文学进行比较,二者之间的差距的确没有经济方面的差距那么明显。或许,在某些人眼中,西部地区文学甚至有着与文学道德相关的某种精神优势,他们还会拿"陕军东征"、"甘肃成为诗歌大省"之类话题说事。的确,新时期以来,包括云贵川渝藏在内的广大西部地区出现了令人眼热的文学振兴的局面,即以作家队伍而言,小说领域的张贤亮、路遥、陈忠实、贾平凹、马原、扎西达娃、阿来、何士光、邵振国、柏原、石舒清等;诗歌领域的昌耀、杨牧、周涛、章德益、吉狄马加、欧阳江河、翟永明、柏桦、肖开愚、于坚、海男、何来、李老乡、张子选、娜夜、阳飏、伊沙、沈苇等;散文领域的周涛、贾平凹、朱鸿、刘亮程、马丽华、钟鸣、杨闻宇、铁穆尔、朝阳、雷平阳等,构成了强大豪华的阵容,庶几撑得起中国文学的半边天空。但是,同样不可否认的是,西部不少省区的作家出现了年龄断层现象。早在2004年,陕西学者马平川发表了《陕西文学:寻找40岁以下的青年作家》一文,对陕西作家队伍青黄不接的"断代现象"进行了分析和探讨,引发的关注和讨论,一直持续了两三年时间。那么甘肃文学局面又是怎样?约在21世纪初,出现了"甘肃成为诗歌大省"之说,此论一出,即如胜利的捷报一般在甘肃文坛纷驰频传，令不少从业者颇为振奋。但是，甘肃诗歌创作队伍虽然颇为壮观，且的确取得了骄人的成绩，但细究起来，除了一两位老诗人之外，基本上是45岁左右的一批诗人在包打天下，也存在着十分明显的断层局面。

20世纪五六十年代西部地区的文学前辈们，如柳青、李季、闻捷等，和80年代以来崛起在文坛的不少西部优秀作家，他们中很多人并不知道"西部文学"，有人虽知道"西部文学"却并未重视，更谈不上"望风披靡"，但他们在西部厚重的历史文化土层淘出了精神富矿。按道理说，西部历史文化精神，也应是年轻写作者们的精神富矿，但过于厚重的文学积累，同时也是年轻作家断层出现的一个显见的原因。拿一句西北土话说，上一两代作家"把篁拔光了"。也就是说，中老年文学前辈成了横在年轻写作者们面前难以逾越的高峰，还没走出多少，他们就已经感到了气馁。

广大西部地区期待着80后、90后的优秀写作者！期待着西部韩寒、郭敬明们的出现！

俗话说，祖宗之泽，三世而斩。我们不敢断言，在未来较短时间内，西部地区年轻一代中肯定出现不了陈忠实、贾平凹那样的文学大家，但可认定，西部年轻作家们的出路在于突围。对于今天的西部作家而言，最要命的是死抱着"西部"不放。就像50年代提倡的"社会主义现实主义"创作口号中，"社会主义"是加在"现实主义"概念前的一个多余的定语一样，"西部文学"中"西部"也成了加在"文学"之前的一个多余的定语——无需强调"社会主义"，只要你处在社会主义时代，又遵循着严格意义上的"现实主义"创作方法，就有可能写出符合时代要求的优秀作品；同样，只要你生长在"西部"又忠实于生活，写出的作品就定然会打上"西部"的烙印。文学批评家殷国明谈到"西部文学"时说得好："西部作家要敢于舍得。舍得西部，得到全国；舍得西部，走向全世界！"

在走过了近30年的旅程之后，"西部文学"已完成了其理论使命。现在到了批评家们进行彻底的理论总结，而不是盲目鼓呼的时候了。"西部文学"应该揭去模糊的面纱，以"西部的文学"的明确姿态出现在人们的面前，而"西部的文学"即西部地区的文学是怎么写都可以的——西部作家们应该忘记"越是民族的，越是地域的，越是世界的"那句老话。西部作家们不应削足适履，不应胶柱鼓瑟，而应拔掉"西部文学"这面旗帜，以更宽广的胸怀和热烈的姿态，拥抱真切全面，既广阔又丰富的"文学"。

诗美特质的散点观察

一 诗人是什么

有人说，人类社会的发展过程便是商人与文人相互抵牾、相互对抗的过程。的确，从某个角度说，人类社会的文化可分为商人文化与文人文化，正是商人与文人的对抗推动了人类社会前进的步伐。在人类社会发展的历史长河中，商人与文人的地位此消彼涨，永难平歇。而眼下，商人文化大有压倒文人文化之势，文人商人化、文艺商业化成为一种趋向和时尚——这肯定算不得真正意义上的社会进步，而是社会文明进程中的间歇和过渡。

文人是什么？西方文化学家本雅明在《发达资本主义时代的抒情诗人》一著中对此概念有飘忽而又灵动的描述性勾勒。照他的理解，文人并不等同于知识分子，也不等同于从事社会科学的知识分子，甚至不等同于从事文艺的知识分子；文人与其说是从事某一类职业的人的称呼，毋宁说是一种精神的称呼。据此，我们可以说，只有具有了文人精神的人才称得上文人。

周作人认为，中国古代每一社会阶段的文学都可归为三类：宫廷文学、文人文学、民间文学。这是依文学精神作出的区分。文人文学与宫廷文学在精神上背反的。可见，文人精神具有叛逆性、超越性，或者说，文人精神表现为一种否定文化（马尔库塞）。在中国古代文学史上，真正具有文人精神的是老子、庄子、屈原、李白、王维、苏轼、曹雪芹、李渔等，而非孔子、司马迁、杜甫、白居易、文天祥、陆游这一序列。真正的文人是少而又少的。

那么，诗人到底是什么？诗人啊，不是写出或发表过几首诗的人，也不是加入了作协等组织的写诗之人，诗人的真正身份就是文人，他远远走在一个时代的前列，他是人类灵魂的引渡者，是巫师，他为丢失了的抒情时代，为丧失了抒情性的人类招魂。

诗人啊，你是如此稀有，如此罕见，如此了无影踪。

二　诗是什么

如果说散文是汗水，那么诗便是汗水里面的结晶——盐。

如果说散文是水，那么诗便是酒。

如果说散文是走路，那么诗便是跳舞。[①]

能称得上诗的东西是很纯粹的。但我们常常看到盈箱累箧的以诗的名义发表出来的混合物：一些"水酒"或一些"盐水"。

法国象征主义诗人马拉美和瓦莱里提出了"纯诗"这一十分重要、影响深远的概念。抛开概念提出的文学思潮背景和丰富内涵不论，其含义似乎可以俗白地理解为：诗歌是百分之百纯粹的艺术晶体，是不允许出现任何功利担当和哪怕一丁点的艺术瑕疵的。这里，我们不妨用何其芳发表于1954年《人民文学》的诗歌《回答》中的几句诗为这种表述作注脚：

　　如果我的杯子不是满满地/盛着纯粹的酒，我怎么能够/用它的名字来献给你呵

这么说来，今天许多人的诗歌是"纯诗"中掺了假勾兑出的"杂诗"，也即"非诗"。

既然诗歌只能等同于"纯诗"，那么，作诗的过程便是从草就的篇章中把"非诗"的句子扒拉出去——打比方说，是把水酒中的水分蒸馏掉只留下原浆，把汗水里的水分蒸馏掉只留下盐分——从而使得称作"诗"的篇章中只留下"诗句"。

必须明白，诗歌不是别的，正是由一行行"诗句"前后排列构成的。

[①] 语出梵乐希："诗是跳舞，散文是走路。"

那么，什么又是诗句？通俗地说，诗句是用诗歌的方式思维的句子。而诗歌的思维方式是高度凝练、高度概括、高度隐含的，所以诗句的内涵无限深广，它会给读者撑起一面审美的精神天空，打开解释的诸多向度。借用新批评派的术语来讲，诗句应具有足够的弹性、张力和冲击力，而一旦具有了这些特性，诗句呈示的意想空间必然十分博大。

因此，意想空间的大小，成了判定写就的"文句"是否为"诗句"的唯一标识。举例说，"太阳红得像火"不是诗句，而"汗珠掉进泥土，发出金属撞击的声音"却是诗句。因为前者的语序链和语义链平行粘连；而后者，起码可以在以下几个意义向度上作出解释：1. 汗珠和泥土，都像金属一样宝贵；2. 它们二者都是厚重有分量的沉甸甸的物质；3. 汗珠作用于泥土，意义巨大，影响深远。

当然，要在一首诗的所有句子中都体现诗的思维，是特别困难的。因为诗句和诗句之间，往往存在衔接、过渡或中介，这些联接性的词语或句子只能成为黏合剂，起到承接作用，往往很难同时成为诗句。但诗人应该作出一种努力，尽量使这些只起联接作用的句子减到最少。一个诗人在写出了数行文字之后，如果还没有熠熠生辉的诗句出现，那么，这首诗的写作已进入了死胡同，写作行为应该马上中止。

现代诗人、诗评家李广田曾说：古典诗是用诗歌的句子写成的散文，现代诗则要求用散文的句子写成诗歌。此语可谓微言大义、深邃警策。的确，运用现代诗的标准衡量，许多古典诗充其量只能称为"节约的散文"。

以孟浩然《春晓》为例：

　　春眠不觉晓，
　　处处闻啼鸟。
　　夜来风雨声，
　　花落知多少。

以白话译写即：

在一个春天的夜里睡得很沉酣，不知不觉天已放亮。醒后只闻听鸟儿在四处鸣叫。这才回想起昨夜一场猛烈风雨，不知道到底摧落了多少花朵？

请问，这不是散文是什么？我们看到，《春晓》之所以成为一首诗在于其整体性，在于全部四句诗向我们完全呈现之后，如果其中的任一单行诗句或诗篇的局部摆在我们面前，那是不存在任何诗意的。

说到底，诗意是在单行的句子中就已呈现，还是当诗篇全部展示后才一次性地呈现，这是区分现代诗与古典诗的准绳。在古典诗那里，我们常常发现一种情形："没有一句是诗，没有一首不是诗"（当代著名诗人韩作荣语）。根据这一原则，现代文学史上为数不少的一批著名诗人，如郭沫若、艾青、田间、臧克家、李季、袁水拍等，他们的诗歌仍可看作古典诗的延续。

三 意义的隐含

诗歌是有意义的，你必须明白自己在表达什么。但在20世纪80年代中期出现的一股"现代"诗潮认为，对于诗歌，最好不要去谈论什么意义。甚至有人认为，有确定意义的不是诗歌。这种看法是十分错误的。

但是，诗歌的意义却不是随着语言的出场一次性"到位"的。打比方说，诗歌的意义绝不是飘浮在语言之水上面的蜻蜓，而是蹲踞在语言之海深处的青蛙。要领悟诗歌的意义，读者必须作一次次潜行。你不可能指望通过一次性阅读便一览无余地看清诗歌的裸体，进而享受到它带来的美感。一首诗是一个密码，有待于我们去破译它；一首诗是一个"神秘的黑箱"，有待于我们去撬开它。

对现代诗歌阅读来说，存在着"意义的延迟到场"。也就是说，"阅读"来了，而"意义"却仍迟迟未到。

接下来的一个问题必然是，诗歌的意义究竟是如何呈现出来的呢？

后现代主义文学理论的代表人物弗·杰姆逊认为，在文学作品中，意义的"深度模式"——亦即文本与意义的关系模式可分为四种：即为辩证法所信奉的现象—本质模式；为弗洛依德所阐明的"明显—隐含"模式；由存在主义所区分的"本真性—非本真性"模式；由符号学所区分的"能指—所指"模式。[①] 套用这一学说，现代诗歌意义的"深度模式"

[①] ［美］杰姆逊（Fredric Jameson）讲演：《后现代主义与文化理论》，北京大学出版社1997年版，第201—203页。

亦即诗歌文本与意义的关系，符合"能指—所指"模式。即：诗歌语言只是一种能指，而意义则是这种能指背后的所指，二者的关系不是一种贴合关系，也不一定就是一一对应的关系，而是非常复杂的。

四 情感的隐含

情感的隐含，是后现代主义文化的一个重要特征。而所谓后现代主义，事实上是高科技工业时代人的精神状况的高度抽象的理论概括。出于对一个无法修补的世界的强烈怀疑，出于对当今之世人们生活的随意性、多样性和机会性的无所适从，当代人已不愿意轻率地对事物作出二极判断，不愿固执地宣泄自己的单向情感，因而，隐含尤其是情感的隐含成了一种类似"折中主义"时代盛行的"中性化"的价值立场，成了降解心灵压力和文化危机的万应良药。当代人的这种文化精神态度，明显地影响了20世纪80年代中期之后的小说创作，在先锋小说和新写实小说中，这种态度达到极致。

而对于诗歌创作而言，情感的隐含却更多地由诗的文体特性所规定：诗意的隐含决定了情感的隐含。

诗歌本质上是为了抒情，自然，袒露强烈的情感是诗人的天质——这是欧洲浪漫主义运动以来所形成的强固的诗歌理念，然而，在现代诗这儿却受到了怀疑甚至被摒弃。在今天，如有人写出类如郭沫若《凤凰涅槃》、《站在地球边上放号》、《炉中煤》，或如艾青《大堰河——我的保姆》一类诗歌，是要被当成笑料的。

而今的诗歌写作，决不是打开热气腾腾的"情感蒸笼"，而是将情感的气泡固化在一块块闪闪发光的晶体之中。许多诗歌，是以所谓"情感的零度"介入写作。

解构主义大师德里达认为"写作即撤退"。他解释说，写作就是在空旷的沙漠上建筑意义之城，读者正因被那沙地上的海市蜃楼所蛊惑而进入其中，但他只能发现写作者留下的一串脚印，至于写作者本人，早已消失得无影无踪——对此写作者无需自责，他们的任务完成得已很出色。

在当今，许多诗歌写作等同于"情感的撤退"。

五　诗歌中的意象

西方现代诗歌流派中有意象派。该派认为，人的各种情绪，在大千世界中存在最为恰当的客观对应物，所谓作诗，便是找到这些对应物。譬如，意象派鼻祖庞德的《地铁出口》，便是给"绝望中略带欣慰"的情绪找到了"潮湿的树枝发芽"这一对应物。意象派的诗歌理论显属片面，但是，应当承认，意象是诗歌语言生成的重要方式。在新时期诗歌尤其是朦胧诗的创作中，意象的经营更是被强调到了登峰造极的地步。

那么，何谓意象？《易·系辞》云："见乃谓之象，形乃谓之器。"可见，意象是诗人主观情感和客观事物的"化学拥抱"，是诗人对客观事物的意义穿透或创造性意义赋予。客观事物存在在那里，它只是显露出它的"自性"，并谈不上有什么意义，而一旦进入诗歌，就肯定经过了诗人灵魂的洗礼，它便不是原来之物。

打一个比方。熟悉艺术史的人都知道，1929年，比利时超现实主义画家马格利特画了一幅名为《形象的叛逆》的作品。这幅画很简单，画面中央是一只巨大的烟斗，下方是一行法文"这不是一只烟斗"。这似乎很矛盾，而画家就是在用这个显然存在的矛盾告诉人们：事物形象不等于事物本身，再现物与再现的差别形同云泥。可以说，进入诗歌的事物已由原来的"烟斗"变为"不是烟斗"。如拿禅宗公案来比方，进入诗歌的事物已由"见山是山，见水是水"的境地进入了"见山不是山，见水不是水"的境地，譬如"落花"这一景象，在古代诗歌中的愁，是怨，是伤感，是无可奈何，是美好事物的逝去：这都不是"落花"的"自性"，而是诗人的联想性附加。

纵观人类历史长河，差不多每个发展阶段都可找到精深绝美高度凝练的精神意象代表物。威严而又狰狞的青铜饕餮，实乃春秋之象；朴拙而有气势的乾陵石狮，实乃大汉之象；富贵而又秀丽的佛雕塑像，实乃盛唐之象。有人说，文人的职责就是为他时代的人文取象。的确，许多优秀的文人艺术家就是这么做的，如贾平凹的"浮躁"，张炜的"古船"[①]，就是

[①] 贾平凹和张炜有长篇小说分别名为《浮躁》和《古船》。

我们这一时代的人文心象。

事实上,要为整体时代和人文准确取象,是非常困难的,很多文人艺术家只能取到局部之象。如王朔的小说中的"橡皮人"、"顽主",便是城市边缘人的精神取象。而对于诗歌而言,由于文体思维方式和篇幅上的限制,就更难为整体时代和人文取象了。

20世纪八九十年代之交在诗坛"泛滥成灾"的"麦子",即是局部的人文取象。"麦子诗"的大量出现,绝不能简单看作是失去了创造力的诗爱者在追赶时髦,而是有着一经点破便不忍离弃的情由:其一,麦子是一种形象极为完美的作物,简直就是一切粮食作物的天然"形象代言",它是粮食的"抽象形象",堪为粮食的象征。而粮食,则是"物质中的物质",厌倦了自我情绪的急切表白和宣泄的诗人一旦稳住心神,回归物质和事实,必然先抓住粮食;其二,麦子是农村家园中最秀丽和温暖的风景,工业化时代被拜金主义冲击得失去了浪漫情怀的城市人渴望得到的是灵魂的安慰和憩息,于是他们抱定了麦子。

有人说,一个好的诗人,充其量只不过是为人类贡献几个鲜活的意象而已。应当说,这话达到了"片面的深刻"。是啊,雪莱贡献了"西风",艾略特贡献了"荒原",泰戈尔贡献了"月光"和"飞鸟",弗洛斯特贡献了"一条未走的路",他们已经被记住了。而属于我们自己的海子,在向我们指认了"麦子"之后,感觉到活下去再无意义,他便走了。

六 从一粒词、一个句子开始的诗歌写作

诗歌写作起源于什么?抒发情感的需要?驰骋想象的需要?表达思想的需要?从理论上讲都对,都没有错。

但我们在现代诗那儿遇到的情形常常却是:早于情感、想象和思想,诗歌写作,从一粒词、一个句子开始。也就是说,诗歌写作的原始出发点,常常是一粒词或一个句子在毫无预感和防备的情况下,在脑海中骤然而至,一下子打击、撞疼或照亮了我们的心灵。故此,一粒词或者一个句子,往往会成为诗歌宇宙大爆炸的那枚"原始质点"。

"在我的国家,城市或一所学校/生活在进行,在统一,在过冬/在死掉的人中/在童年的词中/在一滴泪水中过冬"(柏桦《请讲》)。一粒词,

能够成为不幸中之不幸者的庇护之所，让人流连忘返的精神家园。往往是出于对一粒词或一个句子的挚爱，我们开始了诗歌写作。要不是写作，这粒词或这一句子就可能会被丢掉——这就如我们拾到了一粒珠宝，会郑重其事地为它打造一只配得上它的盒子；或如我们拣到一块宝石，会想方设法把它镶嵌在帽冠上一样。这样，一粒词或一个句子之后的写作，就成了一种"围绕性写作"。

同理，正是出于对词和句子的钟爱，一些诗人干脆放弃了对"篇的完形"的追求，一任诗歌成为断片残简，只留下"钟的秘密心脏"（钟鸣语）。这样的诗歌往往无题，有些诗干脆以"作品第×号"或"断片×"之类名之。这些诗歌，成为了一种"诗歌口吃"。有什么妨害呢？哲学家维特根斯坦的表达不就是一种"哲学口吃"吗？而卡夫卡的散文，也是一种"散文口吃"。

现代诗歌的海洋中留下了多少光彩熠熠的句子啊，如"第一滴雨淹死了夏季，那些诞生过星光的言语全被淋湿"（埃利蒂斯），"黄金有天上舞蹈，命令我歌唱"（曼德尔施塔姆），"我们把在天上跳舞的心脏叫作月亮"（海子），等等。看到了这些句子，我们会成为一叶障目不见泰山之人，甚至可能成为买椟还珠之人。而一些不是诗人的人，也可能因为一两句精彩的表达，被人们当成真正的诗人顶礼膜拜，如说出了"我的时代还没有到，有的人在死后才出生"的尼采。

从词语的句子出发的诗歌写作，它会有怎么样的抵达？让我们看看王家新是怎么说的："从'词'入手而不是从所谓抒情或思考进入诗歌，导致的是对生命与存在的真正发现，并且在引领我渐渐从根本上去把握诗歌。现在对我来说，不仅诗歌最终归结为词语，并且诗歌的可能性，灵魂的可能性，都只存在于对词语的进入中。"[①] 难怪著名诗人翟永明把自己比作是"词语的土拨鼠"了。

七　现代诗的结构

首先让我们看看海子的一首诗歌。

[①] 王家新：《回答四十个问题（节选）》，《夜莺在它自己的时代》，北岳文艺出版社1997年版，第275页。

乡村的云

乡村的云
村庄
你们俩
是生活在水上的一对孩子

天上的云呵
请为幸福的人们打开
请为那些山坡上的
无处隐藏的忧伤的眼睛
打开

　　从这首诗中，我们无法看到诗人思想情感发展演变的轨迹，它来无踪，去无影，所谓"羚羊挂角，无迹可求"，仿佛朗朗晴空中唯一的一朵云彩，我们一抬头，发现它早已驻泊在那里。

　　如果说，新诗的第一代采用的是一种跟"散文"相仿佛的"线性结构"——其文字链是一个有头有尾、有起承转合、有伏笔照应、有低潮高潮的直线链，那么，现代诗则采用一种"跨跳式结构"，文字链呈现出纵横捭阖，曲折变化，首尾无端的姿态，它的语言直奔主旨，句与句似不相关，然而无不处于同一精神空间之内。紧接着一句诗的，会是怎样的下一行？在第一代新诗中，大体可由读者通过上下文前后关系推断出来，而在现代诗中，诗句的出现却更带突然性。以拳手的出拳来打比方：第一代新诗仿佛一连串的直刺拳，对手心知肚明，观众也感索然无味；而现代诗就是一连串组合拳了，令人防不胜防一筹莫展，观众也看得眼花缭乱了。

　　现代诗何以会采用这般结构？无他，不过是为了提高对"写作对象本质"的命中率而已。

韵律和节奏的和谐之美

——现代诗不应放弃的潜在性追求

"现代诗"是一个多义的概念，在不同的人那里，"现代"一词可能被赋予不同的意义内涵：其一，与"古典"相对，"现代诗"指有别于古典诗词的白话自由诗；其二，与"古代"相对，"现代诗"指现代文学发展阶段出现的新诗；其三，与"传统"相对，"现代诗"指符合世界诗歌审美潮流，具有现代主义思想和美学特征的诗歌。笔者这里所谓"现代诗"，是后一种意义上的概念。

有人以为，中国真正意义上的现代诗是在朦胧诗解体以后才得以建立的。[①] 照此意义说来，从"五四"前后到20世纪80年代中后期，中国现代诗的确立花去了漫长的70年时间。回顾现代诗走过的跟跄步履，其前身白话自由诗自诞生以来在形式上一直存在新格律诗（又称半格律诗或半自由体）与自由诗的对立，譬如艾青、戴望舒们与新月派之间的对立；而在语言形式上也有书面语和口语之异，譬如学院派与民间派之间隐隐存在的差异。应该说，新格律诗的传统对朦胧诗以前的当代诗歌保持了强有力的影响，这种影响甚至一直延续到朦胧诗——譬如舒婷、顾城等人的大部分诗歌。但朦胧诗之后，新格律诗的影响已绝少存在，在今天的诗歌创作中，几乎无人去注意什么格律，能够自然而然地将白话语体与格律不露痕迹地结合在一起的诗人，就更是寥寥无几。

其实，作为白话自由诗最早的探索者们的文学资源之一，也每每为中国现当代不同阶段成熟的现代诗人所取法的国外诗歌，大多数是非常讲究

[①] 陈仲义：《诗的哗变》，鹭江出版社1994年版，第7页。

韵律的。由于西方文字是一种语音文字，所以在部分诗人那儿，这一追求得到了空前的强调。我们可以从来自西方的"十四行诗"、"音步"、"音顿"这些概念中发现西方诗歌强调韵律的突出特点。与新诗在中国所走过的道路不同，西方诗歌讲究韵律的传统并未随着时代的变迁而有所不同。美国著名的现代诗人弗洛斯特甚至这样认为："一首诗有生命的部分是声调。"① 而俄罗斯小说家屠格涅夫则干脆把"声调"或"音调"上升到一切艺术形式的根本的高度："我以为，也在一切天才身上，重要的是我敢称之为自己的声音的一种东西。重要的是生动的、特殊的自己个人所有的音调，这些音调在其他每一个人的喉咙里是发不出来的。"② 且看弗洛斯特的这首诗歌——

　　　　深黄的林子里有两条岔开的路，
　　　　很遗憾，我，一个过路人，
　　　　没法同时踏上两条征途，
　　　　伫立好久，我向一条路远远望去，
　　　　直到它打弯，视线被灌木丛挡住。

　　　　于是我选择了另一条，不比那条差，
　　　　也许我还能说出更好的理由，
　　　　因为它绿草茸茸，等待人去践踏——
　　　　其实讲到留下了往来的足迹，
　　　　两条路，说不上差别有多大。

　　　　那天早晨，有两条路，相差无几，
　　　　都埋在还没被踩过的落叶底下。
　　　　啊，我把那第一条路留给另一天！
　　　　可我知道，一条路又接上了另一条，

---

① 转引自李森《弗洛斯特、生活世界与男低音》，《荒诞而迷人的游戏——20世纪西方文学大师、经典作品重读》，学林出版社2004年版，第233页。
② 转引自雷达《论创作主体的多样化趋势》，《蜕变与新潮》，中国文联出版公司1987年版，第18页。

将来能否重回旧地，这就难言。

隔了多少岁月，流逝了多少时光，
我将叹一口气，提起当年的旧事：
林子里有两条路，朝着两个方向，
而我——我走上了一条更少人迹的路，
于是带来了完全不同的一番景象。

这是方平所译的弗洛斯特的传世名作《一条未走的路》。虽然诗歌翻译是用一种语言将另一种语言解冻或唤醒，作为另一种语言融化之物的此种语言很难跟它的生身之母一一对位，但是只要称得上是合格的翻译，它肯定遵守了"信、达、雅"的标准。所以，这首诗歌英文本貌的韵律与节奏的谐和这一重要特征，我们还是可以窥得见的。

同样，许多优秀的现代汉语诗歌，也是存在韵律节奏的和谐这一潜在性追求的。譬如戴望舒写的《萧红墓畔口占》一诗：

走六小时寂寞的长途，
到你头边放一束红山茶。
我等待着，长夜漫漫，
你却卧听着海涛闲话。

笔者之所以在淼淼诗海选出了这首诗，是因为著名诗人、诗评家臧棣称其为"一首伟大的诗"。姑且不论此诗能否当得起如此之高的评价，但可以肯定的是，它的确是一出色的诗篇。除却思想表达方面的简约和丰富构成的内在张力以外，它在语言上确如臧棣所言，是"干净"、"朴素"、"洗练"的。深究下去，会发现此种"干净"、"朴素"、"洗练"跟诗歌韵律和节奏方面的特点是分不开的：首先，这首诗逢偶押韵；其次，诗行字数为八、九、十字，较格律诗有变化而又不流于散漫不节；再次，字数非常接近的诗句在节奏（或称音顿）上却有所变化。

如果说，戴望舒的这首诗在韵律节奏方面的追求非常潜隐，以至于人们很难注意到技巧的刻意和存在的话，那么，请看另一些诗歌，这种追求就显得非常外显。如优秀的第三代诗人海子的《村庄》一诗：

村庄，在五谷丰盛的村庄，我安顿下来
我顺手摸到的东西越少越好！
珍惜黄昏的村庄，珍惜雨水的村庄
万里无云如同我永恒的悲伤

这是一首自由诗，但作得极有"法度"：1. 第一行前两个短句与第三句、末一句押韵；2. 长短句、散化句与整齐的对句参差交错；3. 叙述句与祈使句交错；4. 细抠起来，第三行对句中的"黄昏"与"雨水"二词存在"平平"与"仄仄"的变化。

我们很难说这些变化都是无意识的。也正是由于以上一些特点，这首只占四行的诗才显得疾徐有致，开阖自如，具有音乐旋律的回环往复之美。

以上所举，是非常短的抒情诗，应该说，其韵律节奏是易于把握的。20世纪90年代以来，诗坛引人注目地出现了一股新的审美风尚，那就是叙事性诗歌作为先锋诗歌重出江湖，拓展了主观抒情诗单打一的局面。如何使较长的叙事性诗歌克服冗长拖沓、枝蔓不节、平白空泛的毛病，防止20世纪五六十年代叙事诗的毛病再度重演？一些严肃的诗歌艺术探索者作出了令人信服的回答。譬如黄灿然的《亲密的时刻》一诗：

当我赶到将军澳医院，
在矫形与创伤科见到父亲，
他已躺在床上输葡萄糖液，
受伤的右手搁在胸前，包着白纱布；
母亲悄悄告诉我，父亲流泪，
坚持不做手术，要我劝劝他。
我只劝他两句，父亲
便签字同意了，比意料中顺利，
就像这医院、这病房比预料中
整洁和安静，周围都是翠绿的山，

护士小姐天使般友善——没错,
这里像天堂,或世外桃源。
手术后我喂父亲吃饭,
这是我们一生中最亲密的时刻:
由于我出生后,父亲就长期在外工作,
当我们一家团聚,我已经长大,
所以我们一直很少说话;
当我成家立室,搬出来住,
我跟父亲的关系又再生疏,
每逢我打电话回家,若是他来接
他会像一个接线员,说声"等等"
便叫母亲来听,尽管我知道
我们彼此都怀着难言的爱。
而这是神奇的时刻,父亲啊,
我要赞美上帝,赞美世界:
你频频喝水,频频小便,我替你
解开内裤,为你衰老而柔软的阴茎
安放尿壶——你终于在虚弱和害羞中
把我生命的根敞开给我看:
想当年你第一次见到我的小鸟
也一定像我这般惊奇。

　　这首诗自始至终都是平白如话的日常口语,就像拉家常,使人觉得十分自然,但读着读着,就体会其中流溢着一种节奏和韵律。诗人押了许多句尾韵。第一组:院、前、山、善、源、饭、员、便、看;第二组:泪、利、室、帝、水、你、奇;第三组:布、术、聚、住、疏、裤、壶;第四组:大、话、家;第五组:接、刻、界。诗歌的用韵,不光体现在行尾,而且体现在句中。另外,前三组为主韵,交错散布于整首诗中,后两组用得少的韵,押韵的句子则靠得较近。这样一些用韵的特点,很难说不是诗人苦心经营的结果,实则显得相当随意和自然。"间关莺语花底滑,幽咽泉流冰下难",诗歌的用韵,再加上严格控制的节奏,(前缓后急,跟叙事的推进相适应），使得这首诗疏密有度，不紧不松，自由而又严谨，齐整而又舒缓。假如这首诗完全不顾及韵律和节奏，表现得散野无度，那么它就变成生活流水账了。

　　现代汉语的语言特点，决定了现代诗的表达和格律完美地会通和合是非常困难的。当前，现代诗的创作遇到了许多问题，但问题之一是"自由度"过于强大，漫无节制。许多诗人作诗已经不再有任何文体约束和形式追求，构成诗歌的唯一要件——诗句本身已不再有汉语文字本有的丰润与琳琅之美。所以，师法中外格律诗传统，注重诗歌的形式和语言追求，重视汉语曾有的缜密、严谨和辉煌，应是诗歌自赎的一条良好途径。当然，笔者这里所谓师法中外格律诗传统，并不是要叫现代诗重新拾起传统格律，退回到古曲诗词的老路上去。笔者强调的是，现代诗虽不一定要讲究用韵，严格规定平仄，但却应有韵律和节奏方面的潜在性追求，以尽可能展现现代汉语文字应有的活力、光彩和魅力。

爱情因无谓错失而感人

——爱情小说模式化叙事一种

爱情是亘古难变、常写常新的文学母题。在小说家笔下，更是出现了无数催人泪下，令千百万读者如慕如怨、如痴如醉、似哭还笑、似傻却癫的情爱叙事。不知有多少读者，在读了他们喜爱的爱情小说后，情不自禁将小说中的某位主人公当作自己爱恋的偶像，如揽镜见熙凤后的贾瑞那般，陷入一种妄想狂式的精神迷幻状态。据信，歌德的《少年维特之烦恼》和曹雪芹的《红楼梦》，是文学史上最为迷人的爱情小说，说不定也是引发读者精神疾患最多的两部小说。

那么，在小说叙事中，爱情到底因何而感人？或者说，让读者深深喜爱，甚至深陷其中难以自拔的优秀爱情小说，在叙事学上有无规律可言？

大家熟知"有一千个读者，就有一千个哈姆雷特"这句著名格言。我想，有一千个作家，也会有一千个维特，一千个林黛玉。也就是说，著名的爱情小说，一篇有一篇的格调，一篇有一篇的风姿。正如世界上难以找到两片完全相同的树叶一样，你也无法找到两篇完全相同的爱情小说。但是，读者的阅读体验和感受却是循着大体相同的心理学规律的，作家作为创作者和阅读体验者，也是不自觉地循着读者的感受、体验特点而进行创作的。

其实，荡气回肠、可歌可泣的爱情小说叙事，无非可总结为两大模式，其一是千难万险之后的大团圆，所谓"山重水复疑无路，柳暗花明又一村"，或曰"踏破铁鞋无觅处，蓦然回首，那人却在，灯火阑珊处"。其二是顺风顺水之后的大错失，所谓"刘郎已恨蓬山远，更隔蓬山一万重"，或曰"桃花落，闲池阁。山盟虽在，锦书难托"。如若详细分剖，此两大类型中，肯定还可以区分出若干小的类型或叙事模式来。这里，笔者要谈的是第二类型即悲情小说这一爱情叙事模式。

张承志的《黑骏马》发表于1982年，后获全国优秀中篇小说奖。作品以辽阔壮美的大草原为背景，以一首古老的民歌《钢嘎·哈拉》（即《黑骏马》）为主线，以优美的旋律，舒缓的节奏，再现了草原民族的风俗人情，描写了蒙古族青年白音宝力格的成长历程，而其叙事重心，则是他和索米娅的爱情悲剧。小说叙事的基本框架是这样的：

主人公白音宝力格在孩童时期，被公务繁忙的父亲寄放到蒙古额吉（妈妈）家里抚养，他和额吉的小孙女索米娅成了青梅竹马的玩伴。渐渐地，他俩长大了，随着青春期的到来，两小无猜的他俩开始有了小小心事和羞涩。自然地，他俩悄悄地爱上了对方。明察秋毫的老额吉希望俩人能早点成就姻缘，成为这个家庭的主人，但是，两个纯洁的年轻人，把最美好的期望留给了未来。后来，白音宝力格被抽调到旗里去学兽医，在出门在外的一段时间里，他心爱的索米娅被一个草原流氓——长相丑陋的希拉奸污且有了身孕。白音宝力格回家后，很快知道了事情的真相，他想，如果索米娅能够解释一下，他就会原谅她的，但可能是出于惭愧，索米娅没有这样做。万分委曲的白音宝力格，就决绝地离开了他的家乡和他的亲人。他一个人举目无亲在外地生活和工作了十年左右时间，在无数次饱尝了人生的酸辛，吞咽了生活的苦果之后，他开始懊悔血气贲张的年轻时候的抉择。但是，当他火急火燎赶往家乡，去寻找被他轻易丢掉的人生幸福时，一切都已经太迟太迟——他心爱的姑娘索米娅，早已嫁到远方去啦！等到他翻过一道山梁又一道山梁，蹚过了一道河水又一道河水，终于找到索米娅时，她已成了四五个蓬头垢面的孩子的母亲……

这里，暂且不忙去分析这篇作品。同样是1982年，作家路遥发表了他的著名中篇《人生》，该作也获得了全国优秀中篇小说奖，而且，也跟《黑骏马》一样被搬上了银屏。

小说主人公高加林是一位有理想、有涵养的好青年，高考落榜后，不得不回到村里当了一名小学民办教师。高考失败，对于志向远大的他来说，本来就是一次十分重大的打击，谁料想，好不容易得到的教师名额很快就被大队支书的儿子给挤占了。这样，他只好回到家中，和他的祖辈父辈一样，面朝黄土背朝天干起了农活。劳动中，万分苦闷的他近乎自虐地使着蛮力，时间不长，他已心力交瘁。这一切，被同村善良、温柔、美丽、贤惠的巧珍姑娘看在心里。她似嗔似怨、好言好语地规劝和安慰他，并暗暗地帮助他。高加林被这润物无声般的爱打动了，正当一对年轻人甜蜜地向往着他们共同的未来时，生活的转机来到了——高加林曾当过副师政委的叔叔从部队复员，当上了地区劳动局的局长。在叔叔的关照下，他得以进到县城当上了一名通讯干事。由于富有才华，他很快成长为一名业务骨干，成了一名地道的城里人。高加林的高中同学黄亚萍在县广播站工作，高加林的进步和变化令她十分欣喜，性格爽朗的她，主动接近并大胆地追求起了他。从感情上讲，高加林爱的是刘巧珍，但由于对事业前景的无限憧憬，再加上和刘巧珍的"共同语言"在慢慢减少，他虽然十分矛盾，但还是答应了黄亚萍的爱。谁料想，他走门子进城工作一事被人告发，他只好找黄亚萍断绝关系，仍然回到他的家乡。对于这个已经历人生磨难的年轻人来说，一切似乎还并不晚——可是，他幸福的渊薮，他曾铭心刻骨地爱过、直到现在仍还那么热切地爱着的巧珍姑娘，已无望地嫁给了他人……

以上两篇小说，在叙事模式上显出惊人的相似。如果砍掉两棵小说之树上那些翠绿的枝枝叶叶，只留下兀立的主干，不难发现惊人的相似之处。首先，处于同一环境中的一对年轻人，万分甜蜜地相爱了，他们爱得那么纯洁，那么浪漫，他们的爱，美好得让人艳羡；接下来，男青年由于事业的原因去了外地，他的心理产生了变化，并轻率地舍弃了他的所爱；再后来，生活的磨难和真诚的反思令他无限愧悔，痛不欲生，他开始了回头的找寻；最后的结局是，一切都为时已晚——遭受了巨大的精神创伤的女主人公，已无望而落寞地远嫁他乡。

我们不必为这两篇小说的相同面相而感到奇怪：它们出现在同一年，压根儿就不存在自觉不自觉相互借鉴或受启发的可能。如果一定要分析它们相似的理由，这理由就是作家的情感思维和心理定势。

那么，在中外文学史上，是否还可以找出这样一种情节模式的长篇小说呢？肯定有，而且还不会是孤例，在笔者的阅读范围内，最典型的要数19世纪英国作家哈代的《德伯家的苔丝》。

苔丝是一位美丽善良的农村姑娘，由于家境所迫，不得不听从父亲之命，到假冒的"武士世家"德伯老太家去认亲。德伯老太的儿子亚雷见这个姑娘长得漂亮，便装出一片好心，让苔丝在他家帮忙养鸡。三个月后，亚雷奸污了她。苔丝失身之后，带着心灵和肉体的创伤回到父母身边，发现自己已经怀孕了。她的受辱不仅没有得到社会的同情，反而受到耻笑和指责。婴儿生下后不久就夭折了，痛苦不堪的苔丝决心改换环境，到南部一家牛奶厂做工。在牛奶厂，她认识了出身于富有的牧师家庭，才26岁的安玑·克莱。在共同的劳动生活中，前程远大且富有追求的克莱和出身贫寒的苔丝姑娘真诚相爱了。新婚之夜，苔丝下定决心，把自己的"原罪"原原本本地告诉了心上人。但在听完了苔丝的"忏悔"之后，貌似开通的克莱不仅没有原谅她，反而一走了之，只身远涉重洋到巴西去了。

被遗弃的苔丝心碎了。她孤独、悔恨、愤慨、绝望，但为了全家的生活，她只好默默承担起生活的苦难。而苔丝的罪愆似乎无边无岸：她居然又碰到了已当上了牧师的亚雷，而且遭到了他的无耻纠缠。栖身无所，对生活已彻底绝望的苔丝，只好含垢忍辱与亚雷同居在一起。

克莱在巴西贫病交加，也历尽了磨难。他后悔当时遗弃苔丝的鲁莽行为，决定返回英国与苔丝重归于好。克莱的归来，犹如一把利刃，把苔丝从麻木浑噩的状态中刺醒。在绝望中，她亲手杀死了亚雷，两个知心人在荒野里逃亡，度过了数天极度欢愉、劳累和刺激的生活。小说最后的结局是，在一个静谧的黎明，苔丝被捕，接着被处绞刑；而克莱则彻底洗心革面，遵照苔丝的遗愿，带着苔丝的妹妹开始了生活的新征程。

就叙事模式来说，这部长篇，简直像是为两位中国作家提供的绝好的模板。但是，可以肯定地说，三篇小说的相似只是一种偶然。而且，这种偶然在文学史上并不鲜见——譬如，鲁迅《伤逝》，也是一篇具有如上所述的情爱叙事特点的小说。

细节相似，其由可能在人；模式一致，其由定然在道。这个道是文道，而文道从乎人道，也即是心灵之奥秘。文学史上最为著名的爱情叙事十之八九是悲剧，而"幸福相恋却轻易放弃割舍—阅尽风尘之后忽又心生悔意—回首寻觅良人已嫁他人"此一叙事模式，比之于信仰不睦、家庭障碍、地位殊隔、恶人作弄等因由而造成的棒打鸳鸯飞的悲剧，更见其悲：让主人公抱憾不已、悔青盲肠的是，此悲剧是自己率尔造成，此情何堪，恨恨哪可论也！另外，这一叙事模式也十分方便地使主人公成为一位痛苦而又悔恨的忏悔者,使得叙事十分自然地走追悔、抒情、反思的笔调,主人公的遭遇被偷偷"移情"到读者身上,如此,无辜的读者就成了悲剧的创造感受者。

综上所述,可得出如此结论:率尔作别,无故错失,乃爱之大痛,悲中之悲——相信此即中外不少悲剧性爱情小说叙事模式雷同之因。

长篇小说作家应牢记"写作困难"

德语文学最优秀的代表、《无个性的男人》的作者罗伯特·穆齐尔,被文学评论界认为是与乔伊斯、普鲁斯特并列的20世纪三大心灵小说家。其作品的难产度在作家群中恐怕是绝无仅有的。例如,为了撰写两篇总计一百多页的小说《爱情的完美》和《宁静的维罗妮卡的诱惑》,他用了整整两年半的时间,而且用他自己的话来说还要"没日没夜地工作"。至于他的代表作《无个性的男人》的写作故事则更属离奇:穆齐尔从1905年开始构思这部小说,20年代开始动笔,前后易稿凡20余次,一直到1942年去世,作品仍然没有完成。也就是说,这部小说的创作花了近40年的工夫(当然,它也是一部百万字以上的文学巨著)。穆齐尔把他常常陷入的困难的写作状态称作"写作瘫痪"。他甚至说:"我的传达欲望极其微少:已经偏离开作家的类型了。"

这个例子让笔者特别感慨。我联想到了今日中国长篇小说创作的某种情形。毋庸置疑,近十年来是中国长篇小说创作的高潮期。据统计,进入20世纪90年代后半期,中国长篇小说的年产量达到了800—1000部,[①]这个统计肯定未能把自费出书等诸多市场条件下的出版情形囊括在内。也就是说,近些年长篇小说的实际出版量肯定要远远大于这个数字。近十年来,的确也出现了相当数量的优秀长篇小说,诸如陈忠实《白鹿原》、韩少功《马桥词典》、张承志《心灵史》、张炜《九月寓言》、史铁生《务虚笔记》、张贤亮《习惯死亡》、王安忆《长恨歌》、阿来《尘埃落定》、余华《在细雨中呼喊》、林白《一个人的战争》、铁凝《大浴女》,等等。

---

① 朱栋霖等主编:《中国现代文学史:1917—1997》(下册),高等教育出版社1999年版,第187页。

但将之置诸于新时期小说发展史,则不由人不发"草盛豆苗稀"之叹。

另一个尖锐的问题是,上述所举的长篇小说,能否经得起历史的检验?是否已构成了一个时代的精神经典?在世界文学的大系统中看,中国的这些长篇小说家们是否有了一些意味深长的创造、突破和贡献(这和是否获得诺贝尔文学奖是两码事)?我想,这些问题,恐怕是谁都难以乐观地给予肯定性回答的。

值得重视的是,近些年来,长篇小说创作严重缩水的现象非常显豁。这一现象,除了受市场直接导向和影响的那部分创作,作为人类灵魂工程师的严肃作家的创作也概莫能外。譬如,刘震云两百万字的《故乡面和花朵》。关于这部作品,出现了两种针锋相对的争论。摩罗和杨帆就曾认为,由于这部作品的写作,刘震云"实际上已经是卓尔不群的大作家"。而朱向前在肯定这部作品"体现了汉语想象的无限可能性"的同时,指责这部作品"几乎是要以它骇人的长度、纷繁芜杂零乱的意象和晦涩艰深絮叨的语言干脆拒绝人的阅读"。更多的批评者倾向于认为,这部作品是一部乏味的作品,这样一场马拉松式的写作,只不过展示了刘震云惊人的写作耐力,如此而已。

朱向前如此称赞刘震云:"伏案八载心无旁骛的严肃创作态度"是"毋庸置疑"的。而笔者认为,尽管"心无旁骛",他的创作速度仍然是惊人的——比较罗伯特·穆齐尔,就更容易使人得出这一结论。当然,笔者并不是一个简单的唯速度论者,决不会只以写作速度的快慢来推论写作水平的高下。历史上,写作速度极快同时又具有相当高的写作水准的作家不乏其例。譬如巴尔扎克,在51年的有限生涯里,写出了上百部小说,光是从1836年到1842年的6年时间中,就写出了30多部作品,其中有不少名垂世界文学史的小说经典——假如没有写出真正优秀的小说,那么写作的这种高速度就非常可疑甚至可怕了。

如前所述,穆齐尔的《无个性的男人》前后易稿凡20余次,事实上,这样严谨的写作态度在中国文学史上并不鲜见:杜甫等诸多中国古代诗人的"吟成一个字,拈断数茎须"、"两句三年得,一吟双泪流";曹雪芹作《红楼梦》时的"披阅十载,增删五次"、"字字看来皆是血,十年辛苦不寻常",便是典型。其实,当代中国又何尝缺乏这样严格艰难的创作实例呢?譬如20世纪50年代杜鹏程在写《保卫延安》时,就经历了不亚于打一场文字战争的创作情形。作者先是在前线亲历采访，积累了十几斤重的笔记资料（小说定稿只运用了其中20%到30%的内容），4年之中九易其稿，反复增删数百次（必须注意到是一种纯手工抄写的状态），把百万字的报告文学，改为60多万字的长篇小说，又把60多万字变为17万字，又把17万字变为40万字，再把40万字变为30万字。——这一难产的创作情形，似乎是它以后悲惨命运的一种征兆：该小说出版后5年，因彭德怀事件，小说被下令封存，就地销毁。再譬如，20世纪80年代张炜写《九月寓言》，短短20多万字便足足用了6年时间——值得一提的是，作者是在一种半隐居的状态下奋力写成的。

仍然回到穆齐尔。他的传记作者波格罕认为，穆齐尔正是德国文学的另一个伟大代表托马斯·曼定义上的那种作家——托氏认为，"作家就是那种写作困难的人"。这一颇为吊诡的说法，恰恰击中了今日中国许多长篇小说写作者们的要害。在此，笔者所能开出的仍然是既老又旧的药方，即"板凳要坐十年冷，文章不写一句空"——简言之，少点数量，多点质量。

黑暗中的芳香与河流里的浮沫

——关于电影与电视区别问题的美学思考

对于20世纪七八十年代以前的人来说，电影往往和他们孩提时代最美好的记忆联系在一起。电影甚至成了那些年月不少人心灵成长的秘密钥匙——影人周迅的成长就是一个最为极端的例子，假如她的父亲不是电影放映员，假如她的童年不是伴着如梦如幻的电影声画昏昏明明地度过，她以后走上的，恐怕会是完全不同的另一条道路。而今，儿时黑暗而暖人的电影院，要么被从飞速扩张的城市中驱逐——据报道，一些人口达数十万之众的中等城市由于没有电影院，人们不得不驱车前往另一座城市看电影——要么已蜕变为媚雅的小众的圈子，你得有那么一点绅士气或时尚味才敢涉足。

在今天，电影业的式微已是不争的事实。虽然电影业的投资愈来愈大，电影产品愈出愈多，但无改于这样一个后果：电影观众愈来愈少。更多的人早已习惯了坐在家里，紧握着遥控器看电视。不无吊诡的是，在不少家庭中，遥控器优先控制权的有无，实实在在地体现着家庭成员的地位和话语权。

这里，姑且不去谈论电影式微而电视覆盖了人们生活的原因，笔者所要追问的是，作为艺术审美形态和文化时尚的电影和电视，二者的区别到底何在呢？

法国人居伊·戈梯埃曾在其《影视纪录片之争》一文中指出："电影与电视的区别不在于（而且越来越不在于）物质材料的不同，而在于这样一个事实：我们面对的是两种不同的想像和意识形态基础的机器。电影纪录片拥有记忆和历史，拥有自己的神话和传说，而且得益于'幽暗大厅的芳香'。电视纪录片参与制造流行文化……"这篇文章谈论的是法国纪录片领域中电影与电视的争端，但结论显然已经溢出了电影纪录片与电视纪录片，而涵盖了更大范围的概念：电影与电视。

"幽暗大厅的芳香"一语中，"幽暗大厅"指电影院，"芳香"则显系对电影的赞美。由这一比喻不难看出法国知识分子对电影的偏爱，这种偏爱乃相对于电视（剧）而言。

生于1942年的德国传奇导演维尔纳·赫尔佐格，是一位对电影的本质有着极为深刻的理解的导演。他总共拍摄了45部电影，除了11部故事片而外，其余的都是"纪录片"，其代表作有《生命的迹象》、《寂静与黑暗之地》、《陆上行舟》等。但他不认同"纪录片"这个词。也就是说，当别人将他的很多重要影片归为"纪录片"时，他觉得是对他的电影艺术的一种误解。

"事实"与"真相"、"标准"与"启示"、"观光客"与"徒步人"，这是赫尔佐格常常挂在嘴边的一些概念，对这些概念的区分与阐释，能够帮助我们理解他关于电影的核心理念。他批评欧洲新电影浪潮中的"真实电影"观念是过于简单地理解了真相，认为，那些自以为拿上摄影机"尽量诚实"地拍摄，就可以"轻松获得真相"的想法是天真的。他曾这样批评"真实电影"："我宣布，所谓的真实电影全无真实可言。它触及的仅仅是表面的真相，会计师的真相"，认为那样的拍摄得到的只是流水账的"事实"，挖到的不是宝藏，是石头。

"事实制造出标准，真相则带来启示"，赫尔佐格如是说。他认为"真相"是"诗意的"，但不是"香草冰激凌式的情感"的诗意，不是什么"倾听生命之歌"的诗意，更不是"明信片"风光的诗意。在他看来，大自然从来没有发出过"母亲般的呼唤"，月亮也是迟钝的。他觉得，诗意往往是坚硬的，黑暗的，残酷的，甚至是疯狂的——难怪赫尔佐格会有这样吊诡的表达："电影不是文人的艺术，电影是文盲的艺术"。他所看重电影的，不是人文艺术层面的先期精神寓含或构制，而是镜头的力量。

赫尔佐格倡导电影人做"徒步人"，不做"观光客"。他认为"真实电影"是"事实"的古老废墟上浮光掠影的"观光客"，而要追求更深层次的真相，就要"徒步行走"，忽略那些五光十色的"事实"，放弃一切约定俗成的思想，在行动中去"发现"。

赫尔佐格对"真实电影"的伪艺术精神的无情揭驳，完全可以用来解析当今时代人们所普遍钟情的电视艺术。套用赫尔佐格的话说，电视提供的是"事实"而非"真相"，制造"标准"而不带来"启示"。迷恋于看电视的人只是一种精神的"观光客"而非"徒步人"。电视带给人的"诗意的"情感只是"香草冰激凌式"的情感。事实上，赫尔佐格就明确地表达过对电视的鄙夷，他说："读书让人拥有世界，看电视让人失去世界"。

赫氏之言，跟法国学者菲力普·彼拉尔的论断何其肖似。彼拉尔说，"电视是一种遗忘的机器。"——电视是遗忘的机器，那电影呢？我们当然补充得出彼拉尔的潜台词："电影是记忆的工具。"而彼拉尔之论，又让人联想到著名导演戈达尔一句更为辛辣的格言："电视制造的是时间而不是作品"。

话说至此，忽又想到被誉为"作家们的作家"的阿根廷小说家博尔赫斯。这位奇幻文学大师，当别人问到他对报纸的看法时，他说自己从来不看报纸，50年不看报纸，50年后的生活还是今天的生活。也就是说，在博氏看来，报纸上的记录只是一些浮光掠影的生活浮沫，并没有揭示出生活的真相。博尔赫斯一辈子从没写过长篇。除了失明和体力等方面的原因，这还跟他对长篇小说本质上的鄙夷有关，他说，所谓长篇就是将一个几万字就能说得清楚的故事变成一个五百页的胡闹。笔者举此例当然是为了说明电视的本质——电视不是别的，就是博尔赫斯眼中的报纸和长篇小说。

以上对电视的鄙薄当然无改乎电视的某种繁荣甚至骄傲。好作惊人之语的传媒大亨麦克卢汉早在20世纪70年代就说，"我们是电视屏幕，身披全人类……"多么耸人听闻又多么深刻！形象地说，电视已成为包裹所有人的无形的精神气泡，你可以鄙薄和指责它，但你又很难离开它。电视片和电视节目孕育的是流行文化、明星崇拜和消费心理。以传统的眼光看，电视所代表的文化杂烩，没有根基，没有来历，不成系统，不成气候，一切都是组装的，拼凑的，即兴的，以随心所欲代替了精心构思，以现买现卖代替了陈年窖藏。近些年来，电视作品更出现了明显的变化，甚至将相亲择偶、男女私情、家庭纠纷、伦理困惑都摊到电视和网络上来，在摄像机和公众目光的注视中来讨论，其中不少事端，其复杂和纠结的程度甚至超过了电视剧。现实生活中的常人，就此成了在电视上进行表演的男女主人公。这与其说他们是在寻求解困之道，不如说是通过电视以满足自己诉说和表达的欲望。

"看电影时，你坐在那儿看银幕，你就是摄影机的镜头。看电视时，你则是电视屏幕……看电影的时候，你向外进入世界，看电视的时候，你向内进入自己。"这段关于影视的谈论，是麦克卢汉最精彩的表达之一。这里，笔者愿在此基础上作进一步发挥——

当我们赶在一个固定时间进入电影院，面对着黑暗尽头唯一的一块亮光，我们屏息敛气，我们一眼不眨，是在跟从，也是在审视，更是在仰望。电影，在彼岸，看电影时，我们是在做一次精神的跋涉或洗礼。而看电视，则完全不同了，茶余饭后，歪着斜着，衣冠不整，爱怎么着怎么着。当然，最好是一个人随意地摁来摁去，看着看着，往往就困了，就睡着了。多像是一场被别人规定了方向的遐想或毫无出路的自恋啊。你说呢？

第三辑
邂逅与阐释

天水青年小说作者创作评论三题

天水有着古老的历史文化传统和深厚的人文底蕴，在甘肃50年当代文学史上，也曾有过一个"郁郁乎文"的兴盛时代，其中尤以小说创作为最。自20世纪五六十年代直到80年代中期，就出现了黄英、蒲士义、李益裕、李茂林、匡文立、庞瑞琳、浩岭、牛正寰、陆新、李胜果、虞大伟、刘芳森、周如镜、胡迅雷、彭仲杰、张云、陈景瑶等一大批卓有实力的小说作家和业余作者。曾被誉为"陇上五朵金花"的匡文立、牛正寰、周如镜、庞瑞琳、何道华，当时全在天水地区生活和工作。在这个颇为庞大的创作方阵中，还曾出现了在全国产生了相当影响的作家和作品，如牛正寰《风雪茫茫》、浩岭《新月》、陈景瑶《雁南飞》等。进入20世纪80年代以来，随着这个队伍中的骨干力量被调兰州，天水市的小说创作就陷入了低谷。

令人欣喜的是，90年代中期以来，天水市小说创作的低迷局面有了很大改观。尤其自1997年起，天水文坛上小说的声音逐年加重，成长起来一批年龄轻、起点高、势头劲的作者，其代表人物是周应合、卿晓晴、王小风、彭有权、薛林荣几位。本文拟分析评点周应合、王小风、薛林荣三位作者小说创作的得失，以期引起读者和评论界的注意。

一　周应合：双手捧出了农民的歌哭与死生

在天水文坛上，周应合无疑是最令人感动、最具有榜样意义的作者。这个地地道道的农民，不声不响地从事着文学创作，等人们发现他时，他已经拥有骄人的创作成绩了。1999年，他的《占媳妇》引人注目地获得了"华浦杯"甘肃省短篇小说大奖赛一等奖（另一名一等奖的获得者是

1992年全国优秀短篇小说奖的得主、甘肃省著名小说家柏原），后来，该小说又获得了甘肃省第三届敦煌文艺奖三等奖。可以说这是20多年来天水文坛获誉最高的一篇小说。接下来的几年中，周应合又拿出了《麻犬子》（《飞天》2000年第10期）、《交粮》（《飞天》2001年第2期）、《古玩朋友马稳》（《飞天》2002年第6期）等三个中短篇小说。

  周应合的创作是不追求速度的。他进行的是一种披肝沥胆、抉心自食般的艰苦写作。这个真正的农民对农村生活的深入体察和抒写，不禁使人想起青年诗人伊沙那首著名的诗《饿死诗人》来。这首诗是这样写的：

> 那样轻松的　你们
> 开始复述农业
> 耕作的事宜以及
> 春来秋去
> 挥汗如雨　收获麦子
> 你们以为麦粒就是你们
> 为女人迸溅的泪滴吗
> 麦芒就像你们贴在腮帮上的
> 猪鬃般柔软吗
> 你们拥挤在流浪之路的那一年
> 北方的麦子自个儿长大了
> 它们挥舞着一弯弯
> 阳光之镰
> 割断麦杆　自己的脖子
> 割断与土地最后的联系
> 成全了你们
> 诗人们已经吃饱了
> 一望无边的麦田
> 在他们腹中香气弥漫
> 城市中最伟大的懒汉
> 做了诗歌中光荣的农夫
> 麦子　以阳光和雨水的名义

> 我呼吁：饿死他们
> 狗日的诗人
> 首先饿死我
> 一个用墨水污染土地的帮凶
> 一个艺术世界的杂种

不客气地说，当许许多多的城市"小资们"在忙着虚构他们自己的"农村乌托邦"，干着用"墨水污染土地"的勾当时，周应合在农村"挥汗如雨"地从事着他的写作。他不是什么知识分子，但是，他对农民的抒写，恰恰映照出了许多知识分子人格的孱弱和灵魂的苍白。

一个知识分子最可贵的品格是什么？笔者以为，是在整个社会变得泥沙俱下、美丑杂陈之时，仍然保持其独立不移的品格，以"我不入地狱，谁入地狱"的牺牲精神，时时发挥其社会批判职能。职是之故，一个关注农村生活的作家，理应自觉地担当起伤民病痛、为民请命的责任。

周应合的可爱和可贵之处，正在于此。他不是农村生活的"外路人"，也不是农村艰苦生活浮光掠影的观光客，他是真正置身其中的。他就如农村这个巨人的纤细神经，感应着农民生活的悲酸和农村出现的变化。他在观察和表现时，选取的是和农民完全平等的内在视角，读他的小说，我们有着一种感同身受的亲切。

生活就是最好的小说，这是文学理论的老话题了。对于农村生活而言，更是如此。可是有谁真正记住并将之奉为圭臬呢？也许，从周应合这里，我们能够重新忆起这一启示。他的小说，是没有隐晦，没有矫饰，没有遮掩的。他奉献给读者的，是原汁原味的生活——而生活本身就是深富感染力的。

《占媳妇》无疑是作者最优秀的作品。周应合带着深切的感伤和同情，向我们叙说了一个普通农家为给老二占媳妇，拼死拼活没命地劳作，最后却落得鸡飞蛋打的悲辛故事。小说中，带着生活自身的体温、密度、厚度和质感的有意味的情节和细节俯拾皆是，给人的印象是，只要随便捉住一两个，稍加展开、打磨和抛光，就是一篇好小说。"生活"，这个为一些写作者日思夜想，为伊消得人憔悴的恋爱对象，对周应合来说，却非但不愁，反是有剩余的——这并不意味着，他只是一个把别人不拥有的生活以一种真诚和打动人的方式叙说出来的作家,和那些"做功"很深的作家相比,他同样具有眼光和技巧。小说中,占媳妇的老二全丁在偷砍了别人家的树木被捉住后,硬是让俊花的小手胳肢地招供了,胳肢得成了傻子,以至后来竟怕起了同样有一双小手的媳妇的细节,显示了周应合写实功力之外的形意概括能力。"魔幻"色彩的显露,确使这篇农村题材小说在更深、更悠远的意蕴中找到了归属。

《麻犬子》是部中篇小说,发表于《飞天》2000年第10期头条。应该说,这部有着一定长度然而缺乏引人入胜的情节的小说,是对作者写实功力和叙述能力的一次考验和检阅。小说沉着而精细地展示了麻犬子其人从一个小霸道变成了一个穷无赖,最后又变成了一个大骗子的详细过程。麻犬子的人生轨道上,留下了社会发展的各个时期消极因素的全部烙印,就此,小说的社会认识意义,是不言而喻的。但相对而言,小说对人性之恶与惰性的揭示,较为欠缺,从而没能使作品达到本应有的高度。

可以看出,作者描写的生活面,还是较为宽广的。周应合在生活的土壤里埋藏过久,他需要的只是如何打磨自己。也许,他无需急着改变自己的生活和创作路数。向生活学习,这对每个作家都是常讲常新的,即使对周应合这样一个刚刚从生活的海洋中打捞出来的人来说,也是最具有棒喝意味,须时时牢记的至理名言。

二 王小凤:于习见的生活中发掘着惊心之痛

我格外敬重王小凤作品业已形成的美学品格。

王小凤的小说创作起步于1997年,在四五年的时间里,她已发表了近二十篇小说,其中在省级刊物发表7篇。在天水近年的小说创作中,这个成绩是很了不起的。

王小凤的小说中,大多有一个对生活充满迷思和幻想的女性主人公——女学生、女教师或女职员。应该说,这个人物身上有着作者人生经验的或浓或淡的影子。王小凤总是淡而有味,有时似乎是有点饶舌地讲述着这个平凡的女性主人公的平常故事。在作者不慌不忙的讲述中,习焉不察的日常生活中血肉淋漓惊心动魄的一面便凸显了出来。王小凤总是惊奇着人们的麻木:人们啊,睁眼看看吧,你们处之泰然的生活是什么样子的，你们怎么可以这样去生活！

　　这意味着，王小风是一位相当自觉地省察和表现生活的女作者。她的小说无情地展现了现代人的生存悲剧。《小叶》（《飞天》1997 年第 11 期）是她的小说处女作，作品中的主人公小叶，本是一位对新生活充满憧憬的年轻学生，但走出校园时，她已大大地被改变，她的心灵已严重受伤，再也不见了往日的清纯；红果（《无处可逃》，《飞天》1999 年第 6 期）无端地做了对不起自己丈夫的事，又无端地给丈夫气受，可当丈夫要离开她时，她却"人死了纵便魂也要跟着他"；吴刚（《再见了，亲爱的梦中女孩》，《飞天》2001 年第 5 期）经常泡在酒吧里，给操皮肉营生的小姐不乏真诚地讲述着自己的人生经历和爱情的失落，但刚刚转眼，便再不见踪影，仿佛从这个世界上消失了；为业务整日奔波在外的罗大勇（《乍暖还寒时节》，《文学港》2001 年第 5 期）毫无来由地受着老婆的猜疑，但当老婆连续不断地吵闹和向他单位的书记作了虚假反映后，竟连给别人（极有可能性是客户）回手机的心思也没了；树生（《无根的树生》，《飞天》2002 年第 5 期）是一位堂堂大学教师，可因为家庭的困窘和性爱的不谐在家庭中捉襟见肘，显得非常窝囊……我们不禁要问，这一切到底是怎么了？其实，生活并没有发生突变，生活本来就是这等模样，问题是我们的灵魂早已变得麻木，并与我们的生活整日在一起蝇营狗苟、狼狈为奸，所以无从发现生活的病态罢了。

　　从这一意义上讲，王小风的眼光够"毒"的。她的小说理念，是极具现代感的。在她的小说中，你发现不了大波大澜的生活冲突和情感体验，她小说中的矛盾冲突，只能说是相对冲突。即使她笔下的人物身上出现家庭的破裂、情感的背叛，他们也能找到使自己心灵熨帖的办法，毋宁说，王小风在咀嚼"个体毁灭时的快感"时显得极为冷静，甚至可说是轻松自如。也就是说，她笔下的悲剧主人公和悲剧情节都被抹上了一层"丑"的色彩，她小说中的"丑"，并不是作为美的衬托和解释出现，相反，"丑"直接作为对象而被作者"审美"。这正应了夏斯勒之见："丑是被吸收到美的一种特殊和确定的形态中去的。而美的这种特殊的形态在每一种情况下都是由于丑的刺激而产生的。"[1] 王小风小说中表现出来的骄

―――――――――

　　[1]　［英］鲍桑葵（Bernard Bosanquet）：《美学史》，广西师范大学出版社 2001 年版，第 335 页。

傲大胆地咀嚼痛苦而为快感的审美特征，以敢于承受超负荷的痛苦和灾难而为精神胜利的哲学观念，体现了鲁迅、张爱玲以来中国现代部分优秀小说"视死亡为生存"的现代悲剧精神。就此意义而言，她的小说与崛起于20世纪80年代中后期的新写实小说有着相同的精神因子。

当然，以上精神表现，对王小风来说未必是自觉的。她的小说在艺术水平上也显得参差不齐，在其所有作品中，《无处可逃》、《乍暖还寒时节》、《再见了，亲爱的梦中女孩》几篇，是最为成熟的。在这些小说中，我们看到了作者业已形成的固定风格。她所运用的是一种貌似随心实则苦心经营的极为冷静的叙述语言，简直合于一些现代小说所标榜的以情感的零度介入写作的姿态文字细碎而又简洁，富于及物特征的表达充满了生活的质感和动感。一些小说中，还时时夹杂有张爱玲特征的冷眼早熟特征的深刻议论，这说明于生活观察和艺术表现两方面，作者都具有过人的精明。

在以上提及的优秀小说中，不乏让人叹服的设计和表达。如《再见了，亲爱的梦中女孩》中，浓缩进男主人公全部人生的三个故事（初恋的故事、老婆的故事和情人的故事），偏偏是在一个乱七八糟的酒吧里，由男主人公向一个"人尽可夫"的小姐不乏真诚地讲述的。人物名姓的巧妙设置（男的叫吴刚，女的叫嫦娥），也四两拨千斤般地获得了隐喻性的社会批判功能。另外，许多作品在写实意味的笔触中，还极为巧妙地贯穿着一些具有明显写意特征的细节。如《小叶》中的小叶，在不同场合都看到过一只受伤的小鸟；《无处可逃》中，叽喳的麻雀和肉乎乎的米虫数次出现，等等。这些细节的运用，使小说变得艺术和机巧。它说明，作者在小说艺术上，是有着明晰的向往和追求的。

目前，王小风创作上面临着如何超越自我的难题：她需要从有限的、狭隘的生活经验中脱身而出。她的小说，已经形成了较为浓烈的个人体验色彩和"以我观物"的既定观照模式。如能对此作出自觉的改变，相信她会进入一个更为广阔的天地。当然，这不是一个纯技巧问题。作者的人文素养、知识水平、审美意识等总体因素，最终会决定着她能够走出多远。当我们用如此严苛的眼光看王小风时，所包含着的期待之殷是不言而喻的。

三　薛林荣：尽情地享受着解构的快乐

薛林荣的小说创作起步于 1997 年。至今，他已在《飞天》、《短篇小说》、《西凉文学》等刊物发表了 8 篇小说。这虽然并不是一个让人眼热的数字，但已表现出来的创作潜质足以令人惊讶。要知道，他才是一个不到三十岁的小字辈，他开始发表小说时，才是二十出头的年龄。

作为一个 20 世纪 70 年代中期出生的作者，薛林荣有着中国 20 世纪 70 年代作家群的那种共性：他身上，你很难发现历史文化因袭所造成的思想负担，他有着相对轻松的道德理念和责任伦理，也有着相对轻松的文学艺术观念。比之于那些"根系过于发达"的文学中人，他显出一身的自在和灵动。他是那样轻盈：创作，成了他心灵放飞、自我愉悦的过程。

笔者熟知生活当中的薛林荣：他就像一块永不餍足的海绵，贪婪地吮吸着经过他口腔和鼻孔的任何水分。对文化和知识的敬畏与贪求，使年纪轻轻的他已获得了让人羡慕的较为浓厚的人文积淀和扎实的创作基本功。尤为难得的是，他对文化和知识的攫取不纯然局限于书本，他喜欢许许多多有意思有味道的事物，有时竟至于迷恋的地步。譬如，学画画和写字、摄影、打架子鼓、听流行音乐、捡拾陶片和石头、搜集旧唱片、老洋戏匣子、各式打火机，等等。这样一些看来有些浮泛甚至可说是华而不实的爱好，恰恰秘响旁通地助益了他的创作。

薛林荣对语言的各种特殊而有趣的用法非常敏感。譬如，他曾因本埠作家雪潇一篇小文中的一个修辞高兴了好几天——这句话其实也比较简单，叫作"秦武阳的筛糠之腿"。在我看来，这种青苹之末起风浪的能力，恰好是成就一个有不同追求和旨趣的作家的可靠生长点。

薛林荣对事物有意思的细枝末节非常敏感，尤其喜欢对常规语言进行颠覆和千奇百怪的嫁接。当他在"一个娘娘腔的奶油小生操着一口没屁眼的粤语报幕"这个句子中巧妙地将农村人骂人的一句粗语谐音作"屁眼"时，他一定享受到一种由语言的颠覆和重组带来的难以言说的快感。这样的例子太多太多。读他的小说，给人留下最为深刻的印象的，是语言。而充填在语言链条间的，是奇特的比喻和夸张，八杆子打不着的事物的自然组接，无所不在的调侃和反讽，令人忍俊不禁的幽默……譬如如下的一些句子：

"刚刚懂得窥伺女生的杜大每天梦想能看到班主任一丝不挂的裸体，他觉得那里边神秘地藏着百万军队，要么就深藏着几千吨神秘的水。"

"一个文弱书生竟长着令人生厌的胸毛，这好比把胡屠夫的胸毛移植到了举人范进身上，是不合逻辑的。"

"大头鞋目前正在上铺放屁，声如裂帛，既细又长，不一刻工夫，宿舍便如沼气池，不仅奇臭无比，而且有易燃倾向，划根火柴就能点燃空气。"

"杜大重重地把手拍在额头上并停留了半响。众所周知，这个动作一般表示痛心疾首。"

"人最宝贵的东西是生命，生命对于人只有一次，一个人的生命应当这样度过：当他得道成仙时，不为胡作非为而悔恨，也不因声色犬马而羞耻。"

（以上见《架子鼓教程》，《飞天》2002年第5期）

"石头卖力地挥舞着手臂，像遇刺之前的以色列总理拉宾。"

"我还注意到教室的上方挂着四张领袖的肖像……这可以作两方面的解释，一是该校的革命传统教育深入人心，二是学生和老师都很向往以四伟人头像为图案的纸币。"

（以上见《魂不守舍》，《西凉文学》2001年1—2期合刊）

"自从杨贵妃在华清池洗了几次澡后，唐朝就日甚一日地衰亡下去。"
（见《唐朝旧事》，《飞天》2001年第6期）

其实，薛林荣的小说就是一场自在的语言狂欢。他的小说，已基本摆脱了工具理性的强力束缚，摆脱了"言志"、"载道"的传统规范和框架，一丝不苟的修辞和有条不紊滴水不漏的叙述，文雅得就如一位英国老绅士。

那么，薛林荣小说的思想内核到底是什么？

在笔者看来，作者是一位生活的无情嘲讽者和解构者。他业已发表的小说从内容上可分为两类：一类表现了文化转型时期活跃而敏感的年轻学生和边缘化的小知识分子在新旧价值观念的夹缝中"魂不守舍"、无所适从的心理状态，如《夜色正阑珊》、《幸福的旁边》、《魂不守舍》、《架子鼓教程》；另一类是对貌似宏大而有秩序的黑格尔历史主义的无情拆解和重构，如《唐朝旧事》。两股力量定于一宗，那就是对生活的无情嘲讽和解构。

薛林荣小说的独特之处在于，他远远站在生活之外，挥弄着一把手术刀解剖着生活。在他看来，别人的生活是有问题的，甚至是可笑的。"这位站在地球边上放号"的年轻人，流露出了过多的机智和聪明，最为充分地显示着自己心智方面的优越感。调侃、反讽、自嘲、幽默等典型的现代小说技法的纯熟运用，使他的小说一反西北内陆作家作品的朴实和厚重，不期然地获得了先锋文学的明显特征，而且竟具备了些许后现代主义的精神因子。这对于地处文化底蕴瘠薄的西北偏远一隅的创作者来说，尤为难能可贵。

也许，薛林荣的优点也正是他的缺点。这个属蛇的年轻后生确有着蛇的精明，显得过于老成和奥古，有早熟之嫌。他的作品让我想起阿城《棋王》中那个飘逸隐士的话："你这般年纪，就这般棋道，我看了，汇道禅于一炉，神机妙算，光声有势，后发制人，遣龙治水，古今儒将，不过如此。"

一开始便拿出了有着"苍苍烟火色"的文字，令人在击节叹赏之余，不免揣了几分担心。

薛林荣的《夜色正阑珊》、《幸福的旁边》、《魂不守舍》、《架子鼓教程》中，普遍存在一个生活的旁观者和嘲讽者"我"的形象，显示出与被观察者心智上的巨大落差。孰不知，"我"也是巨大无形、无所不包的"社会尴尬"中的一个尴尬角色，甚至有着"零余人"的味道。所以，改变这种"我为刀俎，人为鱼肉"的社会剖解模式，对薛林荣来说，显得至为急迫——应该说，不能把解剖刀对准自己灵魂的知识分子，是担当不了文化使命的。

薛林荣要走的路还无比漫长。所以，热切地盼望着他能够抉心自食，锻铸心魂，增强使命意识。这里，笔者愿以杨炼诗歌《诺日朗》中的一句"偈语"与薛林荣共勉——

　　天地开启了，
　　一切，仅仅是启示。

赤足者的痛苦行吟

　　北斗本名彭有权，数年以前，他还一文不名。而今，他已是一个有了不凡实绩的创作者了。1998年，他在国内有相当影响的大型文学期刊《莽原》上发表了短篇小说《野婚》，同一年，另一个短篇《大虚症》在《飞天》（1998年第10期）发表，向着圣洁的文坛，他迈出了坚实的第一步。接下来数年之间，他又发表了十来个中、短篇小说。我们欣喜地注意到，一个嗓音虽显稚嫩，但是绝对地清亮纯正的歌者站起来了。

　　北斗是打着赤脚，带着满身的土腥气走进这座有些苍白的城市的。进入城市以前，这个浑身是劲、机敏过人的年轻人已在尘世摸爬滚打多年，已历练了许多同龄人未曾经见的世事和沧桑；这或许能够说明，北斗为什么能够在这个让他爱恨交杂的俗世上纵横游走应对有余。然而，北斗决不是城市生活中的一个行尸走肉者。城市容下了他的尸肉，却容不下他的灵魂。他在城市拼命捣腾，或许只是为了给他融入苍茫土地的退路留出更大的余地。

　　于一次次急猴猴返乡的间隙中，北斗的一篇篇小说问世了。对于这个没有接受过多少学校教育的作者来说，写作真有些难为他了。他的写作足以让人明白一个早已被许多人遗忘的古老真理：写作非关其他，而只源于对生活的热爱，源于一颗素朴敏感而又滚烫的心灵。

　　北斗是那么爱他的娘——他的家乡，他的土地。对农村风物、习俗和掌故如数家珍般的熟稔，是他的从文之本。譬如《野婚》中马大捣罐罐茶和《狮子王》（《花雨》2000年第2期）中惊蛰老爹舞狮子的细节描写，一定会让熟悉农村景象的风俗学家叹为观止。扎扎实实毫无夸饰的写实，是他创作的基本功夫。如《大虚症》这篇小说，就以巴尔扎克式的现实主义笔触，围绕着乡干部石头的一段工作经历，忠实反映了社会转型时期农村基层工作的艰难，石头的刻画也给人留下了难忘的印象。对于一个出身农村，接受教育少，文学素养远远谈不上深厚的作者来说，能够在作品中体现出扎实的写实功夫和冷静而有条不紊的叙事能力，实属难得。至为可贵的是，作品还能于写实笔墨之外，极其自然地透露出一种空灵来，使作品显得质实而又清空，简约而又丰富："大虚症"，既是主人公石头所患之身体病症，又是目下乡村一级政府所患之体制病症。显然，作品超越了有限的叙事内容，在一种象征性的涵括中找到了更具审美意味的悠远归属。类似于《大虚症》这样意义丰赡的超越性文本，在北斗的小说中并不乏其例。

然而，北斗1998年前后的小说创作还是较为单薄的。如他的处女作《野婚》，其情节是相当离奇的：四五十岁的老哥俩同时处着一个瞎眼的相好，并为此明争暗斗或惺惺相惜，演义了一场让人落泪的人生故事。作者显然想打破初涉小说者易犯的平铺直叙、主次不分、满堂灌式的叙事方式，注重节奏变化、详略有度、张弛开合，但把握的失当，反而使本可能自然质朴的叙事疙疙瘩瘩起来。另外，小说还存在更为明显的缺陷，作者只是构织起了一个有意味的故事框架，但带着生活自身体温的朴素细节的缺失，使得小说有些失真，人物性格难以立起来，就更谈不上人性开掘的审美层次了。自2001年始，北斗的小说出现了一些让人侧目的变化。在短篇《你是谁男人》（《花雨》2001年第2期）中，人物内心活动的本相替代了他原来小说中占中心地位的故事情节，这包含着作者小说观念变化的重要信息。未念过一天书，也从未出过家门的农村妇女笛儿，听说自己已连续五年没回过家的包工头丈夫胡麻在城里娶了小老婆并生了儿子，一下子变得怒不可遏，她想立马打到城里算帐。但当想到胡麻寄钱买衣的种种好处时，又似乎有点原谅他了。后经同村的"好事宝"猫儿女人从中撺掇，上了去城里的火车。当猫儿夫妇在火车上向她索要误工费时，又觉得是这两口子合谋算计她。终于找到了丈夫和他的小老婆，愤怒之余，又觉得他俩所生的胖小子可爱……小说虽以局外人的戏谑方式展开，然而，世风的薄凉与人性的迷离，仍然叫人不寒而栗。

2002年，作者始以北斗为名发小说，这似乎表明了他对旧我的不满和向新的创作高地进取的雄心。是年，《飞天》隆重推出了他的中篇小说《碎片》（2002年第8期），这也是北斗截至目前所拿出的最让人心仪的一篇力作。笔者所尊敬的批评家谢有顺说得好:"假如一个作家对他现在置身其中的日常生活本身没有切肤之痛,那么,他的任何记忆和梦想都是可疑的。或者说,一个作家如果对现在没有愤怒,那么他对过去肯定没有记忆,对未来也不会有恰当的想象。"① 就此而言,《碎片》标示了北斗的全部写作努力所达到的高度。这篇小说,是真正意义上的"当代小说"的一次合格的亮相:作者放弃了他擅长的虚构历史以形现历史和人性本相的艺术进路,也不再对日益严峻的现实生活作一种唯物反应论式的皮相揭示,超越了在目前的小说创作界较为普遍的以虚化日常生活、淡化灵魂冲突和放弃写作难度为特征的创作模式。在今天人类精神的尊严出现了严重的降格,人的生存和发展问题变得愈来愈严峻的情况下,小说应以怎样的面目参与人类精神的建设,这是每一个有良知的创作者都应当考虑的。小说界无需再成批克隆精神鸦片和文字垃圾。当我们这样去要求小说时,《碎片》的光芒便突露而出了。这篇小说把社会转型时期中国农村问题的复杂性和尖锐性暴露得淋漓尽致,简直到了令人惊悚的地步:村干部要交足税费,和赤贫户产生了敌视和对抗;小矿山在侵吞农民赖以活命的土地,缺乏管理的矿山在草菅人命;大老板欠打工者卖命钱的事司空见惯;得不到医疗的农民的生命贱如草芥……在北斗笔下,当代农村生活的悲剧性甚至以一种近乎荒诞的形式展开,使得我们在反思农村出现的种种弊端时,不得不在存在论的高度上展开。也就是说,北斗笔下的农村悲剧构成了对人类存在的合法性基础和人性盲点的追思和审问。也许,更为让人欣喜的,不是北斗对生存匮乏和人与世界的悲剧处境的残酷披露,而是他对精神的深度空间的执意求取。谢有顺说得好:"文学不仅要在生存的空洞里,展现出对神性惠临的期待,而且,还要进到信仰的光芒里面,对一切神圣美好的事物发出歌唱。"② 我们看到,充溢在北斗内心的,不只是道德义愤,更有对高贵精神的歌唱。在小说的一些情节中,如九儿用她瘦弱的脊背背上偷走了她家的牛之后又被误炸断腿的天赐去医院治病,并为了凑够医药费而不得不缩在一个小黑屋中卖淫这样一些貌似牵强的情节中,我们强烈地感受到一种源自底层,美好得让人落泪的朴素精神,而这种精

---

① 谢有顺:《这一代的爱情美学》,《话语的德性》,海南出版社 2002 年版,第 211 页。
② 谢有顺:《北村:写作能回家吗》,《话语的德性》,海南出版社 2002 年版,第 90 页。

神,正是对现代化进程中集体性人性堕落的无穷追逼,正是民族重新挣扎奋起的希望所在。

《共渡天涯》(《飞天》2003年第4期)是继《大虚症》之后,又一篇扎实的写实之作。小说展现了耍猴人父子秃秃和疙瘩同他们的一对猴子相依为命、艰难度世的悲辛人生。让人欣喜的是,这篇文字于沉着厚朴甚至显得有些四平八稳乃至于多少有些笨拙的叙述之中,显露出命意上的复杂性:父子二人作为生活底层人而特有的善良情感,以及他俩和猴子之间惺惺相惜的知遇之感,使得他俩的人性有了一种慰人的温暖光辉;城里人的冷漠奸猾,与乡里人的老实本分形成了较大反差;猴性的尊严,和人性的污浊形成了鲜明的对比,从而以猴性(人祖)检视和批判了现代人性的堕落……建基于当下现实的细微体察,而又指向人性终极考问的意义归属,使北斗的写作凸显出了重要的精神价值,并且显露出庄严的气象来。

而《骆马情仇》(《飞天》2003年第12期)一作,则更为充分地标示着北斗的小说创作所达到的水平。它表明,北斗并不单单是一个简单的吃生活的人,他有着营造复杂的小说世界的能力。或许,一个真正意义上的作家与一个普通写作者难以逾越的分野便在于此。《骆马情仇》在面貌上与当年大行其道的某一类文化寻根小说非常相像:人本性当中的罪恶到底有多深?妨碍人类历史进步的人性阻力到底在哪里?这是这篇小说所急于探询的。我们看到,围绕着马家的女儿雪儿被骆家的骆山(大雪儿一辈)强奸一事,骆马两家演义了一场惊心动魄的较量——力的较量与心的较量。雪儿的父亲痛打了骆山,并与村人一道,断了骆家人赖以活命的水源。而骆家也不是吃素的,他们乘他们的姑姑——雪儿的老奶奶去世之机,大耍威风,挽回了他们的"尊严"。而作为报复,雪儿之父不无残忍地将自己的女儿许配给了骆山的堂弟,已近四十岁的骟匠骆刀子——马父有多么阴毒,他要让这根毒针一辈子扎在深爱着雪儿的骆山的心窝子里!而这一连串阴谋,并非源于人性突发的恶,它的根深扎进了历史深处:骆山曾乘马父不备,直杀入马母怀中,而马父呢,请来马家八条壮汉,将骆山老婆来了个"八马踏青"。这就是根由吗?未必然。也许,这个根由还可以溯回到上几辈,上上几辈……这种种怨恨情仇,永无完结的报复复报复,就是民间的历史本相,或者说,中国的历史,正是在此种满腔恶气中向前发展的。就此,北斗笔下的民间社会,成了中国历史罪恶本质的实在隐喻。令人拊掌的非尽于此，除了故事本身的自足意味而外，《骆马情仇》在叙事上也显得别出心裁。小说采用了被骆山强暴过而又对这个"骆六叔"有着说不明白的好感的"我"的第一人称有限视角进行叙述，使得这个十足的恶的故事被陌生化和复杂化了，这篇其意不判自明的小说变得有些"暧昧"起来，从而使小说中的历史变得繁富，文本也呈现出丰润的审美光芒。

在此，笔者无意于不负责任地腴美，笔者是赞佩并寄厚望于作为一个基层作者的北斗对小说艺术的高贵精神的执意探索。他的小说创作才真正开始，也还需要克服一些不足。具体说来，他的小说中还存在较为深刻的语言冲突，即用地道的方言土语表现农村与不时出现的知识腔之间形成的不谐和；就小说整体印象而言，作为一位大地之子，他还没有拿出那种浑朴苍茫、厚重如大地果实的作品——笔者所期待的这种作品，作物的气息、农村风习、家庭历史与村落的兴衰，与现今农村峻切的当代性问题裹挟在一起，形成对城市工业文明的逼视、对抗与审问，指向纯洁的人类精神……

好在北斗才刚上路，他脚下的道路，正无限苍茫和辽远。

灵魂深处的沉醉与精神领地的高蹈

——王若冰诗歌的精神观察

著名诗人王家新在为王若冰诗集《巨大的冬天》（新华出版社1994年10月版）所写的序言中动情地表达："我没有去过甘肃天水，但我曾坐火车经过那里。一片荒凉、交错的山川在我匆匆掠过之际触动了我。我甚至感到那些仿佛喑哑得说不出话来的山梁在注视着我，也许，它并不贫乏。它所需要的只是一位歌者。"

幸而，王若冰就是这样一位歌者。

王若冰的生地是麦积山近旁的街子乡，那里也曾是杜甫流寓秦州时的居地。或许是因了古秦州这块"郁郁乎文"的土地文风诗雨的润泽，王若冰成长为陇右大地上一位灵性十足的诗人。王若冰写诗，出道很早，年纪轻轻就已博得了不小的声名。但是，对于诗歌艺术有着近乎殉道者般的虔诚追求的他，却一直进行着不事张扬的刻苦写作，直到1994年，才出版了个人诗集《巨大的冬天》。在20世纪末的最后几年里，其诗歌创作进入了一个调整期，有那么几年工夫，几乎淡出了读者的视野。正当读者以为他已经彻底转向了散文和文学评论的写作时，他们又不无惊讶地发现，王若冰又回来了，短短数年之间，他在《人民文学》、《诗刊》、《星星》、《诗选刊》等杂志上发表了一批有相当影响的作品，他已然站在了一个新的高度上。

就诗歌观而言，王若冰秉承了由尼采、海德格尔、荷尔德林、里尔克等人开创的浪漫美学观，强调诗与思、诗意存在与人生本质的联系，将诗视为人类存在的精神依托。他的作品中屡屡出现对"光"的抒写，譬如，"灯光/我什么时候才能够深入到你的内心/将那被火焰燃烧的/时间——

留住"(《灯光》);譬如,"一场大雪悄悄推进/我听见了烛光/在丛林里跌倒的轰响"(《照耀》);再譬如,"是谁的呼吸感动了月光/我顺着白雪点燃的山冈寻觅/归来时依然两手空空"(《漆黑的日子》)。可以说,"光"是王若冰诗歌中的核心意象,围绕着作为"众光之光"的"光",他的诗歌中出现了大量的"阳光"、"火光"、"灯光"、"月光"、"烛光"、"火焰"等次生性意象。应该说,"光"乃理想生活、彼岸世界和纯洁精神的隐喻,无非"居住在黑暗中心"的人类的希望所在。你会发现,王若冰始终在"向光而歌",这种有如飞蛾扑火般的写作,也足以表明20世纪八九十年代之交,他攸关时代命运的巨大精神危机。

而与之相关,王若冰对于生之痛苦的感受表现得尤为敏锐,正如他的诗集之名所呈示的,王若冰感受到了"冬天"的"巨大"。表现死亡意识尤其时间所不能克服的死亡恐惧的诗歌也比较多。这显示了他和尼采等前述诗人哲学家和哲学家诗人的精神血缘,当然,也包含了诗人灵魂深处极度隐秘的潜意识冲动。可贵的是,他对死亡的表现不是止于一种令人骇怖的玄秘幽思,他对死亡情状、死亡气息、死之声响的有声有色的表现,加之表现之时常常并列展示许多生命意象,从而使这些诗表现出一种极具深度又相当饱满、极为思辨又极富感染力的美学特征。

如果说,《巨大的冬天》中的诗篇总体色调偏暗一些,那么,王若冰进入21世纪以来的诗歌创作,则出现了较为明显的变化。但由于对灵魂与精神世界的沉醉与痴迷,表现生命中的创痛与岁月深处的忧伤,仍然成为他诗歌世界的基本底色。用他自己的诗歌意象为喻,他就像一座坐在草地中央的"春天的房子",周围布满希望和光明,然而它孤独、空旷,满怀了透明的怀念和忧伤,"在光芒中苏醒,在微痛中倾听"。"反光",是诗人一系列诗作的主题意象之一,应当说,这一意象的挖掘和抒写,呈现了令人叹服的向心灵秘地和意义核心进行钻探的能力。你可以说,王若冰的诗歌,不是在处理表象的、现在进行时态的"生活",而是在呈现"生活的反光",即"生活"在诗人内心留下的秘密和擦痕:"八十年代中期。也许更早/生活的叙事刚刚开始/带病的爱情,却穿过村庄/河流和山冈/向我呈现月亮的反光"。王若冰的目光一般不凝滞于生活中的现实场景和具体物象,在他的诗歌中,你很少见到目下诗坛流行的以客观物象为抒写对象的篇什,除非它们触动了诗人心中的隐痛,让他忆念起往昔岁月、逝去的阳光与歌声。因此，他笔下的物象，必定存在一种人所共识的神圣性质，譬如鲜花、雪山、落雪、白云。我们看到，在这样一类作品中，王若冰绝不掩饰他的激动，他是用带血的声带歌唱，充分显露了在这个不动声色的物质化时代，多数诗人身上已属罕见的抒情品质。

"从灯光的缝隙之间/我高高捧起的是一朵鲜花/她在你短暂的幸福里/怀恋。回忆。甚至伤痛。"（《忧伤的爱情》）这是典型的王若冰式的诗歌：怀恋，回忆，甚至伤痛。鲜花、月亮、灯光、春天、种子、大地、阳光、蜜蜂、青春、爱情、诗歌……这些仿佛已经熟烂和陈旧，被潮流性诗歌所遗弃的词语和意象，在他的诗歌中却大量衍生，固执地把我们牵引向对终极性的美和理想的体认。上述为古典诗人习用的意象，其所指往往具有极为丰富的意义内涵，并且显得十分饱满而富有弹性。这些意象彼摄互融的结果，使王若冰诗歌的精神空间显得虚静而又博大，在诗人笔下，宇宙万物完全以超自然的方式出现，泛人格化的处理使自然获得了神圣的意志力，也使他的诗具有了一种可贵的极富浪漫色彩的形上品格。

除了诗歌而外，王若冰还是一位散文和文学评论写作的好手，尤其他的诗歌评论文章，清空质实，飞扬灵动，文采焕然，是那种恰中肯綮的美文评论。在文学界，以诗人身份进行文学评论的好手并不很多，他受到了诗评界广泛的重视，有人甚至劝他放下诗笔，专事文学评论的创作。对于当前诗歌的窘迫之境和现代汉语诗歌的出路问题，王若冰也做了深入的研讨，并在《诗刊》等杂志多次发表自己深挚而又独到的见解。另外，由于长年生活在他所热爱的故乡天水，王若冰还热衷于地方历史文化的探讨，并出版了历史文化散文集《天籁水影》（与人合著）等多部著作。

王若冰已走过了一段成功的文学道路，他脚下的道路，仍很漫长。祝他好运！

村庄精神的构建和个人表达
——评薛林荣《一个村庄的三种时间》

薛林荣的新著《一个村庄的三种时间》①，是自新疆著名作家刘亮程《一个人的村庄》等乡村散文之后，对于村庄的又一次认真书写。该书和其他几部散文书籍一起，被作家、出版人王族列于"乡村书系"出版。然而，从该书的篇章构成看，它和同一书系的散文集又有实质的不同。其一，第三部分内容"高洼村的将来时"是由作者过去的几篇小说改写而成的，此次修改虽然在笔调上注意了向前两部分靠拢，但终抹不去小说胎记，其精神质地和前两部分还是存在不小的差别。其二，它不是由写村庄的单篇散文构成的，所呈现的，也不是对于一座村庄的个人记忆，而是一种构写和创造，它与一般散文作品相区别的，不只是许多事件的虚构性，更是一种独特的创造品格。就此而言，笔者认为，《一个村庄的三种时间》不是散文集或严格的散文写作，而是一次构思宏阔，操作认真，凸显了知识分子精神气质的"村庄书写"。

薛林荣的"村庄书写"，是他对自己"有幸出生"的"中国西北一个沉默的小村庄"的发言，是对父老乡亲的一次献礼，它体现的，不仅仅是一种寻根意识，更是一种生命意识。类如"我是谁，我自何而来，我向何而去"的急迫问询，正是此次书写之因。尚未界不惑，事业家庭顺风顺水的薛林荣，未见得有"时间焦虑"和"时间恐惧"，但于人生确有急急惶惶如恐不及的体验，开始怅惘地盘算起自己的老境来。这虽然难比"向死而生"的庄严和崇高，但似此"向老而生"的剀切，已是许多写作

---

① 新疆美术摄影出版社2012年版。

者所不及的。

"村庄的过去在我们的怀念中，村庄的现在在我们的活法中，村庄的未来在我们的想象中。"乡土散文大家刘亮程的深邃表达，赫然署于薛林荣新著封底。他显然折服于刘亮程的发阐，此或竟是作者该书写作的精神指向，亦未可知。笔者要说的是，作为刘亮程之后众多乡书写者之中的一位，薛林荣毕竟呈现出和刘亮程很大的不同。刘亮程是一位不折不扣的"乡村哲学家"，而薛林荣则是一位"乡村诗人"。在他的作品中，几乎看不到生活经验的总结和人生哲理的概括——这往往是忆写家乡田园、宗族亲人的散文中最易获致的亮点——他的文字表面也基本上看不到敬畏、感恩等常见的亲情表达，这一点，与由朱自清《背影》所开创的"真挚地描写和抒情"的传统也判然有别。薛林荣赋予笔下人物的，往往是一种"传奇"品质，如终生未除"恐蛇情结"的老祖母，灵巧如猴善于攀援的二姐，退休后尽日价盯着一匣电视一坐就是老半天一有灾祸报道就惊呼"出事了"的姑父……至于老祖父带领众乡亲将一座悬空的小山推向赶跑了一群羊的征兵夫之类的叙写，简直就是张艺谋电影《红高粱》的最新翻版了。作者笔下的人物没有了复杂性，所凸显的只是性格精神的一个侧面，跟小说类似的是，他只让人物事件自己说话，从不在侧感叹评论。这些人物，像极了绘画中的速写或漫画，抓住最为传神同时也是最为有趣的细节再来敷衍，此为林荣写作之常。

应该特别指出的是，与大多数散文不同，《一个村庄的三种时间》呈现出一种狂欢化叙述的特点，譬如，"那一年国民党来村里抓壮丁，祖父躲在地窖中两天两夜，饿了就啃生洋芋和嫩白菜，啃得稀屎淋淋"（《公元2007年：造神》）；再如，"我带着老父返回高洼村后，这些孩子特别喜欢和老父玩，每天课间活动都会逗老父和大黑。在我看来，他们逗一只猫的手法与逗老父的手法毫无区别"（《回忆大事》）。你会发现，似此滑稽谐趣、令人喷饭的例子在作品中俯拾皆是。吊诡的是，他将种种可笑可谑之处不仅置之于王一元、忠忠、"五岁时的媳妇"这些玩伴身上，而且置之于老祖老父身上。薛林荣一直念兹在兹地承认自己有着浓厚的父亲崇拜情结，但在文字中表现出的，却不是什么父亲崇拜或父亲敬畏，而是"嘲父意识"——笔者这里特意弃用"审父意识"这样一个方便的词汇，是因为祖辈和父辈确实没有成为他严苛审视的对象，而是成为了虽然给了作者血脉骨肉，但只是在人生的时间序列上比自己早出生，在精神上和自己没什么区别的"玩伴"。在可敬可爱之外，薛林荣更抓住了这些人物童稚天真、幼稚可笑的方面。这样的表达，显现的是长辈人物的自然性和暂存性，这种在不少人看来属大不敬的表达，是生命意识贯注的结果，也是反思精神的体现。

明显地，精神深处的尊父、崇父，和文字表现的嘲父、谑父构成了极大的反差。这一点，强化了文本的虚构性质，也给他的村庄书写带来了某种含混和复杂。可以说，写散文的薛林荣没能驾驭住写小说的薛林荣，有时甚至任由后者在那里撒着欢儿，自娱自乐。行文至此，笔者想起了当年批评家王彬彬在《过于聪明的中国作家》一文中对著名作家王蒙和王朔作品的批评："那种机智那种调侃，那种油滑，那种极度膨胀的叙事话语……都是二者共有的"[①]。我想，薛林荣所犯的，正是王蒙王朔式的弊病，如果他不那么"过于聪明"，灵魂淹渍得更久一些，态度更加虔诚一些，文字不要那么浏亮，笨一点，再土一点，那么，他从他的"乡村"里挖掘到的，就肯定是谁也发现不了的更宝贵的稀有金属了。

[①] 《文艺争鸣》1994 年第 6 期。

诗意家园的苦意构筑和痴情守望

——评北斗长篇小说《望天鸟》

自杀身亡的诗人海子,曾在谈到自己生前唯一一部出版了的长诗《土地》时写道:"我要说的是,由于丧失了土地,这些现代的漂泊无依的灵魂必须寻找一种代替品——那就是欲望,肤浅的欲望。大地本身恢宏的生命力只能用欲望来代替和指称,可见我们已经丧失了多少东西。"[①]我们正好可借海子的慨叹来理解北斗的小说创作。

长篇小说《望天鸟》[②]是继《月亮回家》和《碎片》两部小说集后,北斗拿出的第三部作品。小说以大山深处一个极为偏僻名叫望天的村落百姓的生存为背景,以他们在现代文明进程中的搬迁又回归为经,以野生动物盗猎与保护为纬,展开了丰富的现代性叙事。

对农村风物与习俗如数家珍般的眷恋与数说,对乡土大地的诗性礼赞与痴情守望,本来就是北斗小说的根基和命脉:在前两部小说中,他贪婪、深情又专注地描画出那么多已被很多人淡忘的农村风俗:擀毡、耍猴、耍狮子、放鹰、做道场、唱小曲;在这部长篇之中,他又细致描绘了耍皮影戏和跟踪野兽、下套、堵洞等猎人的十八般技艺。如果把这些事物和场景罗列起来,简直就是一个"民俗博物馆"了。北斗笔下的农村、大地和家园,是诗意的栖居之地,海德格尔所说的那种"天地人神""共存的所在",这里,大自然依然显露出最原始的生命气息:"太阳出来了,山林深处塞满窟窿里的雾慢慢扯出来了……穿花衣的锦鸡飞过,带着它难

---

① 海子:《诗学:一份提纲》,《海子诗全编》,上海三联书店1997年版,第889页。
② 敦煌文艺出版社2010年版。

听的叫声；长尾雀跟在锦鸡后面，声音尖得像锥子；山崖的石头上站着一只梅花鹿却叫出山羊求饶的声音；沟里流动着混浊的水，一头野猪伸着比它前腿还长的嘴在拱小沟边的树根，旁边站着一只刺猬，浑身长满了钉子……"在这样一个已让我们感到陌生的世界上，人和动物，动物和动物都显得情意绵绵、灵性相通：主人公老九家里，小狗、小猫和捡拾喂养的小狼和谐相处，亲密无间；老九更是将"黑娃子"（小黑熊）当作自己的守护神和儿子。也正是因了对乡土大地的渴意眷恋，主人公艰困不堪的生活才变得鲜活灵光起来：当老九一早起来，将手伸进黑狗皮后又摸进白狗皮，麻利快当地替瘫痪的妻子和呆傻的儿子擦屎揩尿时，他显得十分陶醉，这一幕，简直像是上帝为他特意安排好的生活天籁……

如果把《望天鸟》仅仅看作一部诗趣盎然的自然寓言或生态小说，那就错了。其实，以上如画的场景和美好的事物已基本从当下的农村生活中消失。北斗的呈现，是从记忆深处固执地打捞，甚至可说是一种苦意的构筑。笔者所尊敬的批评家谢有顺说得好："假如一个作家对他现在置身其中的日常生活本身没有切肤之痛，那么，他的任何记忆和梦想都是可疑的。或者说，一个作家如果对现在没有愤怒，那么他对过去肯定没有记忆，对未来也不会有恰当的想象。"① 就此而言，《望天鸟》可说是真正意义上的"当代小说"的一次合格的亮相。北斗笔下，望天村人与自然和谐相处的农耕文明传统已遭到了空前严峻的挑战，正面临着整体性丧失的危险。对于从生活底层摸爬滚打上来的作者来说，随着农村现代性进程而来的诗性家园的毁坏，正是作者最为痛切和根本的心灵体验，与此相关的某种幻灭感和道德义愤，悄然隐伏在文字的肉身和经络之中。

明乎此，我们就不难理解北斗具有"拍案惊奇"意味的特殊构思：觊觎并偷猎珍贵野生保护动物的，不是胆大妄为的不法分子，而恰恰是利欲熏心的权势者；自上而下仓促推行的让望天人集体搬移居住的新村镇建设，并没有得到大多数人的拥护，反而成了毁坏诗性家园的渊薮。明乎此，我们也就不难理解"黑娃子"的保护神老九何以会被作者赋予那么多的苦难，同时，作者又何以要执意神化和圣化这个生活在最底层的草民百姓——北斗的写作，决不是客观反映生活中存在的问题，不是公正的历

---

① 谢有顺：《这一代的爱情美学》，《话语的德性》，海南出版社 2002 年版，第 211 页。

史叙事,而是一种诗意的构筑:在他笔下,权利与弱势、富裕与苦难、正与邪、善与恶构成了严峻对垒,农村生活的悲剧性以一种怵目惊心、近乎荒诞的形式展开。这么说来,《望天鸟》这部"三农"题材的作品,已成了一部关乎家园沦丧、历史颓败的意蕴丰富的寓言,它带给现代人的,不应只是心灵的震撼。

回到源头的吟诵和歌唱

——评白麟诗集《慢下来》

著名诗人黄灿然在评价穆旦的诗歌时，总是感喟于他"技巧的尖锐"，他觉得，"信仰技巧"、对技巧"非常爆炸性地使用"，是穆旦成为一个优秀诗人的重要原因和标志。黄灿然同时断言："在艺术创作中，感情可能会变得陈腐，然而技巧却常新"。然而，在中国当代诗人目下的诗歌创作中，严重的问题恰恰不是置技巧于不顾，而是感情的迟钝、麻木和陈腐，说得严重一些，不少诗人已丧失了爱与歌唱的能力。

正是在上述意义上，我为白麟的诗歌叫好。

白麟并不是位高产的诗人。截至目前，他先后出版了《风中的独叶草》和《慢下来》[①]两部诗集。"慢下来再慢下来/让脚步的表针缓慢而又坚实地/在大地上行走//慢下来再慢下来/让时光的呼吸慢慢品尝//青春和爱的滋味"（《慢下来》）。当我们身处的时代如膨胀的宇宙一般以一种不断加速的方式冲向不可预知的未来，当人们的步履匆匆地奔向他们期求的"小康"之时，心灵却日渐粗糙和麻木，白麟一再吁请我们"慢下来再慢下来"。其实，生活在现代都市中的白麟，是一位忙碌得鞋后跟沾不了地的"白领"，一位典型的快节奏者，但是，当他感受和表达时，却又耐人寻味地显现出了对故土家园和恍若隔世的昨日时光的耽溺和玩味，不折不扣地"慢下来"了。

在这些作品之中，笔者非常看重他以新诗诠解《诗经》的部分。成长于周秦王朝的发祥地宝鸡的作者，站在清渭之滨，每每被从《诗经》

---

① 太白文艺出版社 2008 年版。

上游吹来的十五国风弄得口舌生香。他仿佛看见周先祖的采诗官摇响了木铎，沿2500多年前的周道缓缓而来，隔着钢筋水泥的阻挡，他依稀看见那个时代少男少女初遇时脸颊上飞起的片片桃花。憾于《诗经》的解读多为理性分析或另类心得，他毅然开始了"以诗证诗"的揣摩、皴染和解译。他先后写下了50多首以《诗经》中诗句为引子的诗作。"多么火热的情书/像现在女孩子爱吃的麻辣烫/都两千多年了/小声念起来/嘴唇还会被浓情蜜意烫着"（《子衿》），这是望"风"而拜，议论感发；"当我在院落回头留恋地张望/一张花容从窗角忽倏挪开/像一只调皮的花鹿/眼里的赧红/漂染成一帧害羞的窗花/至今贴在我的心窗"（《静女》），这是入乎其内，以我观之；"是啊，世间唯有爱情/能让天地混沌初开/你听，风生水起，雎鸠欢鸣/大地至今都在怀念/年少无邪的初逢"（《关雎》），这是融通今古，慨然和鸣。这里，白麟对经典爱情的重述，是对活色生香的中华文化之源的一次遥遥的致礼，是一曲郑重的青春祭。通过他所重绘的这个瞬间，我们成为了那个衣香鬓影的抒情时代的同时代人。

如果说，上述写作是一种拉开架势的刻意经营，那么，白麟关乎乡土大地的诗歌，则是兴之所至的点染和松快自如的抒发，可以说，后者才是从他的自然生命中流出来的，它显示了诗人乡土草根的身份归属和赤子本性。

"就在山坡或路边开怀/朴实得甚至叫人难过/野草莓　多少乡下姊妹/嫁往他乡时洒下的点点泪花"——不用说写的是野草莓；"一身绿袄袄挡不住/女儿家的惊羞/六月初红的模样/挂在枝头还有些害臊呢/总不肯抛头露面/一口土话悄声细气"——写的是野樱桃；"就跟那些可怜的山里娃一样/赶早上学/手里提一个小火罐/火苗在风里抬得旺旺的/照见他们的红脸蛋上/还结着一层霜气"——这是在写独立枝头的火罐柿子。切莫以为诗人只会由实到实的联想。譬如，以"整架山青冈木似地/用劲一撑/高大的秋千就缚好了"开头的诗，及至读到篇末的"只有秋风　在川道/越打越高"，我们才会意到，这是将秋原想象成了秋风荡着的秋千，委实妙趣无穷！你会发现，白麟非常喜欢《诗经》开辟的"喻"的传统，甚至可以说，由此及彼的"喻"的想象，是他许多乡土诗构筑的支撑点，这使得他的诗多如一笔画成的写意小品，格局虽小而意趣盎然。

"房檐水，打线线，我是我妈的乖蛋蛋"，这是诗人在其诗歌中多次引用的一首歌谣。对农村风物的熟稔和爱恋，使白麟不愿意放弃故乡大关中一带的方言土语。以带着生活自身体温和质感的词语入诗，贴着生活写生活，是白麟诗区别于多数乡土诗的一大特点。如"妈跟庄里一拨儿婆娘伙/麻利跳上炕"，"针脚跟纳的鞋底一样细发"（《妈的草帽》）；"眼看又是一料好收成"，"麦子一垄接下垄地黄开了"（《麦收时节》），就是对方言土语的密集运用。也正是因了对农村沦肌浃髓的爱恋，使得白麟眼中无一不是农村大事小情的美好动人之处，他的诗中，从来就没有过什么忍受与苦难。"一片新叶从大襟袄的襻扣上/长出轻巧的小令/二哨野水迈着小调的步子/很少女地扑面而来"（《早春圆舞曲·三阳开泰》），可以说，他的乡土诗就是乡风民俗的"E小调"奏鸣曲。

　　总之，白麟的诗歌之嘴，就是为了吟诵和歌唱；而他的吟诵和歌唱，是回到了生活和文化源头的吟诵和歌唱。

　　白麟也写城市诗，且结目为"边缘地带"。是啊，尽管诗人能够在城市中生活得如鱼得水，但城市在他眼中并不可爱："泥瓦匠搧巴掌似的/和着车水马龙的尾气/居民楼过来的液化残气/味精厂高烟囱落地的臭气/还有物价飞涨的怨气/股市大跌的叹气/跟钢筋水泥沉瀣一气/叫城市一个劲地肿胖/可城里的女人却争着减肥/和快速瘦身的地皮媲美"（《秕谷》）。这首城市诗，仍是以农村象喻为诗眼："泥瓦匠……/自己已被这把磨薄了的瓦刀/削成了一颗秕谷"。如果不是这一煞尾，这首诗就会笨头笨脑十分不堪。可以发现，在这些城市题材的诗作中，遄飞的逸兴不见了，触处皆活的比喻和感发不见了，而代之以冗长的铺陈和议论，这些承担了城市化批判的诗，像是诗人在道义上不得不完成的沉闷的功课。可以说，白麟生就了一副歌唱的喉咙，一批判起来，就显得有些干涩。

　　如果说，没有朝向大师的努力，诗歌写作的价值就是要打折扣的。对于白麟这样一个感性器官和爱欲朝向生活的万有贪婪地洞开的诗人，让人担心的不是感受的能力，而是感受的泛滥，换言之，他应该加强对生活的沉淀、酿造、提炼和思考，另外，他还需要提高指陈复杂的现代生活，为时代画魂的能力。

　　"一张翅/一万座山都振翅欲飞"——这是白麟《蜜蜂》开头的诗句。对于白麟这只勤劳的蜜蜂而言，为了让"一万座山都振翅欲飞"，他这"一张翅"应该真正做到：让自己的写作"慢下来再慢下来"。

她让时间的流逝变得甜美

——评汪彤散文集《心若琴弦》

汪彤,一位工作在监狱的职业警察,却有着最为纤细柔和的心灵。她的朋友多得让人吃惊。这其中,不少是作家编辑书法家篆刻家海北天南种种文化人,但也不乏寻常巷陌的耄耋老人。与汪彤交往,你会发现她很少有闲下来的时候,你会为她杂多的兴趣和过人的精力而感到吃惊——你甚至可能会因她的朋友太多而怀疑她与你交往时的诚挚与投入——没关系,等你看到她的散文集《心若琴弦》①时,便会消除了所有的好奇与怀疑:汪彤,一位海绵蓄水一般的学习者,一位尊所有老者如父如祖的谦逊晚辈,一位比不少人多了爱心与平常心的文弱女性:正是这样一位"心若琴弦"的写作者,血管里才流出了如她遗传密码所示的暖人之文。

读了汪彤的散文后,笔者更深切地理解了已逝的希腊著名导演安哲罗普罗斯谈论电影艺术的那句话:电影并不能改变世界,"惟一能做的就是使时间的流逝变得甜美"。汪彤的散文写作正如安哲罗普罗斯的电影,可能并谈不上瑰伟,但已经显示了其至高的存在理由,这便是,它细细反刍和咀嚼了自己的生活和情感,从而留住了时间,使生命获得了细腻甜美的质感。

就内容而言,汪彤的散文无非两大类,一记经历,二抒情感。其中,笔者以为最有价值的,是她的抒情文字,这一颗"情"字,包括了文尊交情、晚辈深情和家庭亲情。记述与文坛艺苑的鸿硕俊彦交情的文字,在

---

① 甘肃人民美术出版社 2011 年版。

汪彤散文中占有较大篇幅,所写对象,既有在国内文坛如雷贯耳的陈忠实、蒋子龙、卞毓方老师,又有当地饱学能文能艺的张举鹏、王瑞生、程凯、张维萍、周法天、辛启荣、李益裕等老师。你会发现,汪彤始终以"凡有长技者皆为我师"的谦恭态度对待她眼中的这些"高人",她的拜访迥异于记者登门采访,而是尽显晚辈情、女儿态,也自自然然尽得对方平等相待的交往。让人不无羡慕的是,初次相识之后,她和这些文尊们便会保持甜蜜的"忘年交",这种交往的持续和醇化,首先导源于她的女儿天性和素朴无求、勤勉好学的品质。这么说,就不难理解汪彤文字的准确和表现力了——

> 张举鹏先生身高而肩宽厚,面方正,额头阔,长寿眉下目光淳朴,与人对视,特别是听人说话时,仔细打量对方的眼眉,似在思想,听到什么有趣的事,便全神贯注地沉浸在自己的心情中,嘴角留笑,目光炯炯。(《张举鹏先生印象》)
> 程主席穿着深蓝色的对襟衫,盘扣整整齐齐。他眉宇间有很深的川字皱纹,看起来皱着眉,嘴角却还时常挂着一丝笑,他的眼睛清澈明亮,似有透视的能力。(《悼念程凯先生》)

此等文字,读来平常,却显功夫,视角平等而不失谦敬,描绘者与对象,均如其人本真之状。

然而,汪彤散文之精醇,窃以为是记述家庭亲情的文字。作为一位兰心蕙性、心性天然的女性,无需技巧表现,其情感向度和心潮起伏,就会自然进入文字的血脉之中,从而使文字获得清水芙蓉般的天然呼吸和灵魂。如《最难熬的那一夜》,记述的不是别的,而是弟媳临产之前作者纤细入微的心理感受,那个并无身体症障"即将成为母亲的女人",成为了好几个小时中"我"的全部担心、烦忧和牵挂。除非汪彤这般的女性,即使面对父母尊亲,也恐怕是不会有这样沦肌浃髓的感受和表现的。而如《父亲的信》和《我的父亲》中所记的父女亲情,就更如农家自酿、多年窖藏的陈酒,没有奇特之芬芳而单以质性取人了。

"我手中的这支笔,一定要记录过去,一定要记下曾经让我焦虑、心痛、感动、感谢的生活。"写在《用一支笔让孩子去上学》结尾的话,堪为汪彤写作理念的真实诠释。写作让汪彤的生活变得滋润丰沛，似乎可称她为一个"我写，故我在"主义者吧。她的散文是能让读者不经意间就被"领走"的那种尽带人间烟火、不失生活原色的散文，这些文字以其描写的生活和情感的个我色彩，在"大散文"大行其道的写作界也就凸显了存在的理由。如果创作者能够更进一步拓展写作疆域，并能如艺术巨匠一样更审慎地雕刻自己的文字，那么，她的写作前景还会更加美好。

健笔写奇幻，雄腔唱大风
——评薛林荣长篇小说《疏勒》

数年前，就已知道新疆美术摄影出版社在策划一个以历史上的西域诸国为内容的长篇小说系列，而薛林荣担负了其中一部小说的创作。寒来暑往数度春秋，这部在作者驾轻就熟的散文和随笔写作之外，极大地挑战了他的创作勇气、智慧和才力的长篇小说《疏勒》[①]，已然摆在了读者面前。

就传统的历史小说创作而言，"七分历史，三分虚构"几成了不可逾矩的创作圭臬。而写作关乎西域历史的小说，你首先遇到的却是无米下锅的困境——由于历史的湮没断失和文献资料的匮乏，西域的面相早已漫漶不清，史料稀缺得只剩下蛛丝马迹、草蛇灰线。而疏勒只是古籍所谓西域"三十六国"之一，和龟兹、焉耆、车师、若羌等周边小国相比，它到底有着怎样具体的历史兴亡过程？它和汉、匈奴、波斯这些庞大的民族国家以及周边其他地位相近的小国，究竟发生过哪些交集？西域诸国的社会生活和人情风俗各有何特点和差别？这些问题，均是任何一位创作者必须面对的关键，但同时，恰恰也是谁也不可能弄得清楚的神秘盲点。另外，作为同题材系列小说之一部，创作中还得小心谨守自己的地盘，不致越界或与其他作者撞车，因此，这部小说的创作对薛林荣来说，注定是一场堂吉诃德大战风车式的挑战。

好在薛林荣并未被困难吓倒，他甚至因困难而兴奋，就像上了战场的战士闻到了血的腥味一样。应该说，薛林荣出色地应对了这场挑战。

总体而言，《疏勒》是一部瑰丽奇幻、大气沉雄的新历史小说。它呈

[①] 中国国际广播出版社、新疆美术摄影出版社2013年版。

现出以下几个方面的特点：

其一，以史为踪但又不囿于史，大刀阔斧建构历史，充分凸显了西部自然和精神的瑰丽、劲健和雄奇。

史料的缺乏，使薛林荣更珍视其作用和价值。创作之前，他上穷碧落下黄泉，将可见史料翻了个底儿朝天。这篇小说正是以可见史料为依托，构写了汉将班超出史西域并收复、坐镇、开发疏勒，以及数代王朝更迭之后唐朝大将高仙芝镇守疏勒，大败字律，打通中亚交通线的历史过程。小说毕肖地形现了疏勒这样一个弱小之国在匈奴和大汉之间摇摆不定，最终得以归顺汉唐的"历史必然律"。班、高当年在疏勒的作为，当然于史有据，为了突出作为小说底质的历史的实在和准确，作者还将许多史实记载一字不落地直接引用进来。在小说展开的过程中，一般历史小说常见的杀伐与征服、投降与背叛、诚信与欺骗、怀疑与陷害等要素，一应俱全。

但是，想象性还原疏勒的归化史，绝非作品创作要旨，作者也无意艺术地再现疏勒的民族兴亡史——尽管就创作命题而言，此更应成为创作的内容目标。那么，薛林荣想干什么呢？

——一句话，他想借尸还魂：借古人傀儡，浇自己块垒。

正因为此，我们才在薛林荣笔下，见到了那么多让人神飞魄扬、心向往之的典型的西部风物，如神奇的汗血马，高贵的金雕，敏捷的雪豹，诡异的赤狐，高洁的雪莲，凄迷的鹰笛，锐利的鸣镝，神秘的驼葬，精绝的炼鹰……凡此种种，或见诸于史料记载，或听闻于歌唱和传说，或已销魂于历史烟云深处，或只在现实中残存一点可怜的影子……但它们无一例外均被作者招魂而出，形现于西域历史的前场，形现于读者渴慕的眸子中。甚至可以说，《疏勒》成了以西域历史为线，缀合最为高华绚丽的西部风物，以歌咏最为壮阔辽远、神秘健朗的西部精神的一部风物志。在对这些风物的书写背后，我们仿佛看到薛林荣那"铁如意，指挥倜傥，一坐皆惊呢……金叵罗，颠倒淋漓噫，千杯未醉嗬……"的陶然之形。

"鹰飞翔时是用两个翅膀，鹰笛也要用同一只鹰的两个翅膀做成。这对鹰笛，出则成双，入则成对，音质完全一样，望你们善待之。如果其中一支鹰笛丢失或损坏了，那么，另一支鹰笛将无法与其他鹰笛合奏……"这是小说人物谈到鹰笛的一段话。不用说，这段话将为其后的人物描写埋下伏笔。似此，你会明白，作者笔下所谓西部风物，并非原汁原味的摹写，而早已被作者点石成金，成了敷衍故事、刻画人物的"培养基"。

其二，充分发挥主体想象，大胆虚构故事，大笔挥写人物，表现了酣畅淋漓抒写胸臆之气的诗性笔法。

《疏勒》全篇并无贯穿始终的人物和故事线索，也并不像传统小说那样将塑造人物作为创作要旨，但故事营构和人物的刻画描写，仍然精彩迭出，成为小说成功的主要方面。

作品中的故事，以遗珠之状散布于作品之中，大有"嘈嘈切切错杂弹，大珠小珠落玉盘"之感。这些故事，无不由作者主观世界中一颗颗"诗意的种子"经由想象孵化而成，散射着奇幻瑰丽的光芒。譬如，铸剑的老铁匠竟是用孙女的尿液做药引子淬火，才炼就了合在一起"如玛瑙般红艳"，分开又如"芙蓉般碧湛"的宝剑"切玉"和"断金"，便是化腐为奇、让人忍俊不禁的魔幻构思——不用说，这宝剑的得失又会引出让人心动的爱情故事来。譬如，响马黎弇击杀那位强奸并残害了王员外三个女儿的波斯商人后的一段情节：

> ……某一日，阳关道上的响马朋友送来一个锦盒，打开一看，却是一颗头！头发花白，眼睛还睁着，脸上挂着笑意，见了黎弇，竟然表现出感激涕零的样子，再看时，眼睛却已闭上了。

此段设置，尺幅中现出巧妙变化，展示了作者高超的叙事功夫。

更精彩的当属班超与藏书馆的故事——

一直驻守疏勒，数十年未回家乡，也未能跨过帕米尔高原的汉将班超，闲来无事，便去疏勒藏书馆翻阅抄写一部名为《阿维斯塔》的古老圣书。一天，他在一片熟羊皮上抄写下这样一段文字：

> 在永恒、快似骏马的太阳升起之前，出现在哈拉山顶的第一位天神身披万道霞光，最先从壮丽的山顶探出头来，从那里俯视所有的雅利安人的家园。

——作为古疏勒人信仰的琐罗亚斯德教（即拜火教）的经典，《阿维斯塔》中的这段文字数次在作品中闪现——难得的是，作者让这样一种超越了史实，闪烁着高贵的哲理和诗意的构思，一直贯穿到了作品结尾——在征服了孛律之后，站上了帕米尔高原之顶的唐将高仙芝，打开了随身所带行囊，带领军士大声诵读起了来自于疏勒图书馆，由班超抄写的上述一段文字。应当说，班超作为一位攻城掠地的武将，其文治教化方面有何特长，于史无闻；而疏勒作为一动荡的西域小国，自然更不可能有什么像样的图书馆。所以，上述故事应属子虚，但正是这样的虚构之笔，才将历史的混沌头颅从泥沼中拉起，让我们看到了它亮丽的面庞。

其三，对西域社会一般社会状况、文化面貌和审美精神的倾力呈现。

如果说，小说创作对史实的遵从，只是顺应了史籍中所记载的历史事件的线索，那创作也费不了多少工夫。难就难在对该历史社会一般状况、文化面貌和审美精神的准确把握。这种把握不是浮光掠影地去抓史实线索，而是对历史底质的把握——如果历史小说能把握住以上所言的历史底质，小说创作就做到了"软着陆"。

应该说，薛林荣在这一方面做得较为出色。

虽然说有汉一代的中原社会，已初脱前现代社会早期的巫史文化之形，但跟身处内陆的文明相比，西域社会还远未开化，呈现出了较为原始的特征：那是天地人神共居的所在，人在大自然面前，充满了无限虔诚和敬畏，他们的思维方式，处处显现出万物有灵的泛神论色彩。显然，作者满怀着一颗虔敬之心抒写着这一切。于是，我们看到了疏勒之民对佛教和琐罗亚斯德教的崇仰，看到了神圣的萨满仪式和拜火仪式，看到了神秘的驼葬和水葬……为了贴合当时西域社会的精神文化状况，小说中还大量植入歌谣、寓言、预言、梦幻和灵应故事，这些内容，除了承担叙事的功能而外，本身即如挂满藤条的珠露，闪烁着熠熠光华。一方面，它是作者创作才华的显示；另一方面，也是悉心研读民族文献和心史，手摩心追的结果。这些内容，充分展露了西域社会代代相续，融汇进了民族血液之中的观物和审美方式。

最后，再来谈谈小说存在的不足。首先，作为一部以一个民族国家为写作对象的历史小说，对这个国家千丝万缕的国家关系和社会关系的表现不够细密扎实，显得清空有余，质实不足；其次，一些历史材料和方志材料的运用，分析、推想和解释过多，和虚构性情节内容有些游离，显出一种散文化意味。如作者在以后的创作中能将自己的熠熠才华敛藏得更紧一些，沉潜得再深一些，我坚信，对于薛林荣来说，大道未远。

以情写情

——评苟昌盛诗集《温情至爱》

诗歌是人类心灵内质本真的反映，是纯粹的心灵艺术。陆机在其《文赋》中提出了"诗缘情而绮靡，赋体物而浏亮"的诗歌"缘情说"，钟嵘对于《诗大序》的论述集中体现在了"吟咏性情"四字之中，而刘勰在《文心雕龙·情采》中亦云："昔诗人什篇，为情而造文"。可见，情感是诗歌的内质本源，是诗歌之精蕴所在。因为内心积聚的情感达到了喷发的临界点，因而写诗外放。当然，诗歌本身也是一种情感寄托的形式。可以说，诗歌是诗人对人生社会与生命万物独特的情感关照，诗人在诗歌发展的道路上踏出的每一步，都暗含着对心灵本真的追寻。然而，在这个情感逐渐荒漠化的时代，缪斯的翅膀也日渐被浇筑进了钢筋混凝土闷浑的鸣响之中。感情的迟钝、麻木让不少诗人失去了抒情和歌唱能力。

正是在这个意义层面上，苟昌盛的诗集《温情至爱》①让我感到了久违的感动、亲切和欣悦。

在《温情至爱》中，亲情、友情、爱情、人情和人生、生命的体悟都在诗人的笔下得到了朴质的表达，尽管他的诗歌意象和造境并不是特别俊奇，然而那份朴素、深挚、厚重的情感和独特的诗意经营让人读之生情，读之难忘，读之生香。"温情至爱"四字，即是诗人面对世界人生时总体生命情感的直陈表白，它彰显出的，是诗人最重要的生命内质和赤子情怀。"母亲行走二十里山路/来学校给我送一袋/带着泥土香味的炒面/带着体温的炒面"（《炒面》），"母亲的一生是苦的/像成堆的药渣/堆成

---

① 四川文艺出版社2010年版。

了母亲苦苦的日子"(《药味的母亲》),"母亲的右胳膊/比左胳膊弯曲/伸得再直也是'V'字形"(《母亲的右胳膊》),"被乡亲称为师傅的父亲/用鲁班留下的刨子/用力地刨着自己艰辛的一生//……父亲就像刨花/漂泊在陇南的深山老林里"(《刨子》)。父母在每个人的生命中都是一片神圣的蓝天,他们无不在用自己的生命筑造着孩子的未来。亘古未变的事实,容易造成文字中人对于父母的情感麻木。然而,苟昌盛对于父母却是用情至深,你也许会说,这种描画和述说显得有些平实无奇,然而其中透射出的爱却是那么深刻和真挚,不加任何修饰的铺陈,刻画出了饱受艰辛的父母形象,也是深厚的赤子情怀的饱满释放。

自古至今,爱情的足迹遍布于诗词曲赋的每一角落,在诗人的笔下,爱情总是那么美好和神奇:或热烈,或缠绵,或决绝,或幽怨;有以表达言笑晏晏、海誓山盟,有以表达辗转反侧、肝肠寸断。而苟昌盛诗里的爱情,则总是显得那么朴素、纯洁、柔美:"八分钱的邮票/一度挑起了/爱情的全部重托"(《沉默》),信笺中承载的情意外化在了"八分钱的邮票"上,大有"鸿雁长飞光不度"之沉重;"梦见一只轻燕/衔来南国的春泥/在我的床边/悄悄筑起一个巢/蓦然回首/你在床边笑/玉手握着初恋/等着我来瞧"(《昨夜梦》),情思萦绕于梦中,家也在梦中先于现实筑就;"不要以为/离别时只你热泪盈眶/我强忍着/咽下的是盈眶热泪//挥不去的情/割不断的爱/就在你我/盈眶热泪里"(《离人泪》),爱的离别心的热泪,是热烈的表达也是小小埋怨;"栖息的爱情/沉寂又小心/一杯醇香的菊花茶/把它泡开/连笼中的黄鹂都隐去了啼鸣/倾听花开的声音"(《栖息的爱情》),爱如茶中花开,欲辨忘言。这就是苟昌盛对爱的探微,他用最简单纯粹的语言,在灵感降临的瞬间定格狂风般席卷而来的情思,却也显得像孩童的哭笑般干净单纯。

优秀诗人的视域不会停留在"小我"的单一方面,他们的情感升华总是立体的多纬度模式,是一种"小我"和"大我"立体叠加。个人情感的抒发总是牵系着故乡情愫、家国命运、民族兴衰,是《温情至爱》成功的重要方面,也体现了苟昌盛情感世界中丰富的人文内涵。《哦,乡音》、《姊妹峰》、《太阳山》、《两当在腾飞》等诗充分表达了诗人对养育自己的故土的热爱和对故乡未来的期盼;《颤动的五月》、《站在危楼边沿的燕子》是诗人在民族灾难——5·12地震期间对生命流逝的悲悼哀挽:

"这幢楼房已人去楼空/这座城市已没有昔日的繁华/我想同伴已远在他乡/或者在倒塌的房屋下哀鸣/我噙着泪水/在灰暗的天空徘徊"——这是以怎样一种心情谱写的血色的历史？而《托起心中的太阳》、《因为我们是老师》则是作为教师的诗人道出的千百万人民教师的心声……

《温情至爱》让我们看到的不是多么娴熟的技巧，不是逞才使性和指点江山，而是用真挚的情感重树起了"吟咏性情"的诗歌旗帜。苟昌盛的创作让我们明白，真诚做人，真心体验，真实表达，亦可成就真的诗人。

后　记

还是在大学求学期间，笔者就已开始尝试着写一些评论文字，并有当代文学评论文章发表。如果这算是一种工作或生涯的开端，前后也已有二十多年了。回首自己从事文学评论和研究的道路，着实令人汗颜。可以说，我是以一种较为勤奋的姿态和较好的势头起步的，然而，由于兴趣点的飘忽和自己的懈怠，好多年过去后，也只是前进了小小的一步，取得的成绩也微乎其微。

本书除了展示我近些年来的学术成绩而外，也适当收入了曾经发表的个别篇什。本书内容共分三辑。第一辑定名为"重审与厘定"，内容包括：一、现当代文学综合研究。如对新时期小说思潮与流变的重新观察，对新时期爱情小说嬗变特点的研究；二、重要作家作品研究。如对鲁迅、余秋雨、张承志等作家小说和散文的研究。第二辑定名为"尺度的找寻"，内容包括：一、当代文学批评研究。旨在梳理当代文学批评现状，重申当代文学批评的标准；二、当代文学创作的文艺学观察。旨在通过文学作品的细致分析，探究沉淀在个体性写作背后的某种恒定的创作学规律。第三辑定名为"遴选与阐释"，内容为地方性文学创作的个案研究与评论。总体说来，本书涉及的话题虽较为广泛，但大多数篇目的内容指向仍较为集中。由于写作时间间隔较长，所以篇目风格存在一定的差异性，此中能显现出思考对象或问题时角度或方法的不同，也能管窥到本人笔致宽严相济且追求一定变化的学术表达特点。

本书评论的对象之一——我所尊敬的文学批评家李静说："现在，似乎很难找到比文学批评更衰落的职业——如果它真的成了职业的话。"确实，当此时代，文学批评的声音太微弱了。好在，出于对文学一以贯之的热爱，出于对艺术创造力的信仰，我在面对作品时始终能保持退让、谦逊、丧我的态度，并怀着"一种穿透性的同情"（马塞尔·雷蒙语）全面拥抱并"接受"它，所以，所发之言，至少应为忠诚剀切之言——我愿以自己稚弱的嗓门加入到真的文学批评的合唱之中。

最后，感谢原《飞天》杂志社理论编辑屈选先生的宽纵与厚爱，使我的写作得以有了一个顺利的开头。感谢我的当代文学老师、也是我第一本图书的合作人马超教授的教诲和帮助。感谢父母和所有帮助过我的师友——但愿我能够在较短时间拿出更为满意的作品跟你们汇报，跟你们倾心交谈。

丁念保
2014 年 4 月 10 日于天水